KB159260

자전 소설

自傳
小說

* '자전소설'을 기획한 계간 『문학동네』와 작품 수록을 허락해준 출판사 문학동네, 창비, 문학과지성사, 민음사에 감사드립니다.

자전소설

自傳
小說

01

강

차례

미림아트시네마

김경욱

1971년 광주에서 태어났다. 1993년 『작가세계』 신인상에 중편 「아웃사이더」가 당선되며 등단. 소설집 『바그다드 카페에는 커피가 없다』 『베티를 만나러 가다』 『누가 커트 코베인을 죽였는가』 『장국영이 죽었다고?』 『위험한 독서』, 장편소설 『아크로폴리스』 『모리슨 호텔』 『황금사과』 『천년의 왕국』 『동화처럼』이 있다. 한국일보문학상, 동인문학상을 수상했다.

작가를 말한다

함께 나이 들어가는 것을 눈으로 확인해왔으면서도 여전히 내 머릿속에 그려지는 그의 모습은 청춘 시절 그대로다. 그의 첫 장편소설 『아크로폴리스』를 다시 읽으며 나는 몇 번씩이나 유쾌하게 웃었다. 늘 점잖고 조숙해 보이는 그 역시 한때 '어렸다는 것', "이렇게 시가 잘 써지는데 왜 일 따위를 해!"라고 외치던 젊은 랭보처럼 오만하고 재기발랄하고 장난기로 충천한 '악동'이었다는 사실이 믿어지지 않아서였다. 최재경(소설가)

1

작가 후기…… 그렇다. 책을 읽을 때 나는, 작가 후기부터 훑어 본다. 암만 생각해보아도 기이한 습관이 아닐 수 없다. 적어도 나에게 작가 후기, 혹은 작가의 말은 책 선택에 지대한 영향을 끼친다. 후기만 그럴듯하게 쓰는 작가는 없다. 나이 서른이 넘으면 자신의 인상에 책임져야 한단다. 마찬가지로 작가는 자신이 책임질 수 있는 범위에서만 후기를 쓴다고 나는 확신한다. 그런 의미에서 후기는 정직하다.

하루키는 『노르웨이의 숲』 한국어판 서문에 이렇게 썼다. "내가 여기서 그려내고 싶었던 것은, 사람이 사람을 사랑한다는 것의 의미입니다. 그것이 이 소설의 간명한 테마입니다. 그러나 나는 그와 동시에 하나의 시대를 감싸고 있었던 공기라는 것을 그려보고 싶었습니다." 실제로 하루키는 그렇게 했다. 사람이 사람을 사랑한다는 것의 의미를 한 시대를 감싸고 있던 공기 속에 녹여냈다. 『노르웨이의 숲』은 그 이상도 그 이하도 아니다.

말하자면, 내게 보낸 이 글이 그에게는 작가 후기와도 같은 것이리라. 내색은 하지 않지만 그는 지금 퍽 난처한 기분이리라. 진실 게임을 할 때처럼 난감한 기분. 시시콜콜 까발릴 수도, 그렇다고 너절하게 둘러댈 수도 없는, 그런 기분 말이다. 쓰는 사람은 괴로울지 몰라도 독자인 나로서는 즐거운 일이다. 더구나 나는 작가 후기를 즐겨 읽는 독자가 아니던가. 결국 작가 후기만큼의 정직함이라는 것이 가능하다면 그로서는 달리 선택의 여지가 없을 것이다. 그렇지 않다면 고해성사를 하거나 사기를 치는 수밖에. 둘 모두, 내가 알고 있는 그에게는 너무도 끔찍한 일일 것이다. 그가 보내온 글은 다음과 같다.

2

삶의 특정한 시기는 종종 구체적인 어떤 거리의 풍경으로 기억되곤 한다. 모디아노의 소설을 읽고도 실감하지 못했던 그 사실을, 그는 그 거리를 떠나서야 비로소 깨닫게 되었다. 재수 시절을 회상할 때면 도청 뒤의 입시 학원과 그 입시 학원 주위의 좁은 골목길들—스스로를 인생의 낙오자라고 자학하는 어린 영혼들을 유혹하던 오락실과 술집과 당구장이 다닥다닥 붙어 있던 그 좁은 골목길들이 떠오르듯이 그 거리를 머릿속에 그리지 않고서 그는 자신의 이십대를 온전히 기억할 수 없다. 결국 이 글은 그가 자신의 이십대 내내 머물렀던 어느 거리에 대한 이야기가 될 것이다. '거리'라는 단어만 들어도 그의 눈빛은 아득해진다.

1990년 봄으로부터 2001년 봄까지 그는 그곳에 머물렀다. 스무 살부터 서른 살까지 십여 년을 고스란히 그곳에 머문 셈이다. 그렇다. 그는 그곳에 머물렀을 뿐이다. 그 십 년 동안 단 한순간도 그는 정주민이 아니었다. 그는 내내 그 거리 구석구석을 떠돌았다. 떠돌아다니며 누군가에게 상처를 주고 그만큼 상처를 받았다. 뭔가를 열망했고 동시에 절망했다. 스물네 살 이후 줄곧 그곳으로부터 벗어나야겠다는 생각뿐이었던 그는 이십대가 저물자마자 뒤도 돌아보지 않고 그곳을 떠났다. 그러나 그 거리에 대한 기억은, 그 거리의 풍경은 세월이 지날수록 더욱 또렷해져서 영화 「봄날은 간다」를 보고 괜히 쓸쓸한 기분에 젖거나, 라디오에서 흘러나오는 김광석의 노래를 들으며 자신도 모르게 눈을 감을 때면 제일 먼저 떠올랐다. 이 글을 쓰고 있는 지금도 그의 눈앞에는 그 시절, 그 거리의 모습이 선연하다. 감상의 너절함을 경계하더라도 결국 이 글은 그 거리에 대한 아득한 음화를 면치 못하리라는 것을 그는 잘 안다. 추억의 이름으로 기억되는 이십대란 누구에게나 생래적인 불안과 우울과 몽상의 다른 이름이기 때문이다. 사람들은 그 거리를 녹두거리라고 불렀다.

녹두거리. 관악산에서 흘러내려 신림9동 앞을 졸졸 흘러가는 도림천변의 골목길을 사람들은 그렇게 불렀다. 예전에 있던 '녹두집'이라는 술집에서 그 이름이 유래했다고 한다. 녹두거리라는 이름이 붙을 정도라면 꽤나 유명했던 모양이다. 그러나 그에게는 그 술집에 대한 기억이 전혀 없다. 그가 그 거리에 들어서기 전부터 그곳은 이미 녹두거리였다. 잘 모르는 사람들은 녹두장군과 무슨 관련이 있을 거라고 착각하기도 하는 모양이다. 어쩌면 당연한 일인지도 모른다. 정작 녹두집은 오래전에 자취를 감추었으니까. 지금도 사람들은 그곳을 녹두거리라고 부른다.

녹두거리는 도로변에서 좌판이 벌어진 작은 시장에 이르는, 오십 미터가 채 안 되는 평범한 상가 골목길이었다. 골목길 좌우로 분식집, 술집, 문구점, 당구장, 카페, 옷 가게, 오락실, 약국 등이 촘촘히 늘어서 있었다. 사실 녹두거리라고 하면 그 골목길만을 지칭하는 것은 아니었다. 도림천을 끼고 있는 도로 양편의 거리와 그곳으로부터 뻗어나간 몇 개의 골목들, 그리고 그 좁은 길들을 뼈대 삼아 옹기종기 모여 있는 몇 개의 상가 블록과 하숙촌이 모두 녹두거리에 포함되었다. 도림천 북쪽으로 보자면, 카페 라 스트라다와 제우스당구장에서부터 미림극장까지가 녹두거리인 셈이었다. 적어도 그에게만큼은 그랬다. 버스 두 정거장에 불과한 그 거리에서 그의 이십대가 시작되고 저물었다. 그곳에서 그는 강의실에서 배우지 못한 것들을 알아나갔다. 스물의 나날을 그곳에서 보낸 이들에게 그러하듯이 그에게도 녹두거리는 청춘의 학교였다. 그의 마음은 벌써 그곳을 서성이고 있다. 아니, 아직도 서성이고 있는 것이리라.

미림극장, 그의 기억 속 녹두거리 끝에는 미림극장이 자리잡고 있다. 신림 사거리에서 관악산 방면으로 들어오다 보면 시흥 쪽으로 나가는 갈림길이 나타난다. 그 분기점 귀퉁이에 있는 건물 지하에 미림극장이 있었다. 미림극장은 두 편의 영화를 동시 상영하는 허름한 재개봉관이었다. 지금은 대부분 자취를 감추었지만 당시만 해도 그런 동시 상영관은 동네마다 하나씩은 있었다. 남아도는 시간을 어쩌지 못하는 주말이면 그는 다른 하숙생들과 그곳에 들락거렸다. 미팅에서 만난 서울내기 여대생들은 언제나 바빴다. 주말에는 더욱 바빴다. 그는 주말이 다가오는 것이 두려웠다. 아무 일도 일어나지 않는 주말이면 그는 미림극장에 갔다. 그곳에서 그는 간혹 아는 얼굴들을 발견하곤 했다. 소식이 끊겼던 고향 동기들, 졸업식 이후로 얼굴 보기가 힘들었던 고등학교 친구를 만나 멋쩍게 인사를 나누었다. 그들 역시 주말이 두려운 하숙생이었다.

"흠, 이런 곳에서 만나게 되다니!"

"하! 너 이 새끼!"

"여태 살아 있었단 말이지!"

"이 촌놈아! 주말에 그렇게 할 일이 없냐?"

애호가들 사이에서 '미림아트시네마'라고 불렸던 미림극장은 대부분 액션물 한 편에 에로물 한 편을 함께 상영했다. 극장 입구에 걸린 광고용 간판 한구석에는 상반신을 노출한 여자의 모습이 어김없이 그려져 있었다. 액션물은 대부분 홍콩 영화였는데 1990년대 초반에 들끓었던 홍콩 영화 열기를 기억하는 이라면 그리 놀랄 만한 일도 아닐 것이다. 까닭을 설명할 수 없는 그 수상쩍은 열기의 발원지였던 영화 「영웅본색」이 뒷골목 새개봉관에서 화려하게 부활했다는 사실은 어쩌면 우연만은 아닐 것이라고 그는 생각한다. 동시 상영관의 좋았던 시절이 홍콩 영화의 호황기와 겹친다는 사실이 그에게는 예사롭지 않은 것이다. 넘쳐나는 아드레날린을 주체하지 못하던 나날이었다. 불붙은 위조지폐로 담뱃불을 지피던 주윤발의 모습을 보며 그의 또래가 느낀 것은 일종의 카타르시스였다.

그에게는 이런 기억도 있다. 재수 시절, 충장로의 어느 극장 앞에 한 녀석이 매표원과 실랑이를 벌였다. "보쇼. 여그 요금표를 쪼께 보랑게요. 학생은 삼천 원, 대학생 및 성인은 사천 원. 재수생은 인간도 아니랑가요? 재수허는 것도 서러운디 사람을 이러코롬 무시해서야 쓰것소. 긍께 재수생은 얼마를 내야 한다요? 나는 재수생인게 삼천오백 원만 내야 되겄소." 여드름이 채 가시지 않은 매표소의 여자는 어이없다는 표정이었다. 잠시 후, 곁에 있던 일행 중 한 명이 입을 뗐다. "거시기…… 저는 삼수생인디요……" 동시 상영관의 퀴퀴한 암실에 웅크리고 앉아 그네들이 앞사람의 뒤통수 너머로 쏘아올린 것은 어쩌지 못하는 젊은 날의 치기와 세상에 대한 막연한 적개심이 아니었을까. 개처럼 사느니 영웅처럼 죽고 싶다는 문구에 열광하던 시절. 요컨대, 그들은 오갈 데 없는 십대였다.

누구나 그렇듯이 어릴 적 그는 만화와 만화영화에 넋을 잃곤 했다. 그의 부모는 자식의 장래를 걱정했다. 그는 한곳에 몰두하면 정신을 차리지 못하는 아이였다. "쟤가 커서 뭐가 될라고 저런다냐? 잘하믄 텔레비 속에 들어앉겄다." 그의 부모는 혀를 찼다. 그의 아버지는 텔레비전에 자물쇠를 채우기도 했지만 그럴 때면 그는 넉살 좋게 옆집 안방에 앉아 만화영화를 보곤 했다. 말수가 적고 내성적이었던 그로서는 대담한 짓이 아닐 수 없었다. 역시 부모의 우려대로 그는 텔레비전 만화영화에 영혼을 빼앗겼었나보다. 그런 이야기다. 지금은 가물가물한 흑백 텔레비전 시대의 이야기. 텔레비전 만화영화를 보며 우리말을 깨우쳤던, 어른들로부터 '텔레비가 밥 먹여주냐'라는 잔소리를 밥 먹듯 들어야 했던 어떤 세대의 이야기. 그는 그때 밥이 없어도 좋았다. 텔레비전만 볼 수 있다면. 그의 소원은 정규 방송 종료를 알리는 시그널이 나올 때까지 텔레비전을 보는 것이었다.

평생을 평교사로서 교편을 잡은 그의 아버지는 자식들에게 꽤나 엄한 편이었지만 다행스럽게 영화를 좋아했다. 아버지가 시골의 학교를 옮겨다닌 탓에 그는 극장 구경은 제대로 못했지만 텔레비전에서 주말 밤이면 내보내던 '주말의 명화'나 '명화극장'만큼은 빠짐없이 볼 수 있었다. 그의 아버지는 다른 프로그램은 못 보게 했지만 영화만큼은 예외였다. 혹시 그가 졸기라도 하면 일부러 깨울 정도였다. 존 포드의 기병대물, 히치콕의 스릴러물, 알랭 들롱 주연의 갱스터물 그리고 십중팔구 존 윌리엄스 것이 분명한, 관악기 특유의 장쾌한 오리지널 사운드트랙이 인상적이었던 SF들…… 이 모든 것들을 그는 주말의 명화나 명화극장에서 볼 수 있었다.

그가 기억하고 있는 아버지에 관한 추억은 유난히 영화와 관련된 것이 많다. 한번은 이런 일도 있었다. 초등학교 이학년 때였다. 어느 날 그는 읍내의 회관에서 「로버트 태권 브이」를 상영한다는 소식을 들었다. 만화영화라면 자다가도 벌떡 일어나는 아이였던 그는 무슨 수를 써서라도 그것을 봐야만 했다. 문제는 돈이었다. 그는 사흘 밤낮 떼를 썼다. 물론 아버지가 아니라 어머니에게. 며칠 후, 그의 아버지가 퇴근 후 그를 불렀다. 그리고 이렇게 물었다. "태권 브이가 그리 보고 싶으냐?" "네." 그가 대답했다. "좋다. 그럼 한 가지 제안을 하겠다. 태권 브이 개봉 전날까지 구구단을 외우믄 만화영화를 보여주겄다. 니 동상까지 말이다." 달리 방도가 없었다. 안 되면 도둑질이라도 기꺼이 할 작정이었으니까. 나중의 일이지만 그는 만화영화를 보러 가기 위해 누나의 돼지저금통을 턴 적도 있었다. 그에게 주어진 시간은 그리 많지 않았다. 구구단을 외울 수만 있다면 그는 기꺼이 악마에게 영혼을 팔 수도 있었다고 말하곤 한다. 그러나 기다리던 악마는 찾아오지 않았고 동생은 송아지처럼 눈을 깜박이며 주위를 맴돌았다. 간절히 원하면 이루어진다는 말 따위, 믿지 않는 편이지만 결국 그는 아버지 앞에서 구구단을 외워냈다. 어떻게 그럴 수 있었는지 그 자신조차 알 수 없었다. "성아, 그걸 어떻게 외웠어?" 동생이 물었다. "나도 모르겠어. 뭐에 들린 것 같았어"라고 그는 대답했다. 어쨌거나 그의 인생에서 벼락치기 공부는 그렇게 시작되었다.

그의 아버지는 약속을 지켰다. 앞자리에 그의 동생을, 뒷자리에 그를 태운 삼천리자전거가 읍내로 향했다. 읍내로 이어지는 왕복 2차선 도로에 맞닿아 있던 긴 황톳길을 그는 지금도 잊을 수 없다. 길가에 늘어선 플라타너스가 하늘을 가려 푸른 궁륭을 이루고 있었고 길 좌우로는 인근의 고등학교에서 경작하는 밭이 드넓게 펼쳐졌다. 등하굣길에 그 플라타너스 궁륭 밑을 수도 없이 지나다녔지만 아버지의 자전거에 매달려 바라보니 전혀 다른 세상처럼 보였다. 흙먼지를 피우며 타박타박 걸어다닐 때 그의 눈에 비친 거대한 플라타너스는 괴물처럼 위압적이기까지 했지만 아버지의 허리를 감싸고 자전거의 속도에 몸을 맡기니 마음은 너무나 평화로워 플라타너스가 마음씨 착한 거인처럼 보였다. 지독한 열병에 걸려 축 늘어진 그의 어린 육신을 읍내의 보건소까지 실어다준 것도 아버지의 삼천리자전거였다. 그때도 삼천리자전거는 그 푸른 플라타너스 궁륭 밑을 지나갔다. 생과 사를 넘나들고 있었지만 아버지의 삼천리자전거 뒷자리에 올라타면 그는 묘하게 마음이 평온해졌다. 그것은 어른의 세계에 속해 있다는 안도감이었다. 삼천리자전거가 달리는 동안에는 적어도 죽거나 하지 않을 거라는 믿음. 그 시절, 어린 그에게 삼천리자전거는 보는 것만으로도 마음 든든해지는, 어른의 상징이었다. 그는 어서 자라 삼천리자전거를 타고 싶었다. 빨리 어른이 되고 싶었던 것이다.

언젠가 우연히 낡은 앨범을 들춰보다 그는 화들짝 놀라지 않을 수 없었다. 세월의 풍상을 견디지 못하고 나달나달해진 흑백 사진 속에서 그는 자신의 모습을 발견한 것이다. 흑백 사진 속의 청년은 그의 아버지였다. 흑백 사진만 아니었어도 그는 자신이라고 믿어버릴 뻔했다. 그는 기분이 묘해졌다. 흑백 사진 속의 청년은 이제 주름살이 무성한 노인이 되어버렸다. 지금, 그는 아버지의 얼굴에서 사십여 년 후 자신의 모습을 본다. '아버지는 지금의 나를 보면 어떤 기분이 들까' 하고 자문해보지만 낡은 사진으로서가 아니라 살아 있는 실물로서 사십여 년 전의 자신의 모습을 바라보는 기분을, 아직 인생의 신산에 대해 배운 것보다 배워야 할 것이 많은 그로서는 감히 짐작조차 할 수 없다. 다만, 주름지고 뭉툭해진 손가락 사이로 덧없이 새어나가버린 세월은 사라지는 것이 아니라 먼지의 입자처럼 존재의 주위를 떠돌 뿐이라는 것, 보이지 않게 떠돌다가 햇살이 추억의 예각으로 비스듬히 비쳐드는 어느 순간, 예기치 않은 일별을 허락한다는 것을 새삼 확인하는 것이다.

그의 아버지는 자식들에게 화분을 곧잘 선물했다. 그가 아버지로부터 화분을 처음 선물 받은 것은 1999년의 일이다. 당시 그는 하숙 생활을 청산하고 녹두거리 언저리에서 자취 생활을 하고 있었다. 그해에는 그에게 좋지 않은 일들이 연달아 일어났다. 축구를 하다 무릎 연골을 다쳐 두 번에 걸쳐 수술을 받아야 했고 오래 사귀어오던 여자친구와 전화로 결별을 합의하기도 했다. 게다가 그는 글을 쓸 수 없었다. 지독한 슬럼프였다. 구원의 기미는 어디에도 없었다. 그는 입을 다물었지만 몇 달 만에 서울에 올라온 그의 아버지는 자취방에 드리워진 우울한 공기의 근원을 단박에 꿰뚫었다. "이것은 피렌카사스라고 헌다. 수시로 물을 줄 필요는 없응게 생각날 때 한번 쓱 물을 주고 바람을 쐬아주믄 된다." 그로서는 처음 받는 화분 선물이었다. 작고 푸른 잎사귀 사이로 붉은 열매들이 매달려 있는 조그마한 화분이었다. "자고로 여자의 마음을 얻을라믄 맛난 음식을 사줘야 쓴다"라고 말하며 그의 아버지는 그에게 흰 봉투를 내밀었다. 봉투 안에는 십만 원권 자기앞수표 한 장이 들어 있었다. 은퇴한 그의 아버지에게 그것은 결코 적은 액수가 아니었다. 그때 아버지는 정작 이런 이야기를 하고 싶었던 것이라고 그는 생각한다. "애야. 사랑하그라. 부디 사랑하그라. 사랑만이 삶의 희망이다." 이튿날 그는 홍대 앞의 작은 카페에서, 결별했던 여자친구에게 청혼했다. 아버지의 삼천리자전거 뒤에 매달려 읍내로 「로버트 태권 브이」를 보러 가던 아이가 비로소 어른이 된 것이다. 그때 그가 본 것은 정확히 말하자면 「로버트 태권 브이」 제2탄, 수중 특공대 편이었다. 그리고 영화가 끝나고 부신 햇살 속으로 걸어 나오자마자 그는 기적적으로 외웠던 구구단을 송두리째 까먹고 말았다.

김경욱 | 미림아트시네마

'그날이오면.' 녹두거리에 있던 사회과학 서적 전문 서점들 중에서 지금까지 버티고 있는 유일한 서점이다. 불과 십 년 만에 아득한 옛일처럼 되어버렸지만 1990년대 초반만 해도 대학가라면 사회과학 서적을 주로 취급하는 작은 서점들이 두세 곳쯤은 있게 마련이었다. 녹두거리도 예외는 아니어서 그날이오면을 비롯해 몇몇 서점들이 성업 중이었다. 특히 도림천을 사이에 두고 마주 보고 있던 그날이오면과 열린글방이 대표적이었다. 열린글방은 그가 졸업하기 전에 문을 닫았다. 그때만 해도 녹두거리의 서점은 단순히 책을 사러 들르는 곳이 아니었다. 사람을 만나거나 세미나를 하기도 하고 토론을 일삼는, 일종의 지적 아지트이자 사랑방이었다. 연락 수단이라고는 열 명이 넘는 하숙생들이 함께 얻어쓰는 하숙집 주인의 전화가 고작이었던 시절, 서점 유리창에 내걸린 메모판은 긴요한 통신 수단이었다.

드나드는 사람들의 면면은 달랐지만 당시 서점 안의 모습은 별반 다를 게 없었다. 이를테면 이런 식이다. 서점 유리에 걸린 메모판에는 각종 모임과 약속을 알리는 메모지들이 덕지덕지 붙어 있다. '××과 개강 모임 중국관' '××고 동문회 회빈루' '문학회 뒤풀이, 태백산맥으로.' 서가 사이의 비좁은 통로는 책을 고르거나 책을 읽는 사람들로 발 디딜 틈이 없다. 카운터에서는 점원이 꼼꼼하게 책을 포장해주고 있다. 『철학의 ABC』 『철학 에세이』 『러시아 혁명사』 『자본주의의 역사』 『역사란 무엇인가』 『리얼리즘이란 무엇인가』 등의 책들을 아르바이트생임이 분명한 점원이 종이 포장지로 싸고 그 위에 다시 비닐을 입힌다. 그 책들은 대부분 학회 세미나 교재로 쓰일 것이다. 서점 맨 안쪽에는 나무로 만든 기다란 의자들이 놓여 있다. 거기에 걸터앉은 학생들이 이마를 맞댄 채 낮은 목소리로 토론을 벌인다. "발자크는 왕당파와 봉건귀족의 편이라는 신분적 한계를 극복하고 귀족의 몰락과 부르주아의 발흥을 생생하게 그리고 있다. 이것을 세계관에 대한 리얼리즘의 승리라고 말한다……" "……희랍 예술은 유년기의 인간성이 갖는 마술적 요소의 표현으로서 인류 역사 발전 단계의 유년기에 대한 추억을 환기시켜준다. 이러한 사실은 희랍 예술이 생산된 초보적 사회 상태가 다시는 돌아올 수 없다는 사실과 불가분의 관계를 맺고 있다." 그런 풍경이다. 굳이 눈을 감거나 회상에 잠기지 않아도 그 풍경이라면 언제 어느 때고 그는 떠올릴 수 있다. 어쩌면 그러한 풍경들은 다만 기억 속의 한 장면으로서가 아니라 그 자신의 일부로서 존재하는지도 모른다.

지금도 그의 서가에는 그곳에서 구입한 책들이 꽂혀 있다. 누렇게 색이 바랜 그 책들 중에는 선물로 받은 것들도 더러 있다. 그때는 책 선물을 참 많이 했다. 생일 선물은 대부분 책이었다. 특히 시집을 많이 선물했다. 바야흐로 시의 시대였다. 적어도 "엘피 플레이어 같은 건 없는데요"라는 가슴 아픈 대답은 듣지 않을 수 있어서 마음이 놓였다. 태어나서 처음으로, 그가 재니스 이언의 엘피와 장미 한 송이를 사들고 집 앞으로 찾아갔을 때 그녀는 난처

하다는 표정으로 그렇게 말했다. 그후로 그는 자취하는 여학생에게 엘피 선물 따위는 하지 않게 되었다. "집에 엘피 플레이어는 있어요?"라고 미리 물을 수는 없는 노릇이었다. 1992년 여름의 일이었다.

재니스 이언에게는 안된 일이지만 그 엘피는 아직도 비닐 포장조차 뜯기지 않은 채 방치되어 있다. 거실 서랍장 속에서 앨범 밑에 깔린 채 썩고 있다. 그녀에게는 여전히 엘피 플레이어가 없다. 언젠가는 그녀와 함께 그 엘피를 들으러 가리라 그는 마음먹는다. 엘피 플레이어가 있는 카페나 엘피 플레이어를 소장하고 있는, 마음이 맞는 지인의 집이라도 괜찮을 것이다. 당장 내일이어도 상관없고 삼십 년 후라도 상관없을 테지만 오래도록 저대로 보관하는 일도 나쁘지 않을 것이라 생각하기도 한다. 그리고 이렇게 마음속으로 중얼거리는 것이다. 우리 생에 영영 뜯지 않은 엘피 한 장쯤은 남겨두는 것도 좋으리라. 각자의 삶을 견디게 하는 것들은 대개 타인에게는 무의미하거나 대수롭지 않게 마련이니까. 그것이 인생이니까.

생일 선물로 주거나 받는 시집의 맨 첫 장 여백에는 늘 뭔가가 깨알처럼 적혀 있었다. '언제나 너그러운 당신' 혹은 '누군가를 안다는 것은' 정도로 시작되는, 혹은 파블로 네루다풍의 시어들이 종종 출몰하는 그 글들은 이를테면 서툴지만 절박한 한 편의 시였다. 무슨 말인가를 하고 싶어서, 그러나 맞는 형식을 찾지 못해 안타까워하는 마음이 역력한 그 글들이 지금은 어느 서가의 먼지를 곱씹고 있을 것인가를 생각하면 그는 문득 아득해진다.

그는 엉뚱하게도 가끔 이런 끔찍한 상상을 하기도 한다. 언젠가 헌책방에서 우연히 자신의 글이 적힌 책을 발견한다. 순간적으로 눈앞이 캄캄해진다. 그 책은 카뮈의 『이방인』이다. 책 속지에는 다음과 같은 글이 적혀 있다.

"당신을 처음 발견했던 순간을, 세월이 흐른다고 한들, 세월이 흐르고 흘러 그 흐름마저 망각된다고 한들 한시라도 잊을 수 있겠습니까. 시선이 정녕 가 닿을 수 없는 저 먼발치를 응시하는 듯한 당신 시선의 가장자리, 그곳에 한 줄기 바람으로, 다만 여백으로 오롯이 존재한다고 한들 무에 그리 쓸쓸하겠습니까. 당신의 당신으로부터."

그것은 분명 그가 쓴 글이다. 언어의 경제성과는 거리가 먼, 감상의 토로에 불과한 그 글을 읽으며 그는 얼굴을 붉히리라. 그것은 분명 자신이 샀던 책이지만, 누군가에게 선물한 책일 테지만 그는 그 책을 누군가에게 선물했다는 사실조차 까맣게 잊고 있다. 흥정할 생각도 하지 않고 그는 헌책방 주인이 부르는 값을 고스란히 치르고 나서 책을 들고 나오고 말 것이다. 그는 몹시 부끄러운 것이다. 무엇보다 너절한 자신의 문장이 참을 수 없이 부끄러운 것이다. 요령부득인 문장은 죄악이 아니지만 요령부득인 문장을 쓰는 것은 죄악이다. 헌책방을 나서며 그는 이를 악물지도 모른다. 빌어먹을, 하필이면 『이방인』 속지에……

저물녘 낮은 담장 너머로 흘러나오는 된장찌개 내음처럼 마음을 편안하고 풍요롭게 해주는 냄새가 있다. 손때 묻은 책 냄새가 그러하다. 그는 책 냄새를 맡으면 어두운 다락방에 등 하나 내건 것처럼 마음이 든든해졌다. 지금도 그는 서재에만큼은 방향제 같은 것을 뿌리지 않는다. 횟배 앓는 아이가 휘발유 냄새를 그리워하듯 그는 책 냄새를 동경해 마지않았다. 독서광? 그렇지는 않다. 본전 생각만 하지 않는다면 모든 책에서 얼마간의 깨달음을 얻을 수 있다고 믿는, 독서에 관한 한 냉철한 낙천주의자가 되고 싶은 그는 일개 평범한 독자일 뿐이다.

어릴 적 그는 책을 산다는 명목으로 탄 돈을 들고 학교 앞 만화가게로 뛰어가곤 했다. 몇 시간 후면 책값은 핫도그, 오뎅, 만화책값으로 날아가기 일쑤였다. 그의 어머니는 단 한번도 무슨 책을 샀느냐고 추궁하지 않았다. 그의 어머니는 모든 것을 알고서도 눈감아주었는지 모른다. 거짓말의 명목이 옷값이나 신발값이 아니라 책값이었으니까.

그가 초등학교 삼학년 때 하루는 서적 외판원이 찾아왔다. 어린이명작전집을 들여놓으라는 것이었다. 가슴이 쿵쾅거리는 것을 느꼈지만 선불리 내색할 수 없었다. 그는 아버지가 방학하면 식구들이 굶어 죽지는 않을까 걱정하던 아이였으니까. "방학 때도 아버지는 월급을 받으신다"라는 어머니의 말을 들으며 안도의 숨을 내쉬던 아이였으니까. 며칠 후 학교에서 돌아온 그는 심장이 멎는 줄 알았다. 붉은 장정에 금박으로 제목이 새겨져 있던 계몽사 소년소녀세계명작전집이 마루에 쌓여 있는 것이었다. 『그리스 로마 신화』 『이솝우화』 『안데르센 동화』 『그림 동화』 『소공녀』 『소공자』 『15소년 표류기』 『보물섬』…… 그는 책들을 어루만지며 깊이 냄새를 들이마셨다. 세상에 부러울 것이 없었다. 그때 맡았던 냄새를 그는 여태 잊을 수 없다. 그해 여름방학 내내 그는 다락방에 감추어둔 케이크를 조금씩 꺼내 먹듯이 한 권 한 권 야금야금 읽어나갔다. 한동안 그는 책값을 빙자해 음성적인 용돈을 마련하는 짓을 그만둘 수밖에 없었다. "엄마 책 사게 돈 좀 주세요"라고 그가 말하면 그의 어머니는 기다렸다는 듯이 이렇게 응수했다. "야야, 집에가 책이 요로코롬 많은디 또 무슨 책 타령이다냐. 니 볼세 이 전집모다 읽어부렀냐?" 그는 계몽사 소년소녀세계명작전집을 다 읽을 때까지 핫도그도 사 먹지 못하고 만화 가게와도 담을 쌓아야 했다. 계몽사 소년소녀세계명작전집은, 그의 기억이 크게 틀리지 않는다면, 오십 권 정도였을 것이다.

책 산다며 탄 돈으로 핫도그를 사 먹고 오뎅을 사 먹고 만화를 보던 아이, 누나 방에서 뒹굴던 하이틴로맨스를 훔쳐 읽던 아이는 자라서 축구 선수나 화가가 될 수도 있었을 테지만 그는 자신의 이름을 걸고 글을 쓰는 작가가 되었다. 책 읽기는 즐겼지만 글 쓰는 데에는 별 흥미를 느끼지 못했던 그는 학창 시절 문예반이나 문학회에 들어본 적이 없었다. 그는 미술 시간을 기다리는 학생이었다. 종종 사생 대회에 불려나가기도 했다. 다른 아이들은 모두 따분한 수업을 듣고 있을 때 그는 화판을 달랑달랑 들고 박물관으로 대공원으로 나갔다. 재수가 좋은 날은 인솔 교사가 사주는 자장면을 얻어먹기도 했고 더 재수가 좋으면 상을 받기도 했다. 부상으로 몽블랑 그림물감을 받아들었을 때 그는 입을 다물지 못했다.

그는 나무를 즐겨 그렸다. 세상의 모든 나무를 플라타너스처럼 그렸다. 그가 공을 들이는 부분은 나뭇잎이었다. 먼저 4B 연필로 나무의 실루엣을 그린다. 물을 많이 섞어 묽어진 연둣빛 물감으로 나뭇잎들을 칠한다. 정확히 말하자면 칠한다기보다는 점을 찍는 것이다. 어느 정도 마르면 더 짙은 초록색을 점점이 찍는다. 그런 식이다. 삼천리자전거 뒤에 매달려 올려다본 플라타너스 잎들은 각기 다른 빛깔이었다. 손바닥만한 이파리들은 바람이라도 불라치면 까르르 웃어대거나 수런수런 이야기꽃을 피웠다. 그럴 때면 언뜻언뜻 푸른 하늘이 엿보이기도 했다. 그에게 자연이란 그런 것이었다. 그가 도화지에 표현한 것은 자연 그 자체가 아니라 자연에 대한 인상이었으리라. 아버지의 삼천리자전거 뒤에 매달려 바라보았던 하늘과 플라타너스와 들판과 황톳길, 그 모든 것들의 사소한 일렁임. 나중에 르누아르나 쇠라의 그림을 보고 나서야 그는 그것이 점묘법이라는 사실을 알게 되었다.

그는 자라나 어느 날 문득 글을 쓰기 시작했고 자신의 글이 인쇄된 잡지를 받아보게 되었다. 덜컥 작가라는 이름을 얻게 된 그는 자신의 피 속에 숨어 있던 그 부끄러운 욕망이 신기하여 가계에서 그 근원을 새삼 더듬어보았다. “어머니는 소설책을 좋아하셨어요?” 그가 묻자 그의 어머니는 이렇게 대답했다. “그랑게 소싯적부터 야그책을 무진 좋아했제.” 그는 눈을 빛내며 또 물었다. “어떤 책들을 읽으셨어요?” 이어지는 대답. “『장화홍련전』『콩쥐팥쥐』!”

그에게 가장 신경 쓰이는 독자는 역시 그의 어머니다. 그가 책을 부치면 며칠 후 어김없이 그의 어머니로부터 전화가 왔다. 언젠가 그의 어머니는 전화로 이렇게 말했다. “다 좋은디…… 뭔 비가 이러코롬 많이 오냐?” “너무 깜깜허다.” 그는 순간 뜨끔했다. 듣고 보니 소설에 비가 내리는 대목이 많았다. 그의 어머니는 그가 쓴 어떤 글의 감상성과 허무주의를 지적한 것이었다. 비록 본인이 원했던 만큼 배우지는 못했지만 그의 어머니가 툭 던지는 말은 늘 정곡을 겨냥했다. 최근에 그가 펴낸 장편소설을 읽고 그의 어머니는 어김없이 전화를 했다. “거시기 뭐냐 주교의 죽음에 얽힌 음모를 파헤치는 것인디…… 당최 이름이 헷갈려서……” 그의 어머니는 굳이 서양 사람들을 등장인물로 삼은 것이 마음에 걸렸나보다. 이 글을 읽으면 또 전화로 뭐라고 할까? 벌써부터 그는 그것이 궁금하다.

글을 쓰게 된 그는 십여 년 전의 그날을 평생 잊지 못할 것이다. 가을에서 겨울로 넘어가는 어느 날이었다. 날씨는 더없이 맑아서 대기는 투명했고 하늘은 청명하기 이를 데 없었다. 그 무렵 그의 마음은 지옥이었다. 실연의 고통은 시간이 지나도 결코 희미해지지 않았고 스스로 지쳐버린 스물둘의 몸과 마음은 그 어떤 위안도 구하지 못했다. 한마디로 최악이었다. 그날 저물어가는 캠퍼스를 걸어내려오며 그는 묘한 기분에 휩싸였다. 들끓는 회한으로 가슴은 터질 듯했지만 머리는 서늘하도록 명징했다. 그 기분이 나쁘지 않았다. 오히려 맘에 들기까지 했다. 마치 오래전부터 그러리라고 마음먹었던 것처럼 그는 녹두거리의 문구점에서 노트 한 권과 모나미 수성플러스펜 한 자루를 샀다. 무엇을 하겠다는 계획은 전혀 없었다. 그냥 노트 한 권과 펜 한 자루를 샀을 뿐이다. 하숙방 책상 앞에 앉아 그는 노트를 펼쳐놓고 뭔가를 적어내려가기 시작했다. 그의 글쓰기는 그렇게 아주 사소하게 시작되었다.

녹두거리의 모습도 그동안 많이 바뀌었다. 어떤 이들에겐 청춘의 강의실이었던 가게들은 이제 대부분 사라졌다. 열린글방, 미림극장은 물론 그들이 개강 모임 때마다 가던 중국관과 회빈루, 가장 값싼 차를 시켜놓고 서너 시간씩 버티고 앉아 세미나를 하던 베리, 커피뱅크, 술에 취해 어깨동무를 한 채 밤새 목청껏 노래를 불렀던 한마당, 탈…… 사라졌다는 사실조차도 알 수 없도록 문득 자취를 감추었을 그 많은 가게들. 사라진 것은 그뿐만이 아니다. 1990년대 초 그 거리를 떠돌던 냄새들—여름밤이면 내려가 술을 마시던 도림천변의 퀴퀴한 냄새, 금요일 오후면 어김없이 독촉 고지서처럼 날아들던 최루탄 냄새, 비장한 얼굴로 "네 고민의 정체는 무엇이냐" "너에게도 상처가 있느냐" 운운하는 선배의 입김에서 풍겨오던 소주 냄새도 이제는 옛이야기일 뿐이다. 무엇보다 그 거리를 배경으로 기억 속에 동장하는 많은 사람들, 그들은 이제 그 거리 바깥의 세상으로 하나 둘 떠나갔다. 일찌감치 떠나간 사람도 있고 그처럼 십 년이 지나서야 가까스로 떠난 사람도 있다. 이제 녹두거리는 예전의 그 거리가 아니다. 무엇보다 공기가 변했다. 옛적의 공기는 문을 닫은 가게들, 그리고 그 거리를 떠난 사람들과 함께 영영 사라져버렸다. 다만 이십대를 고스란히 그곳에서 보낸 어떤 영혼의 기억 가장자리에 어렴풋이 존재할 뿐이다. 그 영혼의 불빛이 스러지기 전까지 서점에서는 책장 넘기는 소리, 낮은 음성으로 토론하는 소리가 들리고 극장에서는 철 지난 영화들이 상영될 것이다.

사실 미림극장에서 무슨 프로그램을 상영하는가는 별로 중요하지 않았다. 「동방불패」 같은 무협물이건, 오우삼류의 누아르건, 과일 이름이 들어가는 제목의 에로물이건, 아무래도 상관없었다. 그에게 중요한 것은 미림극장에 갔다는 사실이었다. 동시 상영관에서만 맡을 수 있는 눅눅한 냄새, 느슨한 분위기, 무엇보다 세상의 경쟁으로부터 한 발짝 비켜선 듯한 영락의 기미를 그는 기꺼이 사랑했다. 객수에 찌들어 육신이 무거울 때면 그는 미림극장에 갔다. 그 어두컴컴한 지하에서 반나절 웅크리고 있으면 거짓말처럼 몸이 가벼워지는 것이었다. 결국 단 한번뿐인 삶이 미욱한 영혼들에게 가르쳐주는 것은 그런 것이 아닐까. 프로그램이 무엇이든 중요한 것은 극장에 갔다는 사실 자체이듯, 소중한 것은 지금 여기에 존재한다는 사실이라는 것. 살아서, 떠나온 어떤 거리와 그 거리를 떠돌던 열망과 절망의 공기와, 그 혼란스럽던 공기를 함께 들이켰던

십 년 전의 어떤 얼굴들을 떠올리는 것. 아득하게 떠올리는 것. 삶을 삶이게 하는 것은 그런 것들이 아닐까.

3

내가 알기로 그는 지금까지 모두 다섯 번의 작가 후기를 썼다. 어깨에 힘을 빼야 좋은 타구를 날릴 수 있듯이 손목에 힘을 빼야 좋은 글이 나온다는 사실을 내가 말하지 않더라도 잘 알고 있을 것이다. 자신의 지난 삶에 대해 누구보다도 잘 알고 있는 나에게 이 글을 보여주는 것을 보면 미루어 짐작할 수 있다. 단어 하나, 쉼표 하나만 보아도 나는 그의 마음이 어디를 서성이는지, 그 망설임의 흔적을 단박에 알 수 있다.

그가 십여 년 전의 어느 날 문득 뭔가를 적어내려갔다는 그 노트를 언젠가 나는 본 적이 있다. 지금도 그는 그 노트를 소중하게 보관하고 있는 모양이다. 스프링이 달린 평범한 노트였다. 비가 내리는 빌딩숲 사이로 전동차가 어디론가 달려가는 모습이 커피 빛깔로 프린트된 표지는 누르스름하게 색이 바랬지만 십여 년이라는 세월을 감안한다면 보관 상태는 양호한 편이었다. 그 노트에는 잡다한 글들이 적혀 있었고 가끔 그림이 그려져 있기도 했다. 정확한 내용은 일일이 기억할 수 없지만 노트 한 권 가득 적혀 있던 글들은 대체로 감상적이고 허무주의적이었다. 그러고 보니 이런 글이 기억난다. '삶이 아름다운 것은 그 삶이 추억될 때뿐이다.' 지금도 그렇게 생각하는지 그에게 물어보아야겠다.

김경욱 | 미림아트시네마

홀림

성 석 제

1960년 경북 상주에서 태어났다. 1994년 짧은 소설을 모은 『그곳에는 어처구니들이 산다』를 펴내며 소설을 쓰기 시작했다. 소설집 『재미나는 인생』 『내 인생의 마지막 4.5초』 『조동관 약전』 『홀림』 『황만근은 이렇게 말했다』 『참말로 좋은 날』 『지금 행복해』, 장편소설 『아름다운 날들』 『순정』 『인간의 힘』이 있다. 한국일보문학상, 동서문학상, 이효석문학상, 동인문학상, 현대문학상, 오영수문학상을 받았다.

작가를 말한다

내적으로나 외적으로나 옹이 없는 삶을 살아온 듯한 선비 성석제는 평생 구경만 해보았을 '옹이'에 대한 결핍감으로인지 탐구심으로인지 종종 일탈을 꿈꾸고 실행한다. 그것이 그의 아담하고 평화로움직한 삶새에 트인 맛을 더해준다. 게다가 쏘는 맛까지 있으니, 그는 우리를 웃겨주기까지 하는 것이다.
말로써 글로써, 때로는 신랄하게 때로는 다정하게.
"많은 여자 작가들이 성석제 씨를 좋아하던데요?"
"나도 여자 작가들을 좋아해요."
웃기는 사람이다.
웃기는 사람은 대개가 웃기고 싶어하는 사람이다. 만약 그가 대개의 사람이라면, 그는 왜 웃기고 싶어할까? 황인숙(시인)

아이는 차 문을 열다 말고 멈칫한다. 아이에게서 스무 걸음 정도 떨어진 곳에 서 있는 한 아이를 본 것이다. 아이는 순식간에 그 아이에게 사로잡힌다. 그 아이는 보이스카우트처럼 짧고 푸른 바지를 입고 한 손에는 아이스크림을 들었다. 그 아이 역시 무엇엔가 홀려 있는 듯, 아이스크림이 흘러내리는 줄도 모르고 어디엔가 시선을 고정한 채 서 있다. 아이는 아이에게 시선을 고정한 채 소리 나지 않게 차 문을 닫는다. 그리고 환하고 텅 빈 숲길에서 동족을 만난 짐승처럼 조심스럽게 아이의 뒤를 돌아든다. 아이가 홀린 아이는 홀린 아이 특유의 모습과 표정으로 사진에서 막 오려낸 것처럼 다른 풍경과 구별된다. 아이의 얼굴은 검게 그을렸고 눈이 크다. 머리를 짧게 치켜 깎아서 그런지 붉은 귀가 막 돋아난 잎새처럼 쫑긋하다. 사내아이치고는 속눈썹이 길고 섬세하다. 다리 사이에 낀 가방은 낡았고 후줄근하다. 아이 역시 아이만할 때 아버지의 서류 가방을 물려받아 책가방으로 가지고 다닌 적이 있다. 그 가방은 질 좋은 가죽으로 만들어졌고 이국적인 냄새가 났지만 아이는 선생들이나 탐을 낼 그런 가방을 가지고 다니는 게 부끄러워 그 가방을 가지고 다니는 동안 혼자 산길로 다니곤 했다. 아이가 아이의 가방이나 아이 그 자체에 홀린 건 아니다. 아이는 아이가 무엇인가에 사로잡혀 하던 일을 멈추고, 어쩌면 숨마저 멈추고 있는 정경에 홀렸다. 아이의 눈은 멍하면서 깊다. 습관적으로 멀고 아스라한 누군가를 보거나, 스러져간 무엇을 반추하느라 그렇게 된 것이라고 아이는 생각한다. 아이는 아이가 바라보는 방향을 살펴본다. 길가에서 멀지 않은 곳에 트랙터가 논을 갈아붙이고 있다. 아이가 아이만할 때는 기름 냄새를 풍기는 기계가 드물었고 간혹 불도저나 지프 같은 게 들어오면 사람들이 모여 구경을 하곤 했다. 그렇지만 아이가 그걸 보고 있는 것 같지는 않다. 플라타너스에 푸르고 단단한 열매가 매달려 있다가 바람이 불 때마다 작은 종처럼 흔들거린다. 아카시아숲에서 코를 벌름거리게 할 만한 꽃향기가 풍겨나온다. 더 먼 곳에 도로와 나란히 철로가 누워 있고 철로변에 새로 깐 듯, 투명한 햇빛을 반사하는 자갈이 눈부시다. 철로 너머에는 자그마한 동네가 있고 붉은 지붕과 파란 지붕, 아무 색깔도 없지만 아무 색깔도 아니라고 할 수 없는 색깔의 지붕들이 눈에 띈다. 하지만 아이가 늘상 보는 풍경에 홀릴 이유는 없다. 어쩌면 아이는 날아가버린 새, 비행기처럼 아이가 아이를 보기 전에 나타났다 사라져버린 것에 사로잡혀 있는지도 모른다. 아이는 이리저리 시선을 돌리다 다시 아이를 바라본다. 아이스크림을 든 아이의 손은 전체적으로 뭉툭하고 손가락이 굵다. 아이는 아이에게서 눈을 떼어 자신의 손을 내려다본다. 도시에서 살아오면서 그는 자신의 손이 농부의 손처럼 투박하고 매듭이 거칠다는 이야기를 여러 번 들었다. 그때마다 자신은 농촌 출신이고 어릴 때는 눈 쌓인 산에서 나무를 해다 장에 팔아서 끼닛거리를 사야 했다고 농담을 했다. 사실 그는 어릴 때는 나무를 해본 적이 없다. 불장난을 하려고 삭정이를 주워 모은 게 고작이다. 그도 또래의 아이들이 제 몸에 맞는 자그마한 지게를 지고 솔잎을 긁거나 잔가지들을 꺾으러 갈 때 함께 갔으면 좋겠다는 생각을 해본 적이 있지만 아이들은 그를 끼워주지 않았다. 동네에서 가장 큰 집에, 동네에서 가장 식구가 많은 집에 사는 아이의 걸음은 느리고 손재주가 없었다. 함께 하는 장난이나 칡 캐기, 이삭 · 감꽃 줍기, 콩 · 수박 · 참외 · 사과 · 복숭아 · 오이 · 무 · 밀 · 감자 · 고구마 · 자두 · 토마토 · 닭 · 돼지 서리, 진달래 · 산딸기 · 오디 · 깨곰 · 대추 · 감 · 밤 · 모과 · 머루 따기, 개구리 · 뱀 · 산토끼 · 꿩 · 메추리 · 하늘소 · 매미 · 메뚜기 · 꿩 · 산토끼 · 노루 · 오소리를 잡는 일에 어설펐다. 아이는 그래서 혼자 놀고 혼자 방학 숙제를 하고 혼자 주전자를 들고 딸기를 따러 가야 했다. 다행히 아이의 집 안에는 배 · 모과 · 살구 · 복숭아 · 포도 · 대추 · 감 · 뽕 나무가 있었고 텃밭에는 갖가지 채소가 자랐으며 조부모 · 부모 · 삼촌 · 고모 · 형 · 누나 · 동생에 솜씨 좋은 일꾼까지 있어서 아이가 다른 아이들에게 끼워달라고 애걸할 일은 많지 않았다. 아이가 문득 손을 움직여 아이스크림을 입으로 가져간다. 아이가 움직이자 아이는 아이에게 홀려 있던 순간에서 풀려난다. 아이도 여느 시골 아이 같은 모습으로 돌아가 한적한 풍경에 섞여든다. 아이는 걸음을 떼어 아이가 아이스크림을 샀을, 길가에 있는 구멍가게로 간다. 구멍가게의 문을 열던 아이는, 누런 베니어 판과 얇은 유리, 자그맣고 닳은 손잡이로 이루어진 그 문이 어린 시절 자신이 이따금 드나들면서 사카린과 성냥을 사던 동네 구판장의 문과 같은 시대에 만들어졌을 거라고 생각한다. 60년대다. 아이는 그 문 안의 풍경이 구판장의 60년대와 크게 다르지 않았으면 하고 바란다. 아이는 문을 연다. 환갑을 넘긴 듯한 여인이 쪼개진 수박 사진이 인쇄된 부채로 파리를 쫓고 있다. 아이는 담배를 하나 달라고 한다. 여인은 느릿한 동작으로 담배가 있는 내실 쪽으로 몸을 돌린다. 아이는 진열대 안쪽에 놓인 탁자와 탁자 위에 놓인 그릇들, 그릇을 덮고 있는 또 다른 그릇과 누런 주전자를 본다. 탁자 아래에는 좁다랗고 긴 의자가 놓여 있고 그 위에 백수(白首)의 사내가 의자에 몸을 얹은 채 코를 골고 있다. 탁자 위에 번져 있는 허연 얼룩은 그 사내가 아침부터 마셔대며 흘린 막걸리 자국일 것이다. 아이는 어린 시절, 막걸리를 사서 들로 나르던 심부름을 기억해낸다. 그때 막걸리는 둥그런 입만 제외하고는 온몸이 땅속에 파묻힌 독 속에 들어 있었다. 주전자를 가지고 가면 바가지로 퍼서 막걸리를 담아주었고 흘러내리지 않도록 시멘트 부대 종이, 돌가루 종이라고 불리는 누런 종이로 마개를 해주었다. 아이들은 들로 가다가 우물을 만나면 막걸리를 바가지에 반쯤 따라 사카린을 타서 마시고는 주전자를 우물물로 채우곤 했다. 술도가에서 가져오는 술은 원래 싱거웠는데 도가에서 가져오는 동안 도가 일꾼이 물을 타서 양을 늘리는데다 구판장 안주인이 다시 물을 타는 일이 예사여서 심부름하는 아이들마저 물을 타면 들에서 일하는 일꾼들은 원래 농도의 반의 반도 안 되는 막걸리를 마셔야 했다. 자신이 어린 시절에 그랬기 때문에 그런지 일꾼들은 아이들을 크게 나무라지는 않았다. 막걸리 심부름을 하고 나면 술에 취한 아이들은 논두렁을 베고 잠이 들기 일쑤였다. 그러나 아이는 좀처럼 막걸리 심부름을 할 기회를 가지지 못했다. 따라서 논두렁을 베고 논바닥을 담요로 삼아 잠을 자볼 수도 없었다. 어느 추수철에 아이는 최초로 다른 아이들처럼 막걸리 심부름을 하게 됐다. 그런데 그 막걸리는 구판장에서 받아온 게 아니라 집에서 담근 밀주였다. 학교를 다녀온 뒤 곧바로 심부름을 하게 되는 바람에 공복이었던 아이는 다소 많은 양의 막걸리를 타 마셨고 그 바람에 취해서 논두렁에서 구르기까지 했다. 그래서 주전자에서 막걸리가 반쯤이나 쏟아져 아이는 그만큼을 물로 채워넣었다. 결국 일꾼들은 평소와 비슷한 농도의 막걸리를 마시게 되었다. 거나한 기분이 된 아이는 짚단을 베고 논바닥에 누워 잠이 들었다. 그때 일꾼 하나가 분풀이인지 장난인지 아니면 둘 다 겸한 것이었는지 몰라도 아이의 몸 위에 짚단을 몇 개 시옷자로 걸쳐놓았고 그게 짚단을 세우는 줄인 줄 안 다른 일꾼들이 이어서 짚단을 세우는 바람에 아이는 짚단 속에 갇히게 되었다. 한참 뒤에 잠이 깬 아이는 처음에는 자신이 죽은 줄 알았다. 축축한 흙기운과 매캐한 흙냄새와 지독한 어둠, 술을 지나치게 마셨다는 자책감이 더욱 그런 생각을 하게 만들었다. 그러나 아이는 그때까지 죽음을 겪은 적이 없었다. 죽었다는 생각을 하면서 그냥 누워 있는 것이 죽는 것보다 더 기분 나빴던 아이는 팔을 휘저어 짚단을 밀쳤다. 짚단이 양쪽으로 쓰러지면서 은가루를 뿌려놓은 듯한 밤하늘이 아이의 머리 위에 펼쳐졌다. 아이는 그때 처음으로 아름다움과 공포가 혈연 관계를 맺고 있다는 것을 알게 됐다. 한동안 별에 홀려 멍하니 앉아 있던 아이는 별똥이 떨어지는 것을 보고 정신을 차렸다. 아이는 마구 뛰기 시작했다. 이십 분이 넘게 걸렸던 길이 오 분도 걸리지 않았다. 아이가 달음박질로 집에 이르렀을 때, 어처구니없게도 아이의 집에서는 불을 끄고 모두 자고 있었다. 아이가 없어진 것도 몰랐던 것이다. 죽었다가 살아 돌아왔다고 생각한 아이는 자신을 몰라주는 식구들이 너무 원망스러웠고, 죽어라고 달려온 게 아까워서 다시 죽었다 치고 짚단 속으로 기어들까, 아니면 이 길로 집을 나가 평소에 다른 아이들이 '오입 깐다'고 말하는, 이웃의 도시로 가버릴까, 하는 생각에 사로잡혔다. 이웃 도시까지 가는 길은 백 리쯤 되었는데 그 이웃 도시의 이름은 '오입'이 아니었고 초등학생이 오입을 할 수 있는 매춘굴이 있지도 않았다. 그런데도 아이들은 외설스러운 단어인 '오입질'의 어근인 '오입'에, 떠난다는 의미의 '간다', 또는 알에서 깨어 엉뚱한 세상에 오입(誤入)한다는 의미에서 '깐다'는 은어를 일상적으로 사용했다. 실제로 얼마나 많은 아이들이 오입을 갔는지 알 수는 없었지만, 방학이 끝나고 나면 몇몇 책상이 비어 있었고 그 자리의 주인이 오입을 깠다는 소문이 퍼지곤 했다. 나중에 폭발물 사고나 익사, 전학으로 이유가 밝혀지기 전까지는 모든 부재는 '오입'으로 여겨졌던 것이다. 물론 실제로 오입 간 아이들도 있었다. 그 아이들은 기껏해야 오입한 역 광장에서 구두닦이를 하다가 선생이나 부모에게 귀를 잡혀 돌아오는 게 보통이었다. 작은 영웅들은 아이가 사는 동네에서는 보기 드문 작은 성냥을 주머니에 넣어가지고 왔다. 그 성냥으로 불을 일으켜 불장난을 하는 동안 오입의 경험을 설명하는 아이나 듣는 아이 모두 귀가 발갛게 달아올랐다. 어느 해 여름, 아이보다 한두 해 위의 나이인 세 아이가 오입하러 떠났다. 아이가 알기로 세 아이는 모두 가난하고 용감했고 각각 평범한 아이들의 지도자가 될 수 있을 만큼 강하고 결단력이 있었다. 그러나 각자 삼천 명의 합창단을 지휘할 수 있는 아이라도 아이는 아이였다. 철로를 따라 백 리 길을 거의 다 가서 지치고 졸린 아이들은 누가 먼저라 할 것 없이 철로를 베고 누웠다. 새벽 기차는 늘 오던 시각에 와서 아이들의 비쩍 마른 몸뚱이에 새로운 길을 내며 지나갔다. 그 아이들의 시신을 가마니에 담았더니 불과 한 가마니밖에 안 되더라는 담임 선생의 목격담이 교무실에서 교실로 퍼졌고 그날 한 번이라도 오입을 생각해본 아이들에게 우울한 침묵이 전염병처럼 돌았다. 그때부터 아이들은 오입으로 떠나려면 조금 더 필연적인 이유를 생각해내야 했다. 아이 역시 그날 오입으로 가지도, 오입의 알을 까지도 못했다. 부모와 동생들 사이에 있는 틈으로 파고들어 잠을 청했을 뿐이다. 아이는 오입과 짚단과 별똥과 죽은 아이들, 돌아온 아이들이 가지고 온 오입 산(産)의 작은 성냥을 생각하느라 첫닭이 울 때까지도 잠이 들지 못했다. 아이는 바로 그날, 자신이 죽음의 언저리에 다녀온 게 사실로서, 죽을 때는 누구나 혼자인데, 자신을 낳고 보살펴온 식구도, 제 아무리 따뜻한 이부자리도 혼자 죽는 것을 말리지 못한다는 것을 알게 된 이상 오입을 깐 것과 마찬가지이며, 그 결과 어른과 아이의 중간에 있는 어떤 단계로 진입했다고 믿게 되었다. 어쩌면 아이의 기억은 과장되었을 수도 있다. 그렇다. 아이는 다른 사람들과 어린 시절에 관해 이야기할 때 종종 다른 사람의 기억을 빌리거나 잘못 기억하거나 그렇다고 믿고 있는 것에 의지하는 자신을 발견한 적이 많았다. 아이는 아이를 지켜본 사람들이 기억하는 대로 내성적이고 착실하며 평범한 시골 아이였을 것이다. 그러나 그날 이후 아이가 달라진 건 사실이다. 아이는 자신의 능력 범위 안에서 제 나름의 오입을 가고 까기 시작했다. 아이는 종종 사람들의 시야에서 사라졌다. 골방이나 다락에 엎드려 어른들이 아이들 눈에 띌까 감춰둔 책을 보기도 하고, 어두컴컴한 지하실에서 포도주며 국화주의 국화와 포도를 건져먹고 술냄새가 가시기를 기다리다 끼니를 놓치기도 했다. 마침 그 무렵 오입에 있는 학교로 유학 갔던 형이 몸이 아파 집으로 돌아왔다. 형은 몇 달 동안 자리보전을 하고 누워 있었다. 누워서 벙어리장갑을 뜨는 오빠를 위해 누이들이 도서관에서 책을 빌려다 주었다. 그 책이 무협지였다. 그때 무협지는 여자 중학교 도서관의 서가를 차지할 정도로 장정이며 내용이 위의를 가지고 있었다. 아이는 곧 형과 경쟁적으로 무협지를 읽어대기 시작해 형과 어깨를 나란히 누이의 도서관에 있는 모든 무협지를 독파했다. 아이는 사람들이 다른 사람을 즐겁게 해주기 위해 소설을 쓰기도 한다는 것을 처음 알았다. 아이는 비로소 다락방의 『사랑이 메아리칠 때』나 『회전목마』에서 마루 한구석의 『새농민』, 안방 선반의 『대망』 『수호전』 『옥루몽』 『금병매』 『그림으로 보는 이야기 성서』, 성당에서 발간하는 『가톨릭 소년』이며 『경향잡지』, 삼면의 벽을 빙 둘러 책꽂이가 들어찬 새 방의 일어판 『축산전서』 『백만 인의 의학』 『과수 재배』 같은 실용서, 『흙』 『상록수』 『해가 뜨는 아침』 같은 농촌 계몽 문학을 섭렵하는 잡다한 독서에서 벗어나 일관성 있는 독서를 할 수 있게 되었다. 하지만 병이 나은 형이 오입으로 돌아가는 바람에 아이의 일관적이고 체계적인 독서는 그것으로 끝나는가 싶었다. 어느 날 아이의 아버지는 아이를 데리고 친구가 운영하는 서점에 들렀다. 그 서점에 서점이라는 간판이 달려 있는 건 분명했지만 책을 팔기보다는 빌려주는 게 전문인 대본소였다. 아버지는 몰랐지만 아이는 서가를 채운 게 대부분 무협지임을 금방 알아보았다. 그러나 아이는 전면을 제외하고 천장까지 세워진 서가에 꽂힌 한자 제목의 무협지는 본 체 만 체하고 서가의 맨 하단을 채우고 있는 알록달록한 전과며 수련장, 어린이 잡지, 동화책을 가리키며 그 책을 빌려볼 수 있게 해달라고 아버지를 졸랐다. 그러는 동안 아버지의 친구는 자신의 친구와 함께 온 꼬마 손님이 미래의 최대 고객이 될 것임을 알아보았고, 아이는 가게 주인이 자신의 정체를 알아보았다는 것을 역시 알아보았다. 결국 아이와 가게 주인의 공모 속에 아이는 아버지가 연말에 한꺼번에 대본료를 지불하는 조건으로 원하는 대로 책을 빌려볼 수 있게 되었다. 아버지는 일단 거창하게 술을 한 잔 샀고 책이 아이들의 품성에 미치는 영향에 관해 친구와 함께 오랫동안 토론을 벌였다. 아이의 아버지는 그렇게 함으로써 아이를 위해 동화책이나 만화책을 사줄 수 없는 자신의 안타까운 입장을 완화해보려고 했는지도 모른다. 먹고사는 문제가 최우선이었고 아이들은 교과서만으로도 충분히 정서를 함양할 수 있다고 믿는, 아니 그렇게 믿을 수밖에 없었던 농촌에서 동화책이란 호롱불 기름이나 낭비하게 하는 사치품이었다. 어른들 생각이야 어떻든 아이는 환호하며 무협지의 세계로 뛰어들었다. 아이가 한꺼번에 대여섯 권짜리 무협지를 가방이 뚱뚱해지도록 빌려와서 제 방에 들어가면 밥 먹을 때도 좀처럼 나오려고 하지 않았기 때문에 식구들은 아이가 보이지 않아도 으레 집 안 어디에 있으려니 여기게 되었다. 아이는 발바닥부터 머릿속까지 쥐벼룩에 물려가며 남의 나라 영웅들이 벌이는 초인적인 사투에 빠져들었다. 무협지는 아이를 대금나수(大擒拏手)로 목덜미를 집어올려 격산타우(隔山打牛)의 수법으로 나무 위로 날려보낸 뒤, 검화(劍花)와 검기(劍氣)와 어검술(御劍術)의 신기로 넋을 빼고 답설무흔(踏雪無痕)의 초절한 경공으로 머리는 있되 꼬리는 보이지 않는 신룡처럼, 도사처럼, 화상(和尙)처럼, 은사(隱士)처럼 자재로 변신해 보였다. 아이가 그 서점에 있는 무협지 전성 시대에 발간된 무협지를 다 읽는 데는 이 년이 걸리지 않았고, 살기 어린 무협의 세계와 다름없이 강퍅한 환경에 내던져진 중학교 시절에 이르기까지 무협지는 아이의 언더그라운드이자 오버그라운드였다. 아이는 담배를 받아들고 돈을 치른다. 어느새 가게 여주인처럼 아이의 표정도 무표정해졌다. 가게를 나와 담배를 꺼내 물던 아이는 아이스크림을 들고 있던 아이가 길을 따라 걸어가고 있는 걸 본다. 아이는 공을 몰고 가듯 바닥을 툭툭 차며 걸어가고 있다. 그때마다 아이의 한쪽 어깨에 걸려 있는 가방도 흔들거린다. 학교에서 집으로 돌아가는 길인가. 하지만 아이 외에는 학교에서 돌아가는 아이들이 보이지 않는다. 열두시가 조금 넘은 시각이면 하교 때라고 할 수도 없다. 아이의 얼굴에 미소가 번진다. 그는 아이가 걸핏하면 조퇴를 일삼던 자신의 후배라고 생각한다. 아이 역시 조퇴를 하고 혼자 집으로 돌아가는 길의 꿀 같은 고독을 즐긴 적이 있다. 나란히 줄을 이루어 학교로 가고 줄지어 소풍을 가고 조회 시간이면 줄서서 박수를 치고 줄줄이 좌로 우로 뛰고 걷고 책상 줄을 맞추는 법부터 가르치는 학교는 줄이라면 줄넘기에도 진절머리를 내는 아이에게 처음부터 맞지 않았다. 아이는 한없이 늘어선 줄에서 벗어나기 위해 거짓말을 배웠다. 선생님, 할아버지가 문중 제사에 가야 한다고 빨리 오라셨어요. 전화가 없던 시절이었다. 아니 있다고 해도 아이의 할아버지에게 전화를 걸어 아이를 집안 행사에 데려간다는데 그게 사실인지 물어볼 선생은 없었다. 아이의 할아버지는 공부에는 귀신인 형과 천재 누나를 손자 손녀로 둔 덕분에 학교 선생들 사이에 잘 알려져 있었다. 그래서 아이는 다른 아이들의 부러운 눈길을 받으며 일찍 학교를 빠져나올 수 있었다. 아이는 서점에 들러 무협지로 가방을 채운 뒤, 발로 공을 몰 듯 바닥을 툭툭 차며 걸었다. 그런 날은 학교에서 집으로 가는 길이 끝없이 멀기를 바랐다. 그런 바람이 아이를 길에서 잠들게 했는지도 모른다. 아이는 집으로 돌아가는 조용한 길 위 짧고 짙은 오전의 그늘 속에서 배가 불룩한 가방을 베고 잠이 들곤 했다. 잠에서 깨면 하루가 지난 듯, 혹은 한 해가, 한 생애가 지난 듯 아이는 스스로의 나이테가 많아진 것을 느끼고는 가볍게 진저리를 쳤다. 꿈속에서 새로운 삶을 살다가 잠에서 깨어 부질없이 현생으로 돌아오는 『구운몽』의 주인공처럼. 그렇다. 삼십 년 이상 아이를 아이로 붙잡고 있는 힘은 그때의 꿈 없는 잠에서 나오는 것 같다. 그 시절만 해도 아이는 아이가 틀림없었다. 하지만 길에서 자고 일어나는 것을 되풀이하면서 아이의 내부에는 무엇인가 다른 존재가 자라나기 시작했다. 그 존재는 아이에게 말했다. 네게 어울리는 건 최소한 서른 살 먹은 사내야. 너는 더 이상 배울 필요가 없어. 생각하는 것만으로도 충분해. 아이가 나중에 읽게 되는 '자유교양문고' 시리즈에 나오는 공자의 말—삼십이립(三十而立)이란 말을 알았던가. 그건 확실하지 않다. 누군가에게 들었을 수는 있겠다. 예컨대 아이가 학교 가기 전, 밥을 먹으면서 듣던 라디오 연속극 「자고 가는 저 구름아」—송강(松江) 정철(鄭澈)의 일생을 소설로 구성한 박종화 원작에 성우 구민이 콧소리를 섞어 일인다역을 하는—에 그런 말이 나왔는지도 모른다. 또 할아버지가 늘 뒤통수에 부스럼을 달고 다니던 일꾼을 꾸짖을 때 쓰던 "사나(사내)가 사나 행사(세)를 해야 사나 대접을 받고 사나 몫을 받지"라는 말에 그런 뜻이 숨어 있었는지도 모른다. 아니면 아이가 평소에 무협지에서 가문의 복수 따위에 집착하는 쪽 빠진 스무 살짜리 주인공보다는, 천하를 주유하며 행협(行俠)하는 삼십대 사내를 이상적인 주인공으로 상정해서 그랬는지도 모른다. 하여튼 아이는 어느 날 자신에게서 뻗어나온 게 분명한 낯선 가지와 그 가지에 매달린 차갑고 푸른 잎사귀를 보았다. 그 어느 날은 아이가 열두 살 나던 해에 있던 여러 날 가운데 하나였다. 아이는 그 가지를 다른 사람에게는 비밀로 했다. 오래 바라보면 바라볼수록 가지는 더욱 굵어졌고 잎사귀는 무성해졌다. 마침내 가지는 자신을 지켜보는 아이의 거죽을 뚫고 뛰쳐나가 바깥에 그 존재를 과시하려고 했다. 어느 겨울 밤, 아이는 아버지가 모는 자전거 뒤에 타고 집으로 돌아오고 있다. 아버지는 읍내 친구들과 성당 앞 선술집에서 막걸리를 한잔 걸친 터라 기분이 무척 좋은 듯하다. 아이는 오르막길에서 아버지가 거칠게 내쉬는 숨소리를 들으며 자신이 아버지의 뒤에서 자전거를 타기에는 너무 무거워졌다는 생각을 하고 있다. 그러나 아버지는 자전거에서 아이를 내리게 한다든가, 내려서 자전거를 끌고 간다든가 하지 않고, 스스로와 내기를 하는 듯 힘겹게 자전거 페달을 밟아 마침내 집이 바라다보이는 제방 위에 선다. 거기서 아버지는 자전거를 멈추고 후우, 하고 긴 한숨을 내쉰다. 그 한숨은 아이가 아동극용 희곡집 『나비가 되어 날아간 소년』에서 병에 걸려 골방에서 내내 신음하며 바깥의 푸른 하늘 아래에서 자유롭게 날아다니는 나비를 그리던 소년이 흰 나비가 되어 날아갔다는 이야기를 읽고 난 뒤, 사람들은 왜 이렇게 슬픈 이야기를 만들까, 만들어서 책으로 내고 그 책을 읽게 할까, 도대체 눈물이 나도록 슬픈 이야기를 써서 유명해진 사람들은 어떻게 생겨먹었을까, 안 그래도 이 세상에는 힘든 일이 많은데 무슨 까닭으로 슬픔을 더하고 자아내고 아픈 데를 후벼파가며 슬프게 살까, 아아 모르겠다 하고 메줏덩이 뒤로 책을 내던지며 내쉰 한숨 소리와 크게 다르지 않다. 긴 한숨 소리가 끝나자 아이는 아버지를 부른다. "아버지." "왜." "저 내일부터 학교 안 가면 안 돼요?" 아버지는 잠시 모든 동작을 멈춘다. 아이에게 그 일섬(一閃), 일순(一瞬)의 시간이 일생처럼 길게 느껴진다. 이윽고 아버지는 입을 연다. "그게 무슨 소리냐." 아이의 입에서, 아니 아이에게서 뻗어나온 나뭇가지에서 아이가 걷잡을 수 없이 빠르고 거세게 말이 흘러나온다. "학교에서 배우는 게 너무 시시해요. 다 아는 내용이거든요. 우리 집은 학생이 너무 많아서 공부시키느라 아버지도 힘드시잖아요. 저라도 학교를 그만두고 독학을 하면 집안에 도움이 되지 않겠습니까?" 독학을 하겠다는 발상은 나뭇가지가 아니라 아이의 생각이다. 앞으로 남은 학년에 중학교 · 고등학교까지 줄 맞출 일이 생각만 해도 끔찍했기 때문이다. 아버지는 말이 없다. 자전거를 세우고는 제방 아래로 내려갈 뿐이다. 아이는 아버지의 온기가 남아 있는 자전거 안장을 붙잡는다. 겨울바람이 아이가 살고 있는 동네 뒷산의 가운데 움푹한 곳—아이들이 똥고개라고 부르는 곳—을 넘어 가늘고 기다란 채찍처럼 낡은 자전거를 휘감는다. 아이는 눈을 감는다. 눈을 감고 걸을 때처럼 넘어지지 않을까 하는 불안감이 생겨난다. 아이는 눈을 뜬다. 금방이라도 바람에 자전거가 넘어질 것 같다. 오줌을 누러 간 줄 알았던 아버지는 아이의 손이 싸늘하게 식도록 돌아오지 않는다. 아이는 자전거에서 내리고 싶다는 생각과 제자리를 지켜야 한다는 갈등에 시달린다. 하지만 이러지도 저러지도 못하고 몸을 조금씩 뒤척일 뿐이다. 하늘엔 아기의 눈 같은 별이 총총하다. 냇가 건너 아이가 사는 동네에 켜진 불빛이 까물거린다. 컹컹, 하고 개 짖는 소리가 들려온다. 하루, 한 달, 한 세월이 지난 듯, 한참 만에 돌아온 아버지는 자전거에 다시 올라탄다. 씨익씨익 소리를 내며 자전거 페달을 밟던 아버지는 끝내 아이에게 한마디도 하지 않는다. 다음날 아이는 「자고 가는 저 구름아」가 끝나도록 숟가락을 놓지 않는다. 보통 때는 「자고 가는 저 구름아」에서 출연 구민, 이라는 말을 듣고 가면 지각이다. 집안의 다른 학생들—초등학생 둘, 중학생 둘, 고등학생 하나는 이미 학교로 가고 없다. 아이는 「자고 가는 저 구름아」가 끝나고 새로운 프로그램이 시작되어서야 느릿느릿 숟가락을 놓는다. 그때까지만 해도 아이에게 관심을 가지는 사람은 없다. 아이는 마루로 나와서 오늘 무엇을 할까, 뒷산에 솔방울을 주우러

갈까, 중얼거리며 기지개를 켠다. 그러나 아무도 신경을 쓰지 않는다. 여자들은 설거지를 하고 할아버지는 사랑방 문을 닫고 닭은 한 발을 들고 똥을 싼다. 아이는 마당에 내려서서 앞산에 연을 날리러 가나, 중얼거린다. 그제서야 마당에서 자전거 꽁무니에 도시락을 매달던 아버지가 아이를 돌아본다. "너 왜 아직 학교에 안 갔어?" 아이는 그 순간 난생처음 아버지에게 배신감을 느낀다. 어제 그렇게 일아듣도록 얘기를 했건만 아버지는 아침에 술이 깨자 그 중요한 이야기를 몽땅 잊어버린 것이다. 아니다. 아이는 아버지가 어제의 이야기를 잊어버린 게 아니라, 술에 취한 채로는 제 나름의 인생을 살기로 결심한 한 사내가 사내 대 사내로서 아버지에게 한 말에 당장 대답하기 곤란하니까, 일부러 아침까지 기다린 것이라고 의심한다. 네가 그렇게 잘났으면 온 식구가 보는 앞에서 다시 한번 네 입장을 천명해보라는 게 아니겠는가. 아이는 대문으로 향하는 아버지를 따라간다. "아버지." "왜." "저 오늘부터 학교 안 가도 되잖아요." "무슨 소리야." 부자의 목소리는 각각 다른 이유로 나직하다. 아이는 다른 식구들이 들을까봐, 아버지는 자신의 아버지가 있는 사랑방 앞이어서 목소리를 낮춘다. "어제 말씀드렸잖아요." "뭘." "학교엘 가도 배울 게 없다고요." "허허, 야가 아침부터 무슨 헛소리를 하고 있나. 당장 가방 들고 나오지 못해." 아버지는 눈을 부릅뜬다. 아이는 어깨를 떨며 돌아선다. 이를 악물고 어제 집에 와서 풀지도 않은 가방을 든다. 아이는 마루 끝에 놓인 도시락도 본 체 만 체 돼지우리를 살피는 아버지의 등뒤를 지나 대문을 걷어차며 밖으로 뛰어나간다. 뛰면서 아이는 생각한다. 식구들 보는 앞에서 아버지를 탓하는 건 아버지와 똑같은 수준의 인간임을 보여줄 뿐이다. 조금 더 고차원적인 방법으로 자신의 잘못을 깨닫게 하는 게 좋겠다. 아이는 집에서 빤히 내려다보이는 동네 우물가로 간다. 가방을 던지고 네 활개를 벌리고 눕는다. 곧 동네 아낙들이 설거지를 하러 나올 것이다. 아이가 누워 있는 것을 보고 놀라서 집에 알릴 것이다. 조금 더 빨리 온다면 아직 동네를 벗어나지 않은 아버지의 귀에 아이가 최선을 다해, 갈 필요도 갈 이유도 없는 학교에 가다가 우물가에 쓰러졌다는 비보가 들릴 것이다. 그러면 집에서 온 식구가 버선발로 뛰쳐나오고 그중에서도 죄 많은 아버지가 아이를 업어야 할 것인데, 아이는 더 무거워지라고 온몸에 힘을 주면서 죽어도 학교에 가야 한다고 울먹일 것이다. 그러면 아이가 독학으로 『서울신문』의 한자를 읽어내는 것을 보고 학교에 보내느니 차라리 집에서 천자문을 가르치는 게 낫겠다고 하던 할아버지가, 몸이 낫고 제정신을 차려야 학교를 가지…… 학교가 뭔데 애를 이 지경으로 만들었나…… 그까짓 학교 아예 가지 마라…… 이렇게 나올 것이다. 그러면 아이는 못 이기는 체하고 학교가 지상에서 없어질 때까지 학교에 가지 않아도 될 것이다. 그런데 우물가에 맨 처음 도착한 아낙은 동네에서 가장 과묵하고도 늘 바쁜 사람으로 뉘 집 아이가 누워 있는지 자고 있는지 공부를 하는지 각본을 짜는지 아랑곳하지 않고 설거지에만 열중한다. 그다음에 도착한 아낙은 아이가 가장 싫어하는 '떠들네'라는 별명의 아낙인데 오직 떠드는 것에만 관심이 있을 뿐, 아이가 어떤 상태인지 뭘 원하는지 앞으로 어떤 인생을 살 것인지에 관해 전혀 관심이 없다. 그리고 아무도 오지 않는다. 아이는 등이 시려오고 팔이 저려오고 뒤통수가 배긴다. 아이는 참다 못해 말한다. “나, 아파요.” 그러나 아낙들은 어제 다녀온 어느 집 잔칫상에 오른 문어 눈깔을 누가 떼어먹었나에 관한 이야기에 열중해서 아이의 말을 듣지 못한다. 아이는 다시 조금 더 큰 소리로 나, 아프다니까요, 했는데 차가운 바닥에 오랫동안 누워 있었던 탓에 입이 잘 움직여지지 않는다. 그러므로 아낙들이 아이의 말을 알아들을 리가 없다. 그래서 아이가 죽을 힘을 다해서 “나 아파!” 하고 소리를 친 다음에야 아낙들이 돌아본다. “얘가 뭐라는 거지?” “글쎄, 아까부터 계속 누워 있더라구.” 그러고는 다시 설거지와 수다에 열중한다. 아이는 더 이상 소리 지를 힘도 없어서 멍하니 누워 있다. 일을 다 끝낸 말수 적은 아낙이 천천히 아이에게 다가와 머리를 짚는다. 고개를 갸웃거리더니 다시 손을 짚어보고는 “얘가 열이 있나” 하고 한 음절에 일 년씩 걸릴 정도로 천천히 발음한다. 떠들네는 물 묻은 손으로 아이를 잔칫집 전 뒤집듯 홀떡 뒤집어본다. 그 손이 닿는 곳마다 소름이 끼친다. “너 거기 계속 있을 거냐. 바닥이 좀 차가울 텐데. 계속 잘 거면 바닥에 얼굴 대지 마라. 입 돌아간다.” 이윽고 두 아낙은 나란히 자배기를 머리에 이고 일어선다. 마침 똥지게를 진 일꾼이 우물가를 지나가지 않았더라면 아이는 수치심과 분노로 우물가에서 숨진 역사적인 인물이 되었을 것이다. 아이는 냄새나는 일꾼의 등에 업혀 집으로 돌아올 수 있었다. 그러고는 정말 사흘을 내리 정신이 오락가락할 정도로 앓았다. 앓으면서 아이는 세상의 어른들이란 어른들은 남녀 · 직업 · 말수를 불문하고 몽땅 아이들을 영원히 아이로 잡아두기로 공모하고 있다는 것을 뼈아프게 실감했다. 아이는 다시는 어른들에게 속마음을 드러내지 않겠다, 어른들이 모는 자전거 뒷자리에 앉지 않겠다, 어른들의 웃음거리가 되지 않겠다, 그들끼리의 웃기는 합의와 일체감의 제물이 되지 않겠다고 결심했다. 동시에 이후에 학교에 가지 않을 핑계를 만들 때 우물가의 찬 바닥을 쓰지 않겠다, 조금 더 따뜻한 헛간이나 눈에 잘 보이는 동서나무 위를 이용하겠다고 마음먹었다. 또한 아이는 서른 살이 되기 전까지는 아이로 남아 있기로 결정했다. 그 결정은 교복이 입혀지고 어떤 섭리로 수염이 나기 시작하고 대학에 밀려 들어가게 되면서도 바뀌지 않았다. 다만 아이는 겉모습이 변한 만큼 그에 걸맞게 행동하는 자아를 그때그때 계발해내야 했는데, 그중 성공적인 것은 중학교 때 쌍둥이로 변한 것, 그중 극적인 것은 고등학교 때 세 그룹의 맹원 내지는 지도자가 된 것, 그중 지속적인 것은 대학 시절 이후 집 바깥에서 자는 것을 일상화한 것 등이다. 먼저 성공적인 것을 설명하자면, 아이가 중학교 이학년 때, 아이가 만 열네 살에서 세 달이 모자라던 어느 날, 서울의 변두리이자 구로공단의 배후지인 가리봉동으로 옮겨지고 전학 수속을 하러 가게 되면서부터의 주변 정황을 말해야 한다. 아이는 아버지의 뒤를 따라 앞으로 다니게 될 중학교로 전학 절차를 밟으러 가고 있다. 언제부터인가 아버지는 아이와 키가 비슷해졌는데 아이는 아버지의 어깨와 머리 너머로 갖가지 색깔의 연기를 뿜어내고 있는 수십 개의 굴뚝에 얼이 빠진다. 비포장 도로에는 하늘의 연기보다 자욱한 먼지가 피어올랐고, 군데군데 수채가 흐르는 도랑이 있어 아이는 몇 번이나 새 운동화를 적신다. 비닐과 시멘트 조각, 쇳조각, 고무 조각처럼 갖가지 조각이 곳곳에 버려져 있고 죽어가는 나무들 사이에서 아이 또래의 아이들이 시커먼 공을 사이에 두고 야무진 표준말로 갖가지 욕설을 퍼부어가며 놀고 있다. 아이는 굴뚝보다도, 오가는 차보다도, 먼지나 쓰레기 · 수채보다 그 사이를 아무렇지도 않게 오가는 사람들의 숫자에 질린다. 아침마다 골목에서 분대급의 사람들이 걸어나와 조금 더 넓은 길에서 합류하여 중대급이 되고, 큰길에서 대대급 · 사단급이 되어 같은 옷을 입고 같은 표정으로 같은 방향의 길을 걸어간다. 사람들은 자신의 머리카락 숫자만큼이나 많은 사람들 사이에서 말없이 부딪치고 밟고 처지고 뛰어넘고 쓰러져가고 있다. 아이는 한 반 정원 육십 명인 반에서 70번이라는 숫자를 부여받았다. 학기가 시작된 지 한 달도 채 안 되어 벌써 십여 명이 전학을 온 셈이었는데, 만일 학교가 무제한적으로 전학생을 받아들인다면 학기말에 가서는 전학생들만 가지고 따로 한 학년을 만들 수 있었다. 아이는 이 거대한 컨베이어 벨트 위에서, 나날이 증식하고 뻗어 마침내 시작된 곳으로 돌아와 연결되는 폐곡선 속에서 미치지 않기 위해서라도 스스로를 분열시키지 않을 도리가 없었다. 아이는 스스로를 쌍둥이라고 생각하기 시작했다. 그 쌍둥이는 생김새는 구별할 수 없을 정도로 똑같지만 성격이며 성적이며 사고 방식은 정반대인 것이 좋았다. 예컨대 아이는 집 앞에서 만난 같은 반 아이를 모른 척하고는 다음날 그걸 따지고 드는 반 아이에게 그런 적이 없다고 말함으로써 우연하고도 가볍게 스스로를 쌍둥이로 만들었다. 그다음에 아이는 목욕탕 엿보기, 가게에서 물건 훔치기, 연필 깎는 칼로 갓 전학 온 촌놈의 깨끗한 새 교복 찢기, 버스표 뜯어내기 같은 갖가지 사소한 악행을 일삼는 아이들 그룹에 쌍둥이 하나를 보냈고 다른 쌍둥이는 착실하고 양순한 얼굴로 공부에 열중하도록 만들었다. 아이가 중학교를 졸업하고 이른바 연합고사와 공동학군이라는 당시의 고등학교 입시 제도에 따라 시내에 있는 고등학교로 가게 된 것은, 쌍둥이로 분열된 자아의 통합, 분열하지 않을 수 없었던 지옥 같은 환경에서 벗어난다는 것을 의미했다. 그러나 고등학교에서 아이는 오히려 하나를 둘로 쪼갠 중학교 때가 좋았다는 것을 알게 된다. 아이는 고등학교 때 자의 반 타의 반으로 스스로를 각각 따로 생각하고 놀고 다른 가치를 존중하는 세 존재로 분열시키게 된다. 그중 하나는 중학교 때의 쌍둥이 가운데 하나의 유전자를 물려받아 포크라는 자그마한 흉기 겸 식기를 들고 다니며 사소한 일탈을 일삼는 그룹에 가담했다. 이 그룹은 이른바 '논다'고 하는 고등학교 학생부의 단골 문제 학생에 비해서는 문제성이 덜하지만 악의성에서는 결코 뒤지지 않았다. 또 아이는 자신 가운데 하나를 가톨릭 학생 모임에 내보내 한동안 생각하기를 거부했던 신과 인간, 봉사와 근행, 합법적인 이성 교제 같은 고급스럽고 거창한 문제에 관해 진지하게 토론하게 했다. 마지막으로 아이는 첫번째 본 시험에서 성적이 조금 괜찮았다는 이유로 국어선생에 의해 강제로 문예반에 들게 되는데, 거기서 이상한 아이들을 만나 자신도 이해하지 못하는 이상한 대화를 나누고 이상한 언어를 가지고 억지로 놀게 된다. 아이가 초등학교 때 이따금 백일장에 나가서 상이라는 걸 주워왔다거나 아이가 어릴 적부터 성인 대상의 서적을 유난히 탐독해와서 또래 아이들에 비해 풍부한 관용구를 구사한다거나 하는 것을 감안하면 문예반에 못 들어갈 것도 없는 일이지만 아이는 일상적으로 쓰는 욕이며 시험 답안지를 메울 때 쓰는 글이 문학이라는 이름으로 과장스럽게 대상화될 수 있다는 것을 몰랐으므로 자발적으로 문예반에 든다는 것은 생각해본 적이 없었다. 그외에 아이는 평범한 고등학생으로 존재해야 한다는 것도 잊지 않았기 때문에 세 그룹의 모임에서 그 모임의 구성원들이 정예, 핵심, 열성 당원으로 지목하는 세 쌍둥이들을 보살피면서 생활한 일 년 동안 정신없이 바빴다. 그래서 아이는 한 해가 가기 전에 그 그룹 가운데 한두 개를 그만두어야겠다고 생각하고 각 모임에서 그런 의사를 밝혔다. 그러자 각 모임에서는 미리 짜기라도 한 것처럼 공통적으로 아이에게 구성원의 숫자에 10을 곱한 숫자만큼 '빳따'를 맞고 나가든지 그냥 찌그러져 있든지 하라고 충고했다. 아이는 두 해에 걸쳐 세 그룹 모두에게서 한 대도 맞지 않고 그만둘 수 있었는데 그러자니 수업시간을 온통 '빳따질'로 때우는 국어선생의 영향력을 빌리지 않을 수 없었다. 그 대가로 아이는 그 국어선생과 그후의 이 년을 한 반에서 생활하는 고역을 감내해야 했다. 대학에 들어가면서 아이는 이제는 모든 분열로부터 해방이다, 내 식대로 살겠다고 결심했다. 아이는 스스로를 쪼개기보다는 자신이 살고 있는 세상을 분류하기 시작했다. 아이는 스스로 분류해놓은 각각의 세상 끝을 자신의 발로 디뎌보려고 했다. 시간을 아끼기 위해 아이는 사물과 사람을 알고 관찰하기보다는 홀리고 반하고 빠졌으며 도달한 곳에서 필요한 만큼 머물고 다시 다른 곳으로 떠나는 방법을 선택했다. 그러자니 그곳에서 자야 했다. 아이가 대학 들어가서 첫번째 맞는 해에 집 밖에서 잔 날은 백 일 정도일 것이다. 두번째 해부터는 과반을 넘었다. 네번째 해에는 입대를 했으니 대학에 들어가던 79년부터 졸업하던 86년에 이르기까지 아이가 집에서 잔 날은 절반이 될까말까다. 아이는 틈만 나면 집을 나섰다. 그중 대표적인 것은 아이의 설명 없는 가출에 진절머리가 난 나머지 만천하의 이유 있는 가출에 대해서도 이를 갈게 된 부모로부터 단 한푼의 여비도 얻을 수 없게 된 아이가 쌀 두 되가 든 배낭을 메고 무작정 남쪽으로 걷기 시작한 때일 것이다. 걸어서 수원역에 도착한 아이는 공짜로 기차를 타려고 역 주변을 어슬렁거리다가 허기가 져서 철로변에 주저앉았다. 생쌀이라도 씹을까 싶어 쌀을 꺼내던 아이는 어둑어둑해지는 철로변의 다리 밑에서 불길이 솟는 것을 발견하고는 걸음을 옮겼다. 그 불은 일대의 부랑인들이 빌어온 밥이며 반찬을 커다란 양은솥에 넣고 끓이기 위해 피운 불이었다. 아이는 처음에는 머뭇거렸지만 두 끼를 굶으면서 걸어오느라 허기가 질 대로 진 위장이 시키는 대로 주춤주춤 말없는 부랑인 사이로 다가갔다. 아이는 그들에게 자신이 거지이면서 한때는 그들처럼 거지가 아니었다는 것을 알리기 위해 배낭에서 쌀을 꺼냈다. 그러고는 말없이 자신을 지켜보는 일행 중에서 가장 나이가 든 사내에게 쌀의 일부를 건넸다. 사내는 쌀을 받아 자신이 깔고 앉은 방석을 밀고 그 아래 우묵한 구멍 속에 있는 푸대 가운데 하나를 열어 쌀을 집어넣었고 손짓으로 아이에게 앉으라고 시늉했다. 양은솥 속에서 온갖 냄새와 색깔이 버무려진 밥이 다 되자 사내는 자신의 그릇을 아이에게 주며 먹으라고 손짓했고, 아이는 그때 먹었던 그 저녁을 매년 기념해도 될 정도로 맛있는 한때라고 생각하고 있다. 이렇게 밥을 굶지 않는 방법까지 알게 되자 아이의 가출벽은 한층 더 심해졌다. 심해졌다는 것은 시기의 불가측성, 기간의 불가측성, 이유의 불가측성이 한층 강해졌다는 말이다. 결국 아이의 가출은 무목적적 합목적성이라는 가출의 원리에 근접하는 수준으로 발전했다. 아이의 가출 역사에 굵은 글자로 기록할 만한 가출은 대학 이학년에서 삼학년 사이의 겨울, 두 달 넘게 빈 절에서 지낸 일일 것이다. 절 아래에는 돌을 캐는 산판이 있었고 절을 둘러싼 숲의 소나무들은 벌겋게 말라 죽어가고 있었다. 아이는 그곳에서 기거하는 동안 세수를 하지 않았다. 아이가 절에서 내려오기 전 어느 날, 산판의 밥집에서 두 달 만에 거울을 보니 얼굴이 삼 년 대한의 논바닥처럼 갈라지고 있었다. 조각을 떼어내자 겨울 동안 때에 덮여 있던 피부가 소년처럼 부드럽고 붉은 빛깔로 드러났다. 아이는 떨어진 딱지를 들고 거울을 향해 주름을 지으며 웃었다. 아이의 분열벽은 그때 절정에 도달했고 동시에 끝났다. 만족한 아이는 짐을 꾸렸고 계곡에서 흘러내리는 얼음물에 머리를 감았다. 머리에 남은 물기는 곧 얼음으로 변해 잘랑거리기 시작했고 그후로도 겨울만 되면 아이의 귓전을 울려 아이를 충동질했다. 사실 아이는 바로 그 소리 때문에 밤늦도록 잠자리에서 뒤척이다가 새벽에 무작정 차에 올라탄 참이었다. 어디로 가는지도 정하지 않고 액셀러레이터를 밟아 표지판에는 한번도 눈길을 주지 않은 채 국도로만 내려온 길이었다. 아이는 이제 가방을 멘 아이가 다리를 건너가는 것을 본다. 냇가 바닥이 보이지 않지만 아이는 그 냇가에 수초가 많다는 것을 안다. 그 냇가는 아이가 한때 멈추었던 산판에서 나온 돌로 양안에 사방 공사를 했을지도 모른다. 돌 틈에는 땅벌이 살 것이고 아이가 아이로 보였을 시절의 아이와 닮은 아이들이 함부로 돌을 집어넣었다가 벌에 쫓겨 냇물 속으로 뛰어들어 얼굴만 내놓고 용서를 빌기도 할 것이다. 아이는 다시 담배를 피워문다. 서른 살이 되었을 때 아이는 직장에 다니고 있었다. 아이는 자신의 서른 살의 의미에 관해 직장에 있는 컴퓨터에 서너 매 분량의 메모를 했다. 그 컴퓨터는 플로피 디스크로 부팅해서 플로피 디스크로 프로그램을 실행하고 내용을 쓰는 '쭉 뻗쳐진 기술(EXTENDED TECHNOLOGY)'을 자랑하는 퍼스널 컴퓨터였다. 아이의 상사가 지나가다가 아이의 어깨에 손을 얹고 모니터에 나타나 있는 게 소설이냐고 물었다. 아이는 소설은 서른 살의 아이로서는 쓸 수 없는 종류의 글이다. 서른 살에 어울리는 건 사표라고 농담을 했는데 그 농담이 진담이 되어 그후로도 매해 그 무렵이면 사표를 쓰곤 했다. 사표를 쓰고 제출하고 반려받고 함께 술을 마시러 다니면서 아이는 그 메모를 잊어버렸다. 어느 해인가 불쑥 아이의 사표가 수리되었다. 사표를 쓰고 그 뜻을 관철하는 것만 생각했지 그후의 일은 생각해보지 않았던 아이는 무작정 놀 수밖에 없었다. 육 개월쯤 지난 어느 날 아이는 회사에서 가지고 나온 5.25인치 플로피 디스켓을 가지고 놀기 시작했다. 회사의 업무와 관련된 파일을 하나씩 지워나가던 아이는 오 년 전의 날짜로 되어 있는 'MEMO.HWP'라는 파일을 발견했다. 아이가 워드 프로그램을 가동하고 그 파일을 불러오자 "옛판 파일입니다. 읽을까요?"라는 메시지가 나왔다. 아이가 엔터 키를 누르자 플로피 디스크 드라이브에 불이 들어오고 한참 있다가 파일을 읽을 수 없다, 디스크 드라이브 오류라는 메시지가 나왔다. 아이는 그 파일을 하드 디스크 드라이브로 복사를 했고 다시 읽으려고 했고 그 파일의 쌍둥이인 확장자가 'BAK'인 파일을 찾으려고 시도했고 파일 되살리기 프로그램을 복사하다가 디스크 드라이브를 갈아끼우기도 하고 오 년 전에 자신의 어깨를 두드렸던 상사와 만나 통음하며 기억을 되살려보려고도 했고 워드 프로그램 구버전을 다시 깔기도 하는 등등등 할 수 있는 한의 모든 일을 다 해봤지만 허사였다. 결국 아이가 그 파일을 되살리는 일을 포기하고 새로운 'MEMO.HWP' 파일을 작성하게 된 것은 그로부터 육 개월 후의 일이다. 그 육 개월 동안 아이는 원래의 'MEMO.HWP'에 들어 있을 그 무엇의 대용물을 썼는데, 그 원고는 '소설'이라는 상표를 붙이고 책으로 출간되었다. 그 뒤로 아이는 '소설 쓰는 인간'으로 분류되었고 아이는 그에 대한 복수 내지는 보답으로, 어디 보자, 소설 속에 제 쌍둥이 가운데 하나, 둘, 셋, 넷, 다섯, 여섯, 일곱까지 출격시켰다. 아이는 이따금 그 메모가 자신의 인생을 바꿔놓았다고 원망한다. 사실 그 메모가 무슨 죄가 있으랴. 그 메모를 하게 된 나이가 문제인 것을. 나이가 무슨 문제인가. 그렇게 생각한 아이가 원인이다. 아이는 그 메모에 우주의 생성과 소멸의 키워드가 들어 있을 거라고 생각한다. 아이는 그 메모에 예술과 인생의 불가분성을 증명할 잠언이 들어 있을 거라고 생각한다. 어쩌면 자신과 주위의 몇몇 사람들의 인생의 진로를 밝혀주는 이정표가 있을 거라고 여긴다. 아이는 그 메모 속에 최소한 어처구니없는 말이라도 들어 있기를 바란다. 말이 없으면 어처구니라도. 아무것도 없다, 없었다 하더라도 괜찮다. 아이가 다리를 다 건넜다. 그러고는 문득 돌아서서 아이를 바라본다. 마치 아이의 존재를 진작부터 알고 있었다는 듯이, 고랫적부터 알아온 사이라도 되는 양 물끄러미 아이를 바라본다. 무례하면서도 어릴 적에 헤어져 알뚱말뚱한 핏줄에게 보낼 법한 눈길이다. 아이가 아이를 본다. 아이가 아이에게 홀린다. 아이들이 웃기 시작한다. 홀리게 한 아이가 먼저 웃고 홀린 아이가 나중에 웃는다. 저 녀석이 왜 웃는 거지? 똑같이 생각하면서 웃는다.

웃는다.

럭키슈퍼

김 숨

1974년 울산에서 태어났다. 1997년 대전일보 신춘문예에 단편 「느림에 대하여」가, 1998년 『문학동네』 신인상에 단편 「중세의 시간」이 각각 당선되며 등단. 소설집 『투견』 『침대』, 장편소설 『백치들』 『철』 『나의 아름다운 죄인들』 『물』이 있다.

작가를 말한다

김숨은, 소설가인지 모르던 와중에 나를 첫눈에, 여러 번 여러 겹으로 놀래켰다. 모처럼 대낮에, 술 안 마시고 일 얘기하던 때라, 놀람이 상당히 자세했을 것이다. 우선 그가 너무 앳되어 보여서 나는 너무 놀랐다. 나랑 물경 스무살 차이. 내가 대학 삼학년, 데모에 한참 재미 들리던 때 그가 출생했으니, 그것만 해도 부담스러운 만남이었을 터. 그런데 그는 자신의 앳된 나이보다 훨씬 더 앳되어 보였다. 자세히 보니 더 놀라운 것은, 그는 나를 놀래키는 쪽으로 앳되어 보이지 않고, 스스로 놀라는 쪽으로 앳되어 보였다. 더 자세히 보니 더더욱 놀라운 것은 그는 매 순간 생에 놀라는 법을 터득한 듯 보였고, 그게 삽시간에 노련해 보였다. 딱히 묻는 것이 아닌데도, 그는 "네?" 하고 의문부호를 몇 음 높였다가, 내가 물음이 아니라는 걸 강조하기 위해 몇 음 낮춰 같은 얘기를 건네면(흔히, 그렇다고, 그렇더라구로 끝나는 식의) 그는 "네……" 하고 나보다 더 몇 음을 낮춰, 그러나 여전히 나보다 더 선율적으로 답하는 것이었는데, 그게 무슨 겸손한 수긍이 아니라, 얼핏 당장의 내용과도 관계가 없는, 매 순간 생에 대한 놀람과 그 흡족함을 경계 짓는 부호 같았다. 어딘가 뒤늦게 입에 주먹을 대고 쿡쿡대면서(킥킥이 아니다) 그는 그렇지 않아도 작은, 여자치고도, 앳된 얼굴치고도 작은 체구를 흡사 숨기고 싶다는 듯 한없이 위축시켰는데, 위축의 형상은 몰두에 가까웠다. 그렇다. 그는 끊임없이 놀라고, 끊임없이 위축하고, 끊임없이 몰두했다. 김정환(시인)

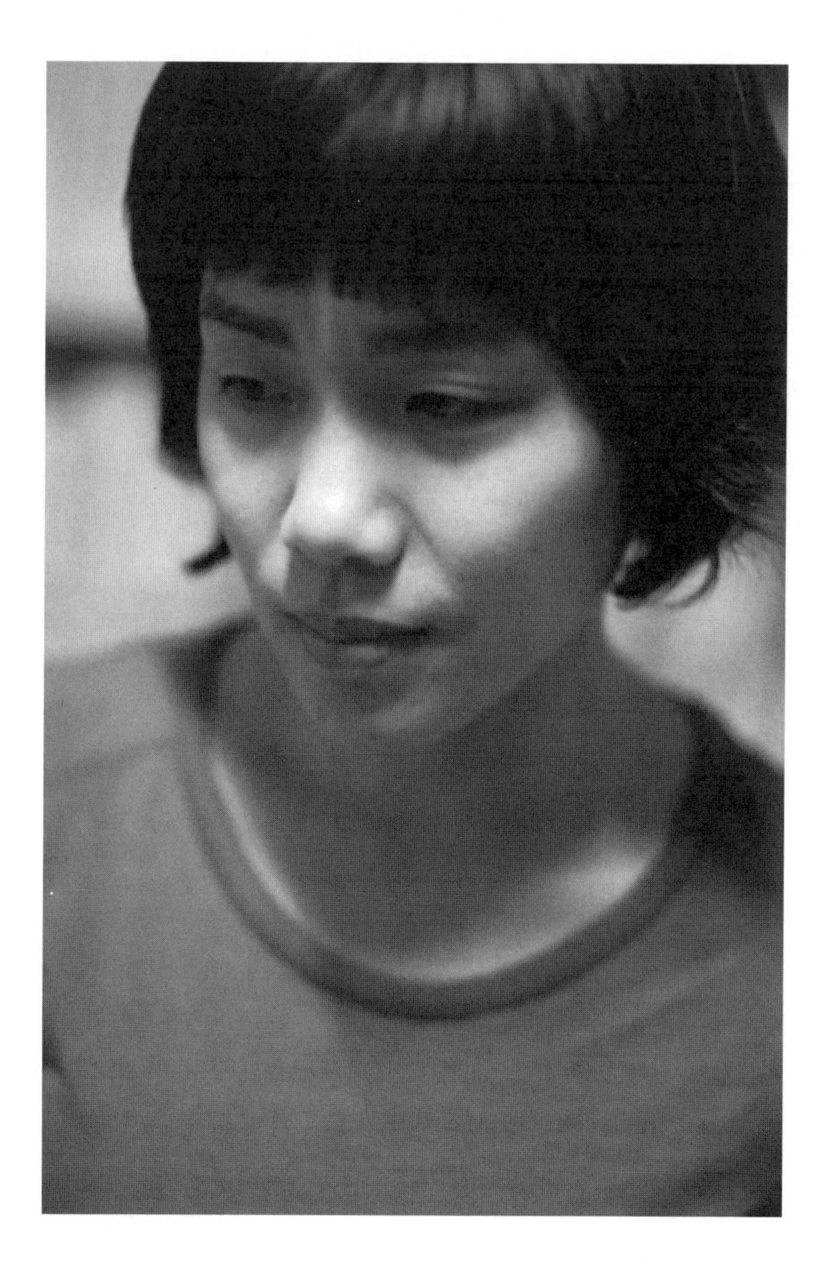

언제부턴가, 사람들은 우리 가게로 좀처럼 물건을 사러 오지 않는다.

우리 가게에는 사실 '있는' 물건보다 '없는' 물건이 더 많다. 그리고 백 원짜리 과자를 사더라도 절대로 십 원을 거슬러주지 않는다. 우리 가게와 백 미터도 떨어지지 않은 '서울슈퍼'에서는 백 원짜리를 사면 십 원을 꼬박꼬박 거슬러주는 것과 달리, 서울슈퍼에서는 심지어 똑같은 백 원짜리여도 어떤 과자냐에 따라, 이십 원을 거슬러주기도 한다. 그것은 정말이지 우리 가게에서는 도저히 있을 수도 없고, 있어서도 안 되는 경우다. 겨우 백 원짜리 과자를 팔아 이십 원을 거슬러주고 나면 기껏 얼마나 남는다고……

우리 가게의 엄연한 사장은 엄마다.

엄마는 새벽 여섯시면 어김없이 하루 장사를 시작하기 위해 가게 셔터를 올린다. 구불구불 주름진 파란색 셔터는 그때마다 귀찮아 죽겠다는 듯, 날 좀 내버려두라는 듯 골목이 떠나가도록 드르럭— 드르럭— 비명을 내지른다. 라면 한 봉지, 과자 한 봉지를 팔더라도 새벽 여섯시부터 밤 열한시까지는 가게 문을 열어야 한다는 것. 그것이 오늘도 불변하는 엄마의 신조이자 다짐이며, 의지다.

동네 아줌마들은 어쩌다 두부나 콩나물 따위를 사기 위해서나 우리 가게를 마지못한다는 듯 찾아온다. 두부와 콩나물 가격은 그나마 서울슈퍼와 같기 때문이다. 그러나 요즘 들어서는 그것들마저도 겨우겨우 팔려, 콩나물 한 통을 떼놓아봤자 겨우 반밖에는 팔리지 않는다. 엄마는 팔다 남은, 쉬어터진 두부와 말라비틀어진 콩나물로 우리 식구가 먹을 반찬을 만들고 국을 끓인다.

그러고 보니, 엄마가 이 동네에서 가게를 연 지도 삼 년이나 되었다.

삼 년 전 엄마가 '럭키슈퍼'란 간판을 보란 듯이 내걸 때만 해도, 동네에 가게라고는 우리 가게밖에 없었다. 엄마는 열심히만 하면 우리 다섯 식구가 아쉬운 대로 먹고살 수 있을 거라고 확신했다. 돈을 긁어모으지는 못하더라도, 아빠가 새 일자리를 찾기 전까지는 그럭저럭.

간판을 내걸며, 엄마가 별 고심 없이 간판에 '슈퍼' 자를 넣은 데에는 나름 그럴 만한 이유가 있다. 솔직히 규모로만 따지자면 '가게' 자를 넣는 게 양심적이고 당연했다. 하지만 그 무렵부터 새로 문을 여는 가게마다 '슈퍼'나 '슈퍼마켓'임을 내세우는 게 유행처럼 번

지고 있었다. '상회'나 '식품' 같은 어딘가 촌스럽고 낡은, 변두리 냄새를 물씬 풍기는 낱말을 붙이는 대신에. 규모가 작든 크든, 저마다 '슈퍼(Super)'임을 내세웠던 것이다.

'슈퍼' 자가 붙어서인가. '럭키슈퍼'라고 떡하니 써넣은 노란 간판은 기형적으로 느껴질 만큼 거대해 보인다. 마치 개미 몸통에 매미 머리가 덜렁덜렁 매달린 것처럼. 간판의 무게를 견디지 못하고 가게가 통째로 침몰하듯 찌그러져가는 것만 같다.

떨그럭떨그럭 쩔그럭 월커덕 끼이익— 끼—이익— 끽—

그 가게 안에 우리 다섯 식구가 살고 있다.

*

오늘도 나는 학교에서 돌아오자마자 가게를 본다. 가게에 딸린 방 문지방에 엉덩이를 붙이고 앉아, 가게 밖 골목을 하염없이 바라보며 좀처럼 오지 않는 손님을 기다린다. 허공에 붕 떠 있기라도 한 듯 두 다리를 엇갈려 흔들어가며. 문지방은 엄마와 내가 번갈아가며 하도 엉덩이를 비비고 앉아 있어서 반질반질 윤기가 나도록 닳았다. 엉덩이와 두 다리의 감각이 점점 무디어지며 나는 허공으로 끝없이 떠오르는 것만 같다.

바나나킥을 닮은 구름 저 너머까지.

내가 가게를 보는 동안, 엄마는 밀린 빨래를 하고 청소를 하고 반찬을 만들고 이런저런 볼일을 본다. 가게를 보는 게 죽도록 심심하고 싫지만, 엄마 대신 가게를 볼 사람이 나밖에 없으므로 어쩔 수 없다. 내년에 고3이 되는 오빠는 새벽부터 밤늦게까지 학교에서 공부를 해야 하고, 동생은 이제 겨우 초등학교 오학년이라 가게를 보기에는 너무 어리다. 언젠가 동생이 삼백오십 원만 거슬러주면 되는 걸 오백오십 원을 거슬러준 뒤로, 엄마는 동생에게 가게를 맡기지 않는다.

그리고 아빠는 팔리지 않은 채 유통기한이 한참 지나버린 간장과 다를 게 없다. 번지를 부옇게 뒤집어쓰고, 진열대 구석에 처박힌 간장 말이다. 아빠가 입이라도 벙긋 열면 거무스름한 간장이 짜디짠 냄새를 훅 끼치며 쿨럭쿨럭 토해져 나올 것만 같다. 그래서일까. 아빠는 좀처럼 입을 열지 않는다. 입을 조금이라도 열었다가는, 식도까지 꾹꾹 채워놓은 간장이 걷잡을 수 없이 토해져 나올까봐서.

그러고 보니 아빠의 유통기한이 오늘로서 삼 년하고도, 딱 백오십구 일이 지났다.

우리 가게에는 아빠 말고도 유통기한을 넘긴 물건들이 여럿 있지만, 아빠만큼 그렇게나 오래 넘긴 물건은 없다. 가게에 진열된 물건들 중 가장 오래된 마요네즈도 기껏해야 백삼십구 일밖에는 지나지 않은 것이다. 참치캔들은 십 일에서 이십 일 사이, 냉장고 속 부산어묵들은 이삼 일, 단무지는 삼사 일, 소시지들은 길게는 십 일에서 짧게는 하루, 우유들은 하루나 이틀.

삼 년하고도 백오십구 일이라니!

너무 뻔뻔하지 않은가?

유통기한 날짜는 하필이면 아빠의 이마에 떡하니 찍혀 있다. 시력이 아주 나쁘지 않은 사람이라면 누구나 금세 읽어낼 수 있을 만큼. 동네 사람들은 그래서 그렇게들 아빠만 보면 고개를 절레절레 저으며 한숨을 푹푹 쉬어대는 걸까. 아빠 자신도 부끄러웠던지 한동안은 앞머리를 길게 길러 이마를 가리고 다니더니만, 요즘은 이대 팔로 가르마를 타 훤히 드러내놓고 다닌다. 혹시라도 유통기한 날짜가 잘 보이지 않을까봐 걱정이라도 되는지, 포마드까지 발라 머리카락을 단단히 고정시켜놓기까지 하는 것이다. 아빠의 이마는 그러지 않아도 절세미남 알랭 들롱의 이마만큼이나 훤하다.

아빠의 유통기한 날짜는 다음과 같다.

1985년 4월 13일.

바로 그날이 아빠가 십 년 가까이 다니던 직장에 사표를 내고 백수가 된 날이다.

내가 가게를 보는 동안 아빠와 동생은 가게에 딸린 방 안에 틀어박혀 티브이를 본다. 서울에서는 지금 한창 88서울올림픽이 열리고 있다. 그래서 티브이는 하루 종일 올림픽 경기를 내보낸다. 아빠는 별 재미도 없는 포환던지기나 역도, 사격, 멀리뛰기 같은 경기도 빼놓지 않고 본다. 환한 낮 동안 티브이를 보는 것 말고 아무 할 일이 없는 아빠를 위해서라도, 88서울올림픽이 영원히 끝나지 않았으면 좋겠다. 선수들이야 어깨가 빠지든 말든, 손목이 부러지든 말든 포환던지기 경기가 날마다 펼쳐졌으면 좋겠다.

아빠는 어쩌다, 아무도 사가질 않아 유통기한이 건잡을 수 없이 지나버린 존재로 전락한 것일까.

나는 종종 아빠의 이마에 찍힌 유통기한 날짜를 지워 없애는 상상을 하곤 한다. 엄지손가락에 침을 묻혀 스윽스윽…… 엄지손가락 지문이 닳아빠지는 한이 있더라도 스윽스윽…… 가장 마지막 숫자인 '3'자까지 지우기 위해서는 어쩌면, 엄지손가락뿐만 아니라 열 개의 손가락 지문이 다 닳아빠지도록 문질러대야 할지도 모른다. 내 입속의 침이 마르고 마를 때까지 열심히 침을 묻혀가며 스윽스윽……

언젠가 나는, 우유배달 아줌마가 우유에 찍힌 유통기한 날짜를 몰래 바꾸는 현장을 목격한 적이 있다. 그 아줌마는 흔하디흔한 검정 모나미 볼펜으로 감쪽같이 날짜를 조작했는데, 그 과정을 설명하자면 이런 식이다.

우유에 찍힌 유통기한 날짜가 ○○○○년 ○월 3일일 경우, 모나미 볼펜 끝으로 꾹꾹 눌러 3자를 8자로 만들어버리는 것이다. 모나미 볼펜 끝이 둥글기 때문에 정말이지 감쪽같이 3자가 8자로 탈바꿈한다. 그 아줌마는 그런 식으로 무려 다섯 개나 되는 우유의 유통기한 날짜를 순식간에, 그리고 아무렇지도 않게, 눈곱만치의 죄의식도 느끼지 않는다는 듯 껌을 짝짝짝 씹어대며 바꾸어버렸다. 짝짝짝짝 박수를 쳐주고 싶을 만큼. 다 바꾸고 나서는 큰일이라도 치러낸 듯, 엄마가 다디달게 타준 커피를 한 잔 맛나게 마시고는 가버렸다.

그리고 신기하게도, 다섯 개의 우유는 전부 팔려나갔다. 그리고 더 신기하게도, 그 우유를 마시고 배탈이 난 사람이 한 명도 없었다.

그 우유를 사간 사람 중에는 우리 가게 맞은편 이층 양옥집에 사는 미정 아줌마도 있었다. 미정 아줌마 남편은 고등학교 국어교사였는데, 그녀 자신이 국어교사라도 되는 듯 똑똑한 척은 혼자 다 하고 다닌다. 그 아줌마는 너무 똑똑해서, 우리 가게에서는 가능한 아무것도 사지 않는다. 우리 가게가 문을 연 지 일 년도 안 되어 서울슈퍼가 문을 열자, 당장 단골가게를 옮겨버렸다. 그 아줌마는 아주 가끔 동정이라도 베풀듯 우리 가게를 찾아와 우유나 계란을 사갔는데, 그만 유통기한 날짜를 조작한 우유를 사가고 만 것이다. 아마도 너무나 똑똑해서 그런 실수를 한 게 아닐까.

똑똑한 미정 아줌마와 달리, 유통기한이 지난 물건을 아무렇지도 않게 사가는 사람들이 있다. 그들은 유통기한을 살피지 않을뿐더러, 어쩌다 살피더라도 별로 개의치 않는다. 먹고 죽지만 않으면 된다는 게, 그들의 신조라도 되는 듯. 그들은 그래서 유통기한이 사나흘은 지난 소시지와 어묵도 아무렇지 않다는 듯 사가 부쳐 먹고, 볶아 먹고, 끓여 먹고, 그냥 생으로 먹기도 하는 것이다. 그들은 철로 저 너머에 사는 사람들로, 그들의 직업은 생노가다이거나 파출부이거나 백수건달이다.

그들은 종종 우리 가게를 찾아와 물건을 팔아준다. 그들이 아니었다면, 엄마는 진작 폐업을 선언하고 가게 셔터를 내렸을지도 모른다. 엄마가 밤 열한시가 넘도록 간판 불을 환히 밝혀두는 것도 실은 다 그들 때문이다. 그들은 대개 깜깜해져서야 집으로 돌아왔고, 철로와 가장 가까이에서 장사를 하는 우리 가게에 들러 소주나 반찬거리를 사갔던 것이다.

그리고 솔직히 우리 가게가 존재하지 않는다면, 늦은 밤 철로를 건너가는 그들의 발걸음이 지금보다 더 쓸쓸하고 위태롭지 않을까. 우리 가게기 그나마 밤늦도록 간판 불을 켜, 그들의 막막하고 어둡기만 한 발길을 조금이나마 밝혀주었던 것이다.

한 가지 흠을 잡자면, 그들이 현금 거래보다 외상을 좋아한다는 것이다. 심지어 콩나물 백 원어치도 외상을 달고 사가는 사람들이 그들이다.

"세상에나, 백 원이 없어 외상을 다 하니…… 단돈 백 원이 아쉬워서!"

엄마는 기껏 외상을 주고서는 혼잣말을 하듯 그렇게 흉을 본다.

그러나 정작 단돈 백 원이 아쉬운 사람은 그들이 아니라, 럭키슈퍼의 엄연한 사장인 엄마다. 엄마는 단돈 백 원이 아쉬워서, 내게 여간해서는 용돈을 주지 않는다. 돈통이 아무리 백 원짜리 동전들로 넘쳐나도, 백 원 한 닢을 선뜻 꺼내 내 손에 쥐어주지 못한다. 정말이지 단돈 백 원이 아쉬워서.

하긴, 생각해보니 돈통이 백 원짜리 동전들로 넘쳐난 적도 없는 것 같다. 돈통이 겨우 백과사전 크기만한데도 그랬다.

엄마는 오빠의 뒷바라지를 하는 것만으로도 충분히 벅차고 짜증나고, 불안하다. 내년이면 고3이 되는 오빠는 입시학원에도 다녀야 하고, 보충수업비도 내야 하고, 꼭 사야 할 참고서가 날마다 있다. 어디 그뿐인가. 오빠는 버스를 두 번이나 갈아타야 하는 고등학교에 다닌다. 교통비도 만만치 않은 것이다. 그 모든 것에 들어가는 돈을, 빤하고도 빤한 돈통 속 돈으로 해결해야 하는 것이다. 돈 나올 구멍이 고놈의 돈통밖에는 없으니 말이다.

아무튼 열여섯 살인 내가 세상에서 가장 하기 어려워하는 말은 그 어떤 말도 아닌, 바로 이 말이다.

엄마, 돈 좀 주세요.

그래서 나는 학교에 챙겨가야 할 준비물을 자주 빼먹는다. 준비물을 사려면 돈이 있어야 하는데, 엄마한테 돈 좀 달라는 말을 못하니, 그럴 수밖에.

미술시간에 나는 찰흙을 준비해가지 못해 친구에게서 얻어 쓴다.

"조, 금, 만……"

"너 또……!"

친구는 눈을 가늘게 떠 날 째려보다 찰흙을 뚝 떼어 내 두 손에 떨어뜨려준다. 기껏해야 감자만한 찰흙으로, 나는 아빠의 얼굴을 빚기로 한다. 찰흙이 조금밖에 없으니 아빠의 얼굴을 아주 작게 빚어야 할 것이다.

미술시간이 반이나 흘러가도록, 나는 찰흙을 주물럭대기만 한다. 찰흙을 주무르고 또 주무르다보면, 감자만한 찰흙이 점점 부풀어올라 수박만해질지도 모른다는 생각이 들어서다.

부풀어올라라…… 부풀어올라라……

주문까지 외워보지만 찰흙은 좀처럼 부풀어오르지 않는다.

간절하게 한번 더!

제발, 제발 부풀어올라라……

내 주문이 잘못되기라도 한 걸까? 찰흙은 외려 점점 줄어들어 탱자만해진다. 나는 찰흙이 더 줄어들어 모래알만해질까 두려워 주문 외우기를 얼른 그만두어버린다.

아빠의 얼굴은 둥글지도, 네모나지도, 삼각형으로 각이 지지도 않았다. 네모와 역삼각형의 중간쯤?

가장 먼저 얼굴을 빚고, 눈썹을 빚는다. 얼굴 중간에 두 눈썹을 떡하니 붙여넣는다. 나란히, 나란히(아빠는 눈썹이 짙은 편이다). 두 눈과 코도 빚어서, 눈썹 밑에 붙여넣는다(아빠는 눈이 쌍꺼풀까지 진데다 큰 편이다). 입을 붙여넣어야 할 자리를 코가 차지해버려 입을 붙이지 못한다. 그렇다고 해서 입을 이마에 붙여넣을 수도 없다. 얼굴의 반이나 차지한 이마가 아무리 텅 비어 있다고 해도 말이다. 이마가 얼굴의 반이나 차지하도록 한 데에는 다 그만한 이유가 있는 것이다. 티브이를 하도 봐서 머리가 멍해져가고 있지만, 나는 그렇게 멍청한 아이가 아니다.

나는 고민을 하다가 귀 자리에, 입을 냉큼 붙여넣는다. 두 귀도 빚어서 붙여넣고 싶지만 찰흙이 그새 다 떨어져 그렇게 하지 못한다. 귀 자리에 입이 떡하니 붙어 있으니, 입이 꼭 귀 같다.

텅 비어서인가, 이마가 사하라 사막만큼 광활해 보인다.

자, 지금부터가 하이라이트!

나는 마침내 이마에 유통기한 날짜를 조심조심 새겨넣는다. 샤프 끝으로 꾹꾹 눌러가며.

2005. 11. 13.

막상 새겨넣고 보니, 숫자들이 줄을 지어 사하라 사막을 건너는 낙타 떼만 같다.

부디 저 낙타 떼가 사하라 사막을 무사히 다 건널 수 있기를……

지금으로부터 십칠 년 뒤인 2005년이면 아빠의 나이는 예순세 살이 된다. 그리고 내 나이는 서른셋. 그때도 엄마는 '요' 구멍가게로 우리 모두를 그럭저럭 먹여살리고 있지나 않을까.

미술실 창틀 위에서 말라가는 동안, 아빠의 얼굴은 비명이라도 내지르듯 쩍쩍 갈라지고 터진다. 그리고 그런 아빠의 얼굴을, 그 어떤 얼굴이 물끄러미 내려다보고 있다. 아빠의 얼굴보다 열 배는 커다란 그 어떤 얼굴이. 고작 한 입 거리밖에는 안 되는 아빠의 얼굴을 당장이라도 삼켜버릴 듯, 입을 우악스럽게 벌리고서는. 그 어떤 얼굴이, 그러니까 그 어떤 얼굴이……

내가 기껏 빚은 아빠의 얼굴은 백점 만점에 삼십점밖에 받지 못한다. 쓸데없이 아빠의 얼굴을 빚은 게 실수다. 차라리 오백 원짜리 동전이나 빚을걸. 오백 원짜리 동전이라면, 하도 만지작거려서 두 눈을 꾹 감고도 뚝딱 빚어낼 수 있다. 더구나 오백 원짜리 동전은 세상에 존재하는 동전들 중 내가 가장 좋아하는 동전이기도 하다. 오로지, 돈통 속 동전들 가운데 가장 큼직하고 단위가 높다는 이유에서다.

그리고 내가 가장 싫어하는 동전은 엄마의 누렇게 뜬 얼굴을 닮은 십 원.

메마르고 금간 곳 천지인 아빠의 얼굴을, 나는 가게 진열대에 슬그머니 놓아둔다. 시커멓게 속이 썩은 간장병들 사이에. 제발 아무라도 사갔으면 하는 심정으로.

*

그나마 팔리던 두부와 콩나물마저도 도통 팔리지 않는다.

서울슈퍼에서 본격적으로 야채와 과일, 생선을 떼다 팔기 시작한 것이다. 시장에나 가야 있던 온갖 야채와 과일과 생선들이 보란 듯이 널려 있어서일까. 서울슈퍼가 지상낙원처럼 보인다. 그곳에 가면 없는 게 없을 것 같다. 돈만 있으면 원하는 걸 뭐든지 살 수 있을 것 같다. 그래서인가, 나는 서울슈퍼 앞을 지날 때마다 은근히 기가 죽는다. 서울슈퍼 앞에 풍성하게 늘어놓은 새빨갛고 통통한 딸기를 보고 침을 꿀꺽 삼킨 적도 있다. 나는 딸기가 너무나 먹고 싶어서 엄마 몰래 딸기우유를 훔쳐 먹었다. 다행히 엄마한테는 들키지 않았지만, 아빠한테 들키고 말았다. 쪽쪽 소리가 나도록 빨대를 빨아대는 나를 물끄러미 바라보기만 할 뿐, 아빠는 아무 말이 없었다. 하기는, 아빠가 뭐 그리 할 말이 있겠는가.

학교에서 돌아오는 길에 슬쩍 들여다보니, 서울슈퍼는 88올림픽 열기로 뜨거운 서울처럼 사람들로 북적거렸다.

마음은 굴뚝같겠지만, 야채와 과일과 생선을 떼다 팔 여력이 엄마에게는 눈곱만치도 없다. 엄마는 새벽 다섯시면 일어나 무려 다섯 개나 되는 도시락을 싸야 한다. 오빠 것 세 개, 내 것 한 개, 동생 것 한 개. 틈틈이 청소와 빨래를 해야 하고, 아빠에게 잔소리를 늘어놓아야 한다. 시도 때도 없이 병을 달고 사는 동생을 들쳐업고 병원으로 뛰어가야 한다. 설사 여력이 있다고 해도, 시장에서부터 그것들을 떼 가게까지 싣고 올 변변한 차도 없는 것이다.

엄마도 서울슈퍼처럼 가게를 크게 하고 싶어하지만, 그러기에는 우리 가게 터가 워낙에 좁다. 기껏해야 두 평밖에는 안 되는 것이다. 게다가 서울슈퍼는 우리 동네와 윗동네의 중간지점에 자리를 잡았지만, 우리 가게는 세상으로부터 비껴난 듯 골목 끝에 자리를 잡은 데다, 동네 어느 집보다 철로와 가깝다. 밤이 되면 동네 사람들은 가능한 철로 쪽으로 가지 않는다. 철로와 철로 너머는 온갖 흉흉한 소문들로 넘쳐난다. 늦은 밤 머리를 노랗게 물들인 언니와 오빠들이 우리 가게에서 생리대나 담배, 소주와 부탄가스를 사들고 철로 쪽으로 사라지기도 한다.

나는 오늘도 학교에서 돌아오자마자 가게를 본다. 책가방을 가게에 딸린 방 구석에 팽개쳐둔 채로.

럭키슈퍼 간판을 내걸던 날이 떠오른다. 간판을 내건 기념으로, 엄마는 동생과 내게 오리온 초코파이를 한 개씩 나누어주었다. 조금씩 아껴가며 녹여 먹던 초코파이만큼이나 달콤하고 부드럽고 행복한 날이었다. 럭키! 하고 소리를 내지르고 싶을 만큼. 먼지 한 점 내려앉지 않은 과자들 속에 파묻혀 있는 것이 그저 좋기만 해, 나는 스스로 가게를 보았다. 엄마가 가게 좀 보라고 잔소리를 하지 않아도 스스로. 돈통 속 동전들을 세어 일렬로 줄을 지어놓고, 구겨진 지폐들을 착착 다리미로 다린 듯 펴놓았다.

알루미늄 진열대에는 먼지 한 점 묻지 않은 과자와 라면, 간장, 설탕 등등이 종류별로 질서정연하게 놓여 있었다. 엄마는 매일매일 두부와 콩나물을 새로 떼어놓고, 먼지가 낄세라 수시로 가게 안을 쓸고 닦았다. 동네 사람들은 그러지 않아도 라면을 한 봉지 사더라도 고개 저 너머까지 가야만 하는 불편이 해소되자 우리 가게의 개업을 진심으로 반기고 축하해주었다. 동네 사람 누구나, 미정 아줌마까지 전부 우리 가게의 단골이 되었다. 그런데 일 년도 못 되어 우리 가게보다 다섯 배는 규모가 큰 서울슈퍼가 개업을 한 것이다. 동네에 그렇게나 큰 가게가 들어설 줄 꿈에도 생각지 못했던 엄마는, 한동안 잠 못 이루는 밤을 보내야 했다.

아빠의 유통기한이 지난 지 삼 년하고도 백육십구 일째.

이대로는 아무래도 안 되겠는지, 엄마는 새벽같이 버스를 타고 시장에 가 생태를 한 짝 떼온다. 물론 팔기 위해서다. 어떻게든 팔아서 단돈 십 원이라도 이문을 남기기 위해서. 엄마가 설마하니 우리에게 해먹이기 위해 동태도 아닌 생태를, 그것도 한 짝이나 떼어왔을까. 생태보다 훨씬 값싸고 흔한 동태라면 또 모를까.

십 원이 열 개 모이면 백 원이 되고, 그 백 원이 열 개 모이면 천 원이 되고, 그 천 원이 열 개 모이면 만 원이 되는 이치.

그것이 엄마가 종교처럼, 유일무이하게 믿고 따르는 만고불변의 진리가 아닐까? 그러니까 나와 내 형제들을 낳고 기르기까지 하는 여자가.

그러나 십 원이 열 개 모일 때까지 참고 인내하며 기다리는 건, 말처럼 그리 호락호락하지 않다. 지방 변두리 동네에서도 변두리에 터를 잡은 구멍가게에서는 더더군다나. '슈퍼' 자가 나붙은 간판을 떡하니 내걸었다고 해도. 그러니 백 원이 열 개 모여 천 원이 될 때까지 기다리기 위해서는 도대체 얼마나 참고, 얼마나 인내하며 기다려야 하는가.

엄마가 머리에 이고 온 나무궤짝에는 생태가 스무 마리나 들어 있다. 동그란 눈알을 흐리멍텅히 뜨고서. 아침나절 생태는 두 마리밖에 팔려나가지 않는다. 똥파리들이 생태 냄새를 귀신같이 맡고 가게로 몰려든다. 엄마는 파리를 쫓기 위해 모기향을 피운다. 그래도 파리가 들끓자 나한테 파리 쫓는 일을 시킨다. 나는 짜증과 불만, 무료함이 가득한 얼굴로 나무궤짝 앞에 쪼그려 앉아 노란 파리채를 흔든다. 모의고사가 내일모레지만, 나는 극성스럽게 몰려드는 파리들을 쫓아야 하기 때문에 책을 들여다볼 시간이 없다.

"동태를 떼올걸 그랬나?"

엄마가 후회하지만 소용없다. 엄마 말대로, 동태를 떼어왔으면 얼음냉장고 한구석에 처박아두고서라도, 두고두고 팔 수 있을 텐데. 정 팔리지 않으면 한 마리씩 꺼내 찌개를 끓여 먹거나. 그렇다고 아직까지는 물 좋은 생태들을 냉장고에 처넣어 동태들로 만들어버릴 수는 없다. 생태를 동태로 만들어버리면, 엄마는 그야말로 막심한 손해를 보게 된다. 잠도 못 자고 새벽같이 시장에 다녀온 수고가 다 물거품이 된다. 한여름도 아닌데 오늘따라 날이 푹푹 찐다.

오후가 되면서 골목은 생태들이 풍기는 비린내로 진동한다. 불이 점점 가면서 생태들이 풍기는 비린내는 지독하고 역겨워진다.

저녁때가 다 되어서야 생태 다섯 마리가 팔려나간다. 엄마는 아침에 팔 때보다 생태 값을 조금 덜 받는다. 내일까지 어떻게든 오빠의 학원비를 마련해야 하는 엄마로서는, 쉽지 않은 결단이 아닐 수 없다. 기호 아줌마도, 희야 아줌마도, 선영 아줌마도, 감나무집 할머니도, 심지어는 미정 아줌마도 생태를 한 마리씩 사준다. 생태가 그다지 신선하지 않은데다 시장 가격보다 천 원 가까이 비싸다는 것을 알면서도.

기호 아줌마가 얼굴이 하얗게 질려서는 엄마를 찾아온다.

"생태가 왜 이래?"

기호 아줌마가 붉은 고무장갑을 낀 손을 엄마한테 불쑥 내민다. 붉은 고무장갑을 낀 손에는 조금 전 사간 생태가 들려 있다. 그런데…… 생태가 이상하다. 구더기처럼 생긴, 희고 물컹물컹한 벌레들이 생태의 몸뚱이에 들끓고 있는 것이 아닌가……! 아가미에서는 거품이 끓어넘치듯, 벌레가 끓어넘치고 있다.

"징그러워서 먹을 수가 있어야지."

기호 아줌마가 부르르 몸서리를 친다.

"씻어내면 되는데……"

얼굴이 시뻘게진 엄마가 말끝을 흐린다.

"양심도 없지…… 해먹지도 못할 걸 팔면 어떻게 해?"

기호 아줌마는 생태를 나무궤짝 속으로 버리듯 던지고는 쌩하니 가버린다. 나무궤짝 속 팔리지 못한 생태들도 벌레로 들끓고 있다.

조금 뒤 미정 아줌마도 벌레들로 들끓는 생태를 들고 달려온다. 부르르 떨며 생태 값을 내놓으라고 따진다. 엄마는 입을 꾹 다문 채 돈통을 보란 듯이 열고 생태 값을 내준다. 희야 아줌마도, 선영 아줌마도 벌레들로 들끓는 생태를 들고 찾아와서는 생태 값을 도로 받아간다.

"생태 몸뚱이에 붙어사는 기생충이다."

엄마가 나무궤짝 속 생태들을 들여다보며 내게 들으라는 듯 말한다.

"먹어도 아무렇지도 않은 걸 가지고 호들갑들은……!"

엄마는 나무궤짝을 번쩍 들고 마당 수돗가로 간다. 수돗물을 콸콸 틀어놓고, 생태들에 달라붙어 악다구니를 써대는 벌레들을 씻어낸다. 벌레들이 얼마나 들끓는지, 수돗가가 어두워지다 못해 깜깜해지도록 씻어낸다.

엄마가 생태들에 달라붙은 벌레들을 씻어내는 동안, 아빠는 가게에 딸린 방 안에 틀어박혀 소주를 홀짝홀짝 마시며 티브이를 본다. 엄마는 생태들을 토막내 커다란 솥에 한꺼번에 쏟아넣고는 찌개를 끓인다.

밤 아홉시가 넘어서야 우리 다섯 식구는 밥상에 빙 둘러앉는다. 생태찌개가 다섯 대접이나 밥상에 올라와 있다. 반찬이라고는 달랑 김치와 깻잎볶음뿐이다. 밥상이 몹시 작아서, 우리는 어깨가 닿도록 바짝바짝 붙어 앉는다.

나는 숟가락을 쪽쪽 빨며 내 앞에 놓인 생태찌개를 유심히 살핀다. 작고 희멀건 뭔가가 둥둥 떠다니는 것이 내 눈에 들어온다. 아무래도 기생충인 것만 같다. 생태 아가미에서 기생충이 비누거품처럼 끓어넘치던 장면이 머릿속에 떠올라, 나는 얼굴을 찡그린다. 하필이면 그 순간, 엄마와 눈이 딱 마주친다.

나는 얼른 고개를 숙이고 숟가락으로 밥을 퍼 입으로 가져간다.

"넌 왜 먹지 않는 거냐?"

밥만 떠먹고 있는 내게 엄마가 묻는다.

"먹기 싫으니까……"

나는 엄마를 쳐다보지도 않고 말한다.

"먹기 싫어도 먹어!"

"싫다니까……"

"뭐, 싫어?"

"응, 싫어!"

"싫으면 나가서 돈이나 벌어오든가!"

동생과 아빠가 엄마의 눈치를 살피며 생태찌개를 부랴부랴 떠먹는다. 머리카락이 생태찌개 국물 속에 빠질 만큼 고개를 푹 숙이고 있던 오빠가, 숟가락을 탁 내려놓는다. 티브이에서는 우크라이나의 장대높이뛰기 선수 세르게이 붑카가 올림픽신기록을 세우는 장면을 내보내고 있다. 나는 티브이와 오빠를 번갈아 바라본다. 붑카는 빨대를 백 배쯤 늘여놓은 듯한 장대를 들고 뛸 준비를 하고 있다. 신중히 호흡을 가다듬던 붑카가 드디어 뛰기 시작한다. 붑카가 훌쩍 날아올라 오 미터 구십 센티미터 높이를 넘는 순간, 오빠가 밥상에서 벌떡 일어선다. 방을 나가버린다. 티브이 쪽으로 고개를 꺾듯이 돌리고 있던 아빠가 와아, 하고 탄성을 내지른다. 아무래도 생태찌개 속 작고 희멀건 것은 기생충이 틀림없다.

생태찌개를 먹고 난 뒤, 동생은 병이 난다.

나는 동생이 아픈 게 싫다. 동생이 아프면 엄마가 동생을 데리고 병원에 가야 하고, 엄마가 병원에 다녀올 때까지 나 혼자 가게를 봐야 한다. 내가 싫어하는데도 동생은 자꾸만 아프고, 그래서인지 좀처럼 자라지 못한다.

*

엄마가 돈통 속 얼마 안 되는 돈을 싹싹 긁어 지갑에 챙겨넣는다. 열이 펄펄 끓는 동생을 등에 들쳐업고 가게를 나선다. 쥐포처럼 납작한 슬리퍼를 질질 끌며 서울슈퍼를 지나 점점 멀어진다. 엄마의 등에 매달려 있어서인가, 동생이 혹만 같다.

나는 코카콜라가 영문으로 인쇄된 빨간 티셔츠를 입고 가게를 본다. 오늘따라 가게를 보는 게 신물이 나도록 무료하다. 나는 마른오징어의 다리에 달라붙은, 말라비틀어진 흡반을 뜯어 먹으며 애써 무료함을 달랜다. 사람들은 마른오징어를 사갈 때 다리의 개수는 세어도, 다리에 달라붙은 흡반의 개수는 세지 않는다. 나는 그래서 다리 대신 흡반을 뜯어 먹는다. 마른오징어를 담아놓은 비닐봉지 속으로 오른손을 집어넣고 엄지와 검지로 흡반을 똑 뜯어 얼른 입으로 가져간다. 똑 똑 똑똑 똑 똑 똑똑똑…… 모래알처럼 작고 까끌까끌하며 메마른 흡반을 씹으며, 나는 마른오징어 다리를 한 짝 쭉 찢어 턱이 빠지도록 씹어대고 싶은 충동을 겨우 참는다.

아빠는 그새 소주를 한 병 비우고 가게에 딸린 방에서 잠든다.

날이 어둑해지도록 엄마가 돌아오지 않는다. 아빠도 깨어나지 않는다. 그리고 그때까지 가게에는 손님이 단 한 명도 찾아오지 않는다. 티브이는 켜져 있고, 옥상 빨랫줄에는 걷어야 할 빨래가 빼곡히 널려 있다. 날이 더 어두워지도록 엄마가 돌아오지 않으면 나는 옥상으로 올라가 빨래를 걷어야 한다. 차곡차곡 빨래를 개며 가게를 봐야 한다. 폭풍이라도 몰아쳐 빨래들이 다 날아가버렸으면 좋겠다. 나는 손가락들이 비린 쇠냄새로 찌들도록 돈통 속 동전들을 만지작거리다, 라면을 한 봉지 끓여 먹는다. 이마를 훤히 드러내놓고 잠든 아버지의 머리맡에 앉아 라면을 건져 먹는다. 라면 국물이 이마로 튀는데도, 가게가 떠나가도록 티브이 소리를 크게 틀어놓았는데도 아빠는 깨어날 줄 모른다.

무료함은 극에 달해 나는 걷잡을 수 없이 무기력해진다. 급기야는 아주 중요한 뭔가를 그만 잃어가는 것만 같은 기분에 휩싸인다. 지금 이 순간 내가 속수무책으로 잃어가고 있는 것이 무엇인지도 모르면서, 잃어버려서는 안 될 중요한 뭔가를 갖고 있지도 않으면서, 잃어버릴 것이 아무것도 없으면서……

나는 지금 뭘 그토록 잃어가고 있는 걸까?

엄마는 도망이라도 가버린 걸까. 내 두 발을 가게에 꽁꽁 묶어두고는 아픈 동생만 데리고…… 가게에 걸어놓은 시계는 열시를 지나고 있다. 가게를 열 때, 엄마의 계원들이 십시일반 모은 돈으로 사다가 걸어준 시계다. 검고 둥근 시계의 하단에는 '축 개업'이라는 글자가 궁서체로 적혀 있다. '축' 자는 흐릿하게 바래고 지워져 쓸쓸하고 고단해 보이기까지 한다. 그런데 아빠는 왜 깨어날 생각을 않는 걸까. 벌써 깨어났으면서도 일부러 잠든 척, 두 눈을 꾹 감고 있는 건 아닐까. 위험에 처한 순간 스스로를 보호하기 위해 의사발작 상태에 빠지는 벌레처럼, 세상으로부터 스스로를 보호하기 위해 잠든 척 위장하고 있는 것은 아닐까?

나는 가게 밖으로 나가 골목 끝을 향해 목을 빼고 앉아 엄마를 기다린다.

나는 내년이면 고등학교에 가야 한다. 엄마는 내가 상업계 고등학교에 진학해 졸업 후에는 은행원이 되기를 바란다. 우리 동네에서 얼굴이 가장 예쁘고 하얀 선녀 언니처럼. 골목에 들어찬 집들이 어둠 저편으로 물러나고 서울슈퍼의 간판 불빛마저도 꺼져, 우리 가게만 오로지 환하게 불을 밝히고 있다.

간간이 불어오는 바람은 삶은 행주처럼 후덥지근하고, 하늘에는 별 한 점 없다. 어디로 숨었는지 달도 보이지 않는다. 반짝이는 것이 아무것도 없어서인가. 하늘은 흡사 죠스바를 핥고 또 핥아 검보랏빛 물이 든 혓바닥만 같다. 한 모도 팔리지 않은 두부들이 내 옆에서 쉰 냄새를 푹푹 풍기며 노랗게 질려간다. 땅강아지들이 골목 시멘트바닥 갈라진 틈을 비집고 기어올라오는 소리가 들린다. 옥상에서 걷지 않은 빨래들이 펄럭펄럭 날리는 소리도 들려온다.

생각해보니, 나는 하루 종일 가게를 지킨 것 말고는 한 일이 없다. 돈통 속 동전들을 세고, 라면을 한 봉지 끓여 먹고, 마른오징어 다리에 달라붙은 흡반들을 떼어 먹은 것밖에는…… 흡반들이 삼켜지지 않고 내 식도와 혀, 입천장에 고스란히 달라붙어 있는 것만 같다. 거머리처럼 퉁퉁 불어터져서는 내 피를 쪽쪽 빨아대는 것만 같다. 내가 삼킨 오징어 눈알들도 식도나 위에 달라붙어 야광의 빛을 내뿜고 있을 것만 같다. 내가 가게를 보며 엄마 몰래 뜯어삼킨 오징어 눈알은 열 개도 넘는다.

나는 문득 고개를 홱 돌리고 가게 안을 들여다본다. 창백한 형광등 불빛 때문일까. 진열대 위의 어제도, 오늘도, 그리고 그저께도, 그끄저께도 팔리지 않은 물건들이 박제 처리된 짐승이나 벌레처럼만 보인다. 속을 싹 긁어내고 방부제 처리를 한, 썩지도, 변형 변색되지도 않는 박제들 말이다. 소고기를 말린 것이라는, 혁대처럼 납작하고 질겨 보이는 육포는 섬뜩하기조차 하다.

밤이 너무 깊어져 광막하기까지 한 저 어둠 속 어딘가, 배고프고 헐벗은 누군가 우리 가게가 내쏘는 불빛을 향해 부단히 걸어오고 있을 것만 같은 기분이 든다.

누군가…… 누군가……

정말이지 누군가…… 어둠 속에서 토해지듯 걸어나온다. 나는 순간 깜짝 놀라 어둠 속을 사납게 쏘아보며 부르르 어깨를 떤다. 철로 너머에 사는 말더듬이 노가다 총각이다. 장가도 안 간 총각이라는데 그의 얼굴은 아빠의 얼굴보다 늙었다. 언제나 그렇듯 그는 얼룩덜룩한 군용바지에, 박쥐처럼 검은 잠바 차림이다. 어깨에는 녹색 군용가방을 둘러메고 있다.

그는 거의 매일 밤 우리 가게에 들러 담배와 라면과 소주와 소시지를 사간다. 서울슈퍼가 문을 연 뒤에도, 그는 라면 한 봉지를 사더라도 꼭 우리 가게에서 산다. 게다가 그는 외상을 하지 않는다. 우리 가게 최고의, 그리고 유일한 단골손님이지만 엄마는 그를 은근히 깔보고 무시한다. 그가 철로 너머에 사는데다, 장가도 못 간 생노가다이기 때문이다.

그가 나를 흘끔 바라보고는 가게 안으로 들어간다. 나는 멍하던 정신을 가까스로 차리고, 그를 쫓아 얼른 가게로 들어간다. 그가 이것저것 고르는 동안 나는 그가 혹시나 껌이라도 한 통, 초코파이라도 한 봉지 훔치지는 않는지 유심히 감시한다. 그가 도둑이 아님을 알면서도, 나는 그를 믿지 못해 그렇게 한다. 그는 라면 두 봉지와 소시지, 소주 두 병, 달걀 두 알, 맛동산 한 봉지를 집어든다. 나는 그가 물끄러미 지켜보는 앞에서 입을 꾹 다물고 계산기를 탁 탁 탁 두드린다.

"이천백오십 원이요……"

나는 말끝을 조그맣게 흐린다. 내 목소리가 잘 들리지 않았는지 그가 나를 빤히 바라본다. 그의 얼굴은 오늘따라 한없이 늙어 눈도 멀고, 귀도 먹고, 이도 다 빠져버린 늙은이만 같다.

"이천백오십 원……"

그가 그제야 바짓주머니에 손을 쑥 집어넣더니 꼬깃꼬깃 구겨진 지폐와 동전들을 꺼낸다. 그가 지폐와 동전을 세는 동안, 나는 그가 고른 물건들을 검정 비닐봉지에 차곡차곡 담는다. 봉지를 아껴 쓰라는 엄마의 잔소리가 불현듯 떠올라, 달걀들을 따로 담지 않고 한 봉지에 담는다. 그가 철로를 건너가는 동안 달걀들이 금가고 깨지면 어쩌나 걱정이 들기도 하지만, 그게 나와 뭔 상관이란 말인가. 나는 차라리 달걀들이 무참히 깨져버렸으면 하는 심정이다. 부딪치고 깨져 노른자와 흰자가 마구 뒤엉킨 채 끈적끈적하게 흘러내렸으면.

그는 내게서 검정 비닐봉지를 받아들자마자 가게를 나가 철로 쪽으로 서둘러 사라진다. 그가 사라지고 난 뒤에야 나는 그가 소시지를 두고 갔다는 사실을 알게 된다. 내가 그만 소시지를 빼먹고는 봉지 속에 챙겨넣지 않은 것이다.

아빠는 여태도 깨어나지 않고, 나는 또 배가 고프다. 나는 그가 두고 간 소시지를 먹어치우기로 한다. 소시지는 분홍색이고 내 팔만큼이나 기다랗다. 엄마는 날마다 그 소시지로 오빠의 도시락 반찬을 싸준다. 달걀옷을 입히고 기름에 부쳐서. 나는 소시지를 싼 비닐을 벗겨내고 우걱우걱 베먹는다.

내가 소시지를 거의 다 먹어갈 즈음, 검정 교복 차림의 오빠가 가게 안으로 들어온다.

나는 오빠에게 말한다.

"아빠가 깨어나질 않아."

"뭐?"

"아빠가 깨어나질 않는다고!"

"그래서?"

"아무래도 그만 깨워야 될 것 같아."

"제발 그냥 내버려둬라."

"그래도……"

"깨운다고 뭐가 달라지냐?"

오빠가 내게 버럭 화를 낸다. 나는 오빠가 내게 화를 내는 이유를 잘 모르겠다. 오빠는 아빠한테도, 동생한테도 화를 낸다. 심지어는 엄마한테도. 돈통에서 돈을 가장 많이 가져다 쓰면서도, 가게에서 라면과 과자와 두부와 콩나물을 팔아 번 돈을 죄다 가져가다시피 하면서도, 더구나 가게를 한번도 본 적이 없으면서, 곧 고3이 된다는 걸 유세로 화를 내고 싶으면 참지 않고 화를 낸다.

그렇지만 곰곰 생각해보니 오빠 말이 맞는 것도 같다. 잠든 아빠를 깨운다고 뭐가 달라질까.

나는 소시지를 마저 다 먹어치우고, 셔터를 내린다. 매일같이 내리는 셔터를 엄마 대신 내리는 것뿐인데, 세상으로부터 완벽하게 차단되고 고립되는 기분이 든다. 드르럭— 드르럭— 새된 비명을 내지르며 세상이 가게 밖으로 물러난다. 가게 안에는 오늘도 팔리지 않아, 유통기한이 지났거나 거의 다 된 물건들과 나만 남는다.

나는 가게에 딸린 방 한복판에 바위처럼 어둡고 무거우며 꺼칫꺼칫한 이불을 깐다.

그리고 그 위에 홀로, 버려지듯 눕는다.

내 발 저 아래에 아빠가 잠들어 있지만 나는 혼자라고, 홀로 존재한다고 느낀다. 광풍이 휘몰아치는 높고 넓고 단단한 바위 위에 나 홀로 외롭고 쓸쓸하게…… 아빠가 죽은 듯이 잠들어 있어서 더 그런 기분이 드는 건 아닐까.

밤마다 나는 가게에 딸린 방에서 혼자 잠이 든다. 이 방에서 나는 가게도 보고, 공부도 하고, 티브이도 보고, 밥도 먹고, 잠도 잔다. 방은 벽지 속까지 담배 냄새와 돈통 속 동전들이 풍기는 비릿한 쇠 냄새에 찌들었다.

나는 스스로가 마치 동전이라도 된 듯한 착각이 든다. 하도 닳아서 한 점의 반짝거림도 남지 않은 동전 말이다.

찰흙으로 다시 아빠의 얼굴을 빚는다면 유통기한 날짜를 2018년 11월 23일로 새겨넣고 싶다. 너무도 먼 미래만 같은 그해에, 나는 마흔여섯 살이 된다. 그러니까 지금 아빠 나이가 되는 것이다. 내가 그 나이가 되면 지금의 아빠를 조금이나마 이해하고 받아들일 수 있을 것 같다.

하루가 또 가버렸으니, 아빠의 유통기한이 지난 지 삼 년하고도 백칠십일 일째다. 그 시간들은 혹 아빠가 고스란히 삼켜 없앤 시간들이 아닐까. 아빠가 꾹 삼켜 몸속에 묻어버린 시간들…… 그 시간들이 아빠의 몸속에서 짓무르고 부패하다 못해 허연 곰팡이 덩어리가 되지는 않았을까.

내가 잠든 사이 엄마와 동생이 돌아와 내 옆에 나란히 몸을 누인다.

88서울올림픽도 끝나고, 아빠는 거의 매일 소주를 마신다. 가게에 딸린 방에 틀어박혀 소주를 홀짝홀짝 마시다 기절하듯 누워 잠든다. 나는 아빠가 오랫동안 잠에서 깨어나지 않기를 바란다. 잠에서 깨어나면 아빠가 또 소주를 마시기 때문이다. 병원에서는 동생이 죽을 수도 있다고 한다. 엄마는 밤마다 동생을 끌어안고는, 잠든 아빠의 머리맡에 주저앉아 흐느낀다. 엄마와 동생은 미술책에서 본 미켈란젤로의 피에타 상 같다. 죽은 예수를 끌어안고 슬픔에 잠긴 성모 마리아. 럭키슈퍼에 딸린 방 안 어둠 속에서 내 엄마와 동생이 피에타 상과 똑같은 자세로 슬픔과 절망에 젖어 있는 모습을, 동네 사람들은 상상이나 할 수 있을까.

엄마가 서울슈퍼에서 사다 먹인 다디단 과일들을 먹고 동생은 간신히 살아난다.

*

서울슈퍼는 한술 더 떠 고기까지 떼다 판다. 정육점용 냉장고를 들여놓더니 그 안에 돼지고기와 소고기, 닭고기를 그득 채워놓고 우리 동네와 윗동네 사람들을 전부 단골로 만든다. '정육'이라고 쓴 붉은 간판도 짜, 보란 듯이 세워둔다. 엄마의 눈치를 보며 서울슈퍼와 우리 가게를 사이좋게 오가던 기호 아줌마마저도, 우리 가게에서는 두부나 콩나물밖에 사가지 않는다. 철로 너머 사람들도 하나 둘 서울슈퍼의 단골이 되어간다. 그들은 단돈 백 원이 아쉬워 외상을 해야 할 때만 우리 가게를 찾아온다. 밀린 외상값을 갚을 생각은 않고 또 외상을 다는 것이다.

아빠의 유통기한이 지난 지 삼 년하고도 백구십오 일째 되던 날.

나는 우연히 철로 너머 말더듬이 노가다 총각이 서울슈퍼에서 걸어나오는 것을 목격한다. 그는 검정 비닐봉지를 달랑달랑 흔들며 고개를 푹 숙이고 죄인처럼 우리 가게 앞을 서둘러 지나간다. 아무 죄 지은 것도 없으면서 죄인처럼, 그것도 몹쓸 죄라도 저지른 듯…… 아주 몹쓸 죄라도…… 그래서 나는, 철로를 건너가는 그를 원망이 가득한 눈으로 흘겨본다. 그가 철로 너머로 완전히 사라져 보이지 않게 된 뒤에도. 나는 어쩐지 그가 다시는 우리 가게를 찾아오지 않을 것만 같은 기분이 든다. 다시는 그에게 라면도, 소주도, 달걀도, 소시지도, 어묵도 팔 수 없는 걸까? 그렇지만 그마저도 우리 가게를 찾아오지 않으면 도대체 누가 우리 가게를 찾아올까.

그마저도 찾아오지 않아 가게에는 하루 종일 손님이 단 한 명도 들지 않는다. 그런데도 엄마는 여전히 새벽 여섯시면 어김없이 가게 셔터를 올리고, 밤 열한시가 넘어서야 셔터를 내린다.

그로부터 며칠 뒤, 엄마는 내게 서울슈퍼에 가서 찌갯거리용 돼지고기를 반근만 사오라고 시킨다. 나는 생전 처음으로 서울슈퍼에 간다. 그러지 않아도 나는 서울슈퍼가 처음 문을 열었을 때부터 그곳에 몹시 가보고 싶었다. 손님이 되어서는 그곳을 찾아가 그 안에 넘쳐나는 생필품과 과자, 음료수들을 마음껏 구경하고 싶었다. 내가 가장 먹고 싶은 과자를 한 봉지 고른 뒤, 과자 값을 서울슈퍼 주인아저씨의 손에 짤랑! 소리가 나도록 떨어뜨려주고는, 당당히 걸어나오고 싶었다.

서울슈퍼로 발을 들여놓는 내 심장이 몹시 빠르게 뛴다.

"돼지고기 반근이요."

라면을 정리하고 있던 주인아저씨를 향해, 나는 단숨에 말한다. 그 아저씨는 내가 저 아래 럭키슈퍼 딸이라는 걸 모르는지 무덤덤하다. 미리 썰어놓은 돼지고기를 한 주먹 봉지에 담더니 근수를 재 내게 건넨다. 나는 그가 내게 무슨 말인가를 해오기를 기다리지만, 그는 심드렁한 표정으로 나를 바라보기만 할 뿐이다.

"이천 원이다."

그 말에 나는 몹시 자존심이 상한다. 어째서 날 못 알아보는 거지? 럭키슈퍼 딸인 나를? 우리 가게가, 그리고 그 가게에 목매고 있는 우리 다섯 식구가 한꺼번에 무시를 당한 기분이다.

아무것도 모르는 엄마는, 김치를 잔뜩 썰어 넣고 돼지고기 김치찌개를 끓인다.

"순 비계로만 줬구나."

엄마는 그리고 아빠를 바라보며 기어이 한마디 더 덧붙인다.

"양심도 없지……"

언젠가 들어본 말이라고 생각했는데, 기호 아줌마가 엄마한테 했던 말이다. 기생충으로 들끓는 생태를 도로 들고 찾아와서는 부르르 떨며. 나는 엄마가 그 말을 아빠에게 한 것인지, 서울슈퍼 주인아저씨에게 한 것인지 좀처럼 분간이 가지 않는다. 어쩌면 그 둘 다한테 한 말인지도 모르겠다.

그리고 오늘 밤도 나는 가게에 딸린 방 한복판에 홀로 누워 잠든다.

짤랑!

그 소리가 방 안에 울려퍼지는 순간, 내 두 눈이 저절로 번쩍 떠진다. 마치 잃었던 의식을 되찾듯, 나는 잠에서 깨어난다. 내 발 저 아래, 어둠보다 짙은 커다란 형체가 어른거린다. 조금씩 움직이는 것으로 봐서 사람의 형체가 틀림없다. 내 두 눈이 어둠에 조응하면서 형체가 점차 분명해진다.

도, 도둑인가……?

나는 소리를 지르고 싶지만 가위에 눌린 듯 꼼짝할 수 없다. 형체가 내 쪽으로 슬그머니 고개를 돌린다. 아빠다…… 유통기한 날짜가 새겨진 이마가 어둠 속에서 희미하게나마 빛을 발하고 있었던 것이다. 아빠는 이 밤에 도대체 뭘 하는 걸까.

짤랑!

……?

짤랑!

나는 그제야 모든 걸 알아차린다. 아빠는 돈통에서 동전을 훔치고 있는 것이다. 내게 들키기를 바라기라도 하듯 짤랑짤랑 소리를 내며. 그래도 내가 꼼짝을 않자 돈통을 소리나게 닫고는 짤랑짤랑 소리를 내며 방을 나간다. 밤이 다 가려면 아직 멀었지만 나는 다시 잠들지 못한다.

아빠는 언제부터 저렇게 몰래 돈통에서 동전을 훔쳤던 것일까. 매일 밤 저렇게 내가 잠든 뒤 몰래 이 방에 숨어들어 동전을 한 개씩, 두 개씩 훔쳐간 것일까. 혹여 아빠도 나처럼 그 말이 세상에서 가장 하기 어렵기라도 한 걸까. 목구멍을 틀어막고는 차마 소리가 되어 나오지 못하는 걸까.

여보, 돈 좀 줘.

나는 몸을 일으켜 조심스럽게 돈통을 열어본다. 아귀가 꽉 맞물린 돈통은 끼이익— 비명을 내지르며 간신히 열린다.

빛을 잃고 거무스름하게 꺼져든 동전들이 마치 운석(隕石)만 같다. 그러니까 탄식처럼 단말마의 빛을 반짝! 발한 뒤 이 지상으로 뚝 떨어져, 흔하디흔한 돌멩이가 되어버린 유성……

나는 돈통 속으로 손을 집어넣고 동전들을 한 주먹 움켜쥔다. 겨우 한 주먹 움켜쥐었을 뿐인데 돈통에서 동전이 거의 바닥난다. 나는 돈통에서 동전들을 싹싹 긁어 검정 비닐봉지에 넣어가지고 옥상으로 올라간다. 돈통 바닥에 악착같이 달라붙은 일 원짜리 두 개까지 빼놓지 않고 챙겨가지고.

적막에 잠긴 하늘에는, 봉봉 속 포도알맹이만 같은 구름들이 떠다닌다.

나는 십 원짜리 동전을 검정 비닐봉지에서 꺼내 만지작거린다. 얼음처럼 차갑기만 한 동전이 화끈 달아오를 때까지 만지작거리다 손을 높이 쳐든다. 하늘로 동전을 힘껏 날려보낸다. 동전은 포물선과도 같은 획을 그으면서 날아가 반짝! 하는 동시에 감쪽같이 사라져버린다.

나는 어쩐지 동전이 대기권 밖으로 날아갔을 것만 같다. 저 먼 광대한 우주 속으로 빨려들어갔을 것만……

나는 나머지 동전들도 한 개씩 한 개씩 하늘로 날려보낸다.

*

돈통 속 동전들이 깡그리 없어진 뒤로, 엄마는 더 이상 두부도 콩나물도 떼어놓지 않는다. 고무장갑이 다 떨어졌는데도 주문을 넣지 않는다. 우유도, 요구르트도, 담배도 들여놓지 않으면서 새벽 여섯시면 어김없이 가게 셔터를 올린다. 럭키슈퍼가 아직 망하지 않았음을 동네 사람들에게 확인이라도 시켜주려는 듯. 계란마저 떨어져, 이제 우리 가게에는 있는 물건보다 없는 물건이 훨씬 더 많다. 손님이 가뭄에 콩 나듯 하지만, 어쩌다 손님이 와도 찾는 물건이 없어서 못 판다.

석 달 뒤면 오빠는 고3이, 나는 고1이 된다. 나는 고등학교 배정을 기다리는 중이다. 나는 아빠와 엄마의 뒤통수라도 치는 심정으로 보란 듯이 연합고사를 보았다. 여상에 지원하지 않은 것이다. 그렇다고 특별히 가고 싶은 대학교가 있다거나, 특별히 되고 싶은 게 있는 것도 아니다.

엄마는 나한테 통째로 가게를 맡겨놓고 식당 일을 다닌다. 나는 화장실에 갈 때를 빼고는 가게를 떠나지 않는다. 가게란 원래, 손님이 없어도 무작정 지키고 앉아 있어야 한다. 하루 종일 단 한 명의 손님도 찾아오지 않는다 해도. 그래서 가게 일이 힘든 것이다. 내 또래 아이들 중 그토록 중요한 진리를 깨친 아이가 도대체 몇 명이나 될까.

그리고 내가 몰래 삼킨 오징어 흡반은 도대체 얼마나 될까. 나는 흡반을 너무 많이 삼켰다.

내가 오징어 흡반을 무려 백오십 개나 삼킨 날, 저녁 밥상에서 엄마가 뜬금없이 말한다.

"아무래도 너희들 아빠를 팔아야겠다."

"아빠를……?"

동생이 눈을 동그랗게 뜨고 중얼거린다.

"너희들을 팔 수 없으니 어쩌겠니?"

"누가 사가기나 하겠어요?"

오빠가 짜증을 내며 벌떡 일어서더니, 방을 나가버린다.

"나는 어떻게든 너희들 아빠를 팔 거다."

"……"

"그것도 제대로 값을 받고서 말이다."

엄마는 설마 아빠의 유통기한이 삼 년하고도 이백육십이 일이나 지났다는 사실을 깜박 잊기라도 한 걸까?

"그러니, 너희들이라도 날 좀 도와주어야겠다."

엄마가 입을 꾹 다물고 나와 동생을 번갈아 바라본다. 대체 뭘 도와주어야 하는 것인지 모르겠지만, 감히 거절할 수 없도록.

새벽 네시, 엄마와 나 그리고 동생은 잠든 아빠를 가운데 두고 옹기종기 모여 앉는다.

엄마가 아빠의 머리맡에 두 무릎을 꿇고 앉는다. 나와 동생도 그렇게 한다. 무릎을 꿇고 모여 앉으니 기도라도 해야 할 것 같다. 아빠의 너른 이마 위에 손들을 탑처럼 차곡차곡 포개고서. 내가 그토록 한심해하고 증오해 마지않는 저 이마가 신성한 제단이라도 되는 양.

"아주 깊이 잠드셨구나."

엄마가 손을 뻗어 아빠의 이마를 한번 쓱 훔친다. 이마에 묻은 티끌을 다 거두어내기라도 하듯. 엄마의 손이 쓸고 지나가서인지, 아빠의 이마에 새겨진 유통기한 날짜가 어느 때보다 분명하고 또렷하다.

"지금부터 유통기한 날짜를 지울 거다."

"……?"

"새로 새겨넣으려면 먼저 말끔히 지워버려야겠지."

"……"

"아주 감쪽같이 말이다."

"……"

"너희들 아빠마저도 깜빡 속아넘어가게 말이다."

엄마가 준비해둔 도구와 약품들을 아빠의 머리맡에 질서정연하게 늘어놓는다. 솜, 과산화수소, 연고, 반창고, 검정 잉크, 핀셋, 바늘. 유통기한 날짜를 지우고, 새로 새겨넣기 위해 필요한 도구와 약품들이다. 엄마는 언제 저런 것들을 다 준비해둔 걸까.

그렇지만 만반의 준비를 했다고 해도, 유통기한 날짜를 새로 새겨넣는 게 쉽지는 않을 듯하다. 우유배달 아줌마처럼 모나미 볼펜 한 자루로 뚝딱 해치울 수는 없는 것이다. 너무 오래 새겨져 있었던 탓인지, 유통기한 날짜는 오래된 흉터처럼 살 속으로 파고들어가 단단히 자리를 잡아버렸다.

"자…… 그럼 시작해볼까?"

엄마가 나와 동생을 번갈아 바라보며 말한다. 나는 얼떨결에 고개를 끄덕인다. 동생도 따라서 고개를 끄덕끄덕한다. 끄덕끄덕 끄덕. 여섯시 전까지는 끝내야 한다. 여섯시가 되면 어김없이 셔터를 올리고 손님을 기다려야 하니까.

엄마가 마침내 조심히 바늘을 집어든다.

기껏 우주로 날려보낸 동전들이 지상으로 떨어지는 소리…… 옥상 저 멀리서 들려오는 듯하다.

안녕! 물고기자리

윤 성 희

1973년 경기도 수원에서 태어났다. 1999년 동아일보 신춘문예에 단편 「레고로 만든 집」이 당선되며 등단. 소설집 『레고로 만든 집』 『거기, 당신?』 『감기』가 있다. 올해의 예술상, 이수문학상, 현대문학상을 수상했다.

작가를 말한다

윤성희 소설의 개성은 역설적이게도 겉보기에는 전혀 개성이 될 수 없는 것처럼 보이는 바로 그 지점에서 나온다. 그것은 다름아닌 사물과 현실을 포착하는 렌즈의 거친 투명함을 가리는 환상(fantasy)의 필터를 제거하는 것이다. 이때 환상이란 물론 특정한 이데올로기나 관념적 내러티브에 따라 구축된, 현실 위에 덧씌우는 상상적 허구(fiction)를 일컫는 다른 이름이다. 윤성희의 소설에 통상적인 의미에서 '드라마'가 존재하지 않는 것은 그 때문이다. 윤성희의 소설은 현실 자체 위에 덧씌워지는 관념적인 내러티브를 걷어내고 더할 수 없이 거칠고 황량한 사막 같은 삶의 실재를, 그 한가운데 홀로 내던져진 인물들의 고독과 공포 속에 숨어 흐르는 비정한 주변부 모더니티를 건조한 어조로 드러내놓는다. 김영찬(문학평론가)

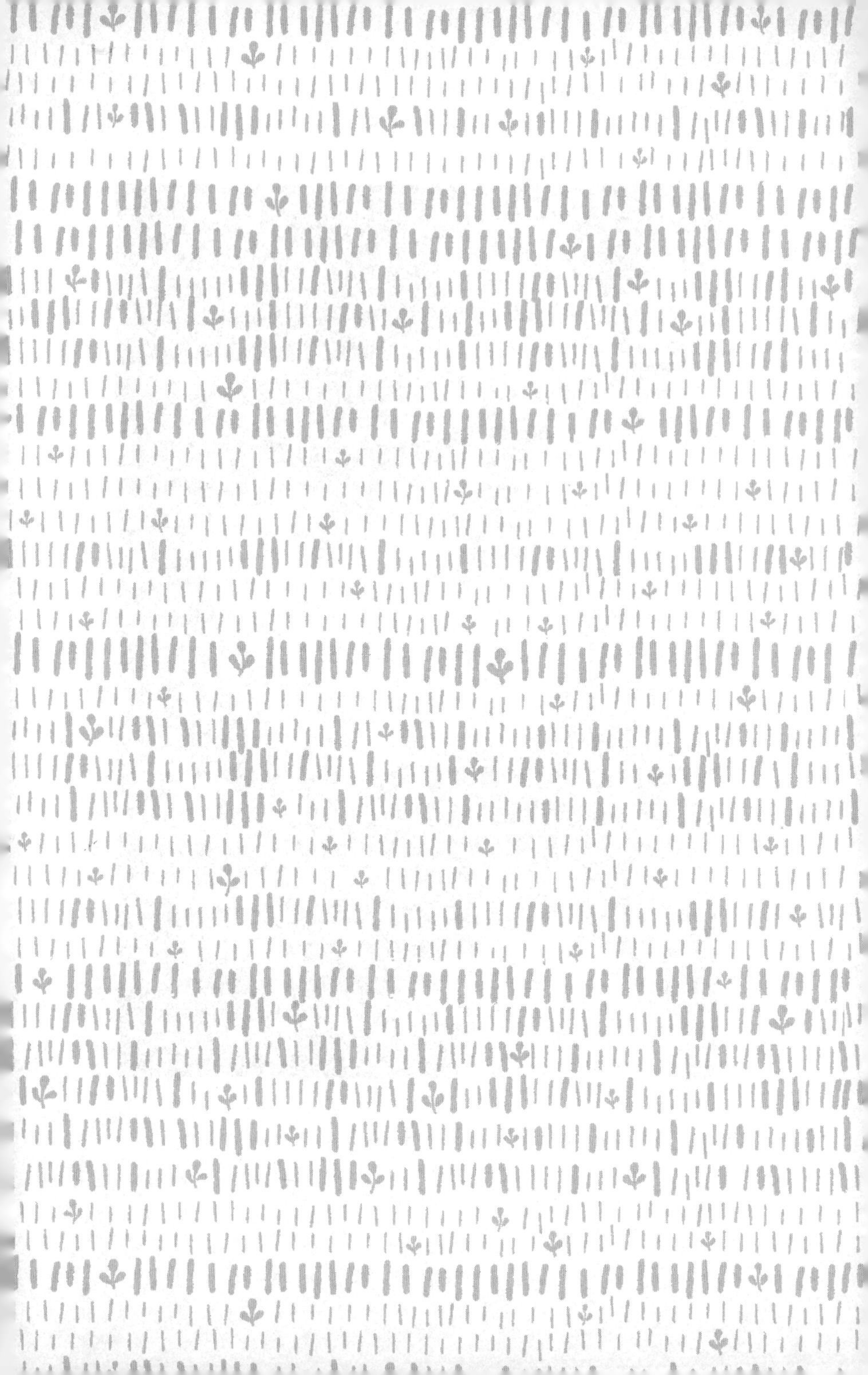

언젠가 대형 할인매장에서 밤을 새운 적이 있었다. 택시를 타고 집으로 돌아가는 길이었다. 택시가 신호등 앞에 멈추었을 때 나는 고개를 돌려 밖을 보았다. 사층 높이의 할인매장이 불을 환하게 밝히고 있었다. 새벽 두시였다. 내가 시계를 보자, 운전기사가 요즘에는 할인매장도 24시간 영업을 한다고 일러주었다. 그래요. 나는 고개를 끄덕였다. 카트를 끌고 위로, 위로, 올라가는 사람들의 모습이 보였다. 순간 배가 고파졌다. 아저씨, 저 여기서 내릴게요. 나는 거스름도 받지 않은 채 택시에서 내렸다.

식당은 일층에 있었다. 그곳에서 나는 가락국수를 주문했다. 음식은 맛이 없었다. 면을 씹으면서 어렴풋하게 어떤 예감에 사로잡혔다. 조만간 소중한 사람들을 한꺼번에 잃을 것이라는. 국수를 남김없이 다 먹은 다음, 카트를 끌고 이층에서부터 사층까지 천천히 걷기 시작했다. 중간에 목이 말라 이온음료수를 한 병 마셨다. 마시고 난 빈 병을 카트에 담았다. 할인매장에는 즉석식품들이 많았다. 직업을 바꿀 기회가 있다면, 세상에 나오는 모든 즉석식품들을 비교해보는 일을 해도 좋을 듯싶었다. 즉석식품 비평가. 생각해보니 지금 하고 있는 일보다 훨씬 그럴듯한 직업 같았다. 사층의 마지막 코너를 둘러본 뒤에 나는 Y에게 전화를 걸었다. 낮에 자고 밤에 생활을 하는 Y는 내가 새벽에 전화할 수 있는 유일한 친구였다. 글쎄, 할인매장이 하루 종일 영업을 하네. 나는 대단한 사실을 발견한 것처럼 자랑스럽게 말했다. 새벽에 쇼핑하는 기분은 어때? Y가 물었다. 나는 지금 내가 하는 것은 쇼핑이 아니라 산책이라며 Y의 말을 정정해주었다. 할인매장은 내가 찾은 최고의 공원이라는 말까지 덧붙였다. 카트에 인형을 앉히고는 물건을 살 때마다 인형에게 무어라 말을 건네는 여자를 할인매장에서 본 적이 있다고 Y가 말했다. 여자의 카트는 더 이상 물건을 담을 수 없을 만큼 꽉 차 있었지. 여자가 카트를 끌다 말고 갑자기 멈춰 서서 비명을 지르더라. 더 황당한 건, 그렇게 비명을 지르고 나서는 언제 그랬느냐는 듯이 카운터로 가서 태연하게 계산을 하는 거였어. 너도 그 여자처럼 되기 전에 그만 그곳에서 나와. 그렇게 말하고 Y는 전화를 끊었다. Y를 안 지 구 년이 되어가지만 솔직히 나는 한번도 Y의 말을 믿은 적이 없었다. 나는 다시 사층에서 이층까지 천천히 걷기 시작했다. 음료수 한 병을 계산하고 밖으로 나오니 이미 해가 뜬 뒤였다. 그날 이후로 나는 가끔 할인매장으로 산책을 다녔다.

할인매장에서 S를 만났다. S는 고등학교 동창이었다. 이학년 때 같은 반이었는데, 한 달 정도 짝을 한 적이 있었다. 어, 어쩐 일이야? S가 말했다. 그러게 말이다. 내가 대답했다. 십오 년 만에 만난 것 치고는 조금 싱거운 인사였다. 우리는 악수를 하며 웃었다. S의 손은 축축했다. 하나도 안 변했네. 나는 S의 카트에 실린 물건들을 힐끔 보면서 말했다. 카트에는 토마토가 가득 담겨 있었다. 넌 좀 살이 찐 것 같다. S도 내 카트에 실린 물건들을 훔쳐보면서 말했다. 나는 S에게 A의 안부를 물었다. A는 고등학교 때 S의 단짝친구였다. S는 A를 만나지 않은 지 오래됐다고 했다. 그러고는 내게 B의 안부를 물었다. 나는 고등학교를 졸업한 그해에 B와 크게 싸우고는 연락을 끊었다고 했다. 무슨 일 때문에 싸웠는지 이제 생각도 나지 않는다는 말까지 했다. 그거 맛있니? S가 내 카트에 실린 즉석칼국수를 가리켰다. 몰라, 오늘 먹어보려고. 검지로 콧등을 긁으면서 내가 대답했다. S도 나를 따라 검지로 콧등을 긁었다. 그런데 웬 토마토를 그렇게 많이 사니? 이번에는 내가 S의 카트를 턱으로 가리켰다. 응, 몸에 좋다 그러기에. 우리는 서로의 얼굴을 바라보고는 다시 한번 웃었다. 헤어지기 전에 S는 나를 저녁식사에 초대했다. 뭐라 거절해야 할지 적당한 말이 생각나지 않아 나는 그저 어, 어, 라는 소리만 되풀이했다. 부담 가지지 말았으면 좋겠어. 지난주에 이사를 왔거든. 니 핑계대고 오늘 집들이하지, 뭐. 바로 이 매장 뒤에 있는 아파트야. 102동 606호. S는 지갑을 꺼내더니 천 원짜리 귀퉁이에 102-606이라는 숫자를 적어 내게 건네주었다. S의 뒷모습을 보면서 나는 예전에 우리가 친했는지를 생각해보았다. 친하게 지낸 적은 없지만 그렇다고 사이가 나쁜 적도 없었던 것 같았다. 다행이었다. 나는 카운터에 원두커피 필터, 생리대, 즉석칼국수를 내려놓았다. 칠천팔백 원입니다. 눈이 커다란 아가씨가 친절하게 말했다. 지갑을 열어보니 삼만칠천 원이 있었다. 만 원짜리를 헐기 싫어 할 수 없이 S가 준 천 원짜리를 꺼냈다.

집에 도착하자마자 비가 오기 시작했다. 주변을 한번 둘러보고는 현관 앞에 놓인 화분을 들어 열쇠를 꺼냈다. 문을 열기 전에 열쇠를 코에 대고 냄새를 맡았다. 흙냄새가 희미하게 났다. 열쇠가 돌아가지 않았다. 열쇠를 꺼내 살펴보았다. 틀림없이 현관 열쇠였다. 열쇠를 손바닥에 올려놓고 두 손으로 비빈 다음 다시 시도를 해보았다. 그래도 문은 열리지 않았다. 나는 현관 앞에 앉아서 빗방울이 계단을 적시는 것을 보았다. 앞집 아주머니가 옥상으로 뛰어올라가고 있었다. 지난주, 부모님은 중국 여행을 떠났다. 아버지의 환갑 기념 여행이었다. 나는 열쇠를 현관에 꽂아둔 채 다시 밖으로 나왔다.

버스정류장에서 Y에게 전화를 걸었다. 문이 안 열려, 라고 말했더니 그럼 이참에 아예 집을 나가버려, 라고 Y가 웃으면서 대답했다. 하루만 재워줄래? 그건 곤란한데…… Y가 말끝을 흐렸다. 농담이야. 나도 솔직히 너네 집에 가는 거 싫거든, 하하. 나는 웃으면서 전화를 끊었다. 첫번째로 오는 버스를 탔다. 버스는 시내를 돌고 돌았다. 나는 맨 뒷자리에 앉아서 졸다 깨다를 반복했다. 비도 내렸다 그쳤다를 반복했다. 나는 눈을 감고 중얼거렸다. 지금부터 열번째 정거장에서 내리는 거야. 눈을 감은 채 버스가 정거장에 설 때마다 마음속으로 헤아렸다. 버스가 아홉번째 정거장에 섰을 때 감은 눈을 떴다. 버스에는 승객이 한 명도 남아 있지 않았다. 나는 다음 정거장에서 내렸다. 이곳이 어디쯤인지 짐작할 수가 없었다. 어디를 둘러봐도 이층 이상의 건물은 보이지 않았다. 낮게 가라앉은 건물들은 모조리 문이 닫혀 있었는데, 작은 철물점 하나만이 그 사이에서 장사를 하고 있었다. 나는 철물점 앞에 놓인 평상에 앉았다. 등이 굽은 할아버지가 나무를 깎고 있었다. 남루한 옷을 입은 사내가 딸기맛 우유를 마시면서 할아버지를 바라보았다. 할아버지, 여기가 어딘가요? 할아버지는 내 물음에 아무 대답도 하지 않았다. 여기가 어디긴 어디에요, 여기지. 대신, 우유를 마시던 사내가 대답했다. 평상이 비에 젖어서 엉덩이가 금방 축축해졌다. 할아버지가 만드는 것은 인형이었다. 다리는 모양을 갖추었고 이제는 팔을 깎는 중이었다. 근처에 혹시 식당 있나요? 배가 고파서요. 나는 조금 더 큰 목소리로 물었다. 여전히 할아버지는 고개를 숙이고는 아무 대답도 하지 않았다. 배고파요? 나도 배고픈데…… 같이 먹을래요? 사내는 마시다 만 우유를 바닥에 버리더니 내게 말했다. 그러고는 내가 무어라고 대답하기도 전에 평상 아래에서 버너와 코펠을 꺼냈다. 사내는 코펠을 들고 철물점 안으로 들어갔다. 잠시 후에 한 손에는 라면 세 봉지를 다른 손에는 물을 채운 코펠을 들고 나왔다. 나는 사내에게 즉석칼국수를 꺼내 보여주었다. 이게 더 맛있을 것 같지 않아요?

칼국수는 사인분이었다. 칼국수와 스프를 넣고 삼 분만 끓이면 된다고 쓰여 있었다. 뭐, 라면이랑 똑같네요. 조리법을 읽어보더니 사내가 별거 아니라는 투로 말했다. 사내와 나는 사인분의 칼국수를 남김없이 먹었다. 우리가 칼국수를 먹는 동안에도 할아버지는 여전히 나무를 깎았다. 할아버지, 국수 좀 드실래요? 내가 묻자 사내가 손을 저으면서 말했다. 그냥 두세요. 부인이 죽은 후부터, 저렇게 됐어요. 하루 종일 나무를 깎는 일밖에 안해요. 사내는 코펠을 들고는 남은 국물을 모조리 마셨다. 땀이 흘러 눈 속으로 들어갔다. 사내는 자주 두 눈을 깜빡거렸다. 사내가 할아버지의 가게를 안 지도 팔 년이 넘었다고 한다. 팔 년 전에도 할아버지는 평상에 앉아서 나무를 깎고 있었다고 사내는 말했다. 맨 처음에는 버스를 잘못 탄 것뿐이었어요. 잠을 자다 눈을 뜨니 낯선 곳이었죠. 그래서 내린 곳이 여기예요. 그런데 이상하죠? 그날부터 팔 년이 지나도록 다시 돌아가는 버스를 탈 마음이 생기지 않는 거예요. 트림을 크게 한 번 한 뒤에 사내는 평상에 누워 잠을 자기 시작했다. 할아버지도 앉은 자세로 꾸벅꾸벅 졸았다. 나는 할아버지가 만들던 목각인형을 만져보았다. 눈, 코, 입이 없는 인형의 모습이 슬퍼 보였다. 건너편 정거장에 버스가 섰다. 나는 버스를 향해 손을 흔들고는 찻길을 건넜다. 지금 버스를 타지 않는다면 사내처럼 영원히 이곳에서 벗어나지 못할 것만 같았다. 차가 출발하고 나서야 비닐 봉지를 평상에 올려놓은 채 그냥 왔다는 사실을 깨달았다. 대신 내 손에는 얼굴 없는 목각인형이 쥐어져 있었다.

버스를 두 번 갈아탄 다음에야 S의 아파트에 도착했다. S의 말처럼, 아파트는 할인매장 바로 뒤에 있었다. 나는 할인매장에 들러 공구세트를 샀다. 언젠가 공구세트가 집들이 선물로 인기를 끈다는 기사를 읽은 적이 있었다. 매장 후문에서부터 아파트단지로 가는 길은 초록색 보도블록이 깔려 있었는데, 보도블록마다 할인매장의 이름이 새겨져 있었다. 할인매장에서 조성한 길인 듯싶었다. 공구세트를 들고 나는 길을 걸었다. 언젠가 내 집을 갖게 된다면 이처럼 할인매장이 가까운 곳으로 얻어야지, 하는 생각을 하면서.

102동 앞에 서서 육층을 올려다보았다. 102동은 분명한데 606호인지 605호인지 확실하게 생각나지 않았다. 나는 엘리베이터를 타고 육층으로 올라갔다. 복도에 서서 605호와 606호를 번갈아가면서 보았다. 현관문에 귀를 대보았지만 아무 소리도 들리지 않았다. 심호흡을 한 번 하고는 606호의 초인종을 눌렀다. 어서 와! 그런데 왜 이렇게 늦었어? S의 반가운 목소리가 들렸다.

현관문을 열고 집 안으로 들어서자 눈앞이 온통 초록이었다. 베란다에는 수십 개의 화분이 있었다. 그것도 모자라, 천장에 닿을 듯한 나무들이 거실 한쪽을 채웠다. 거실과 부엌의 경계에는 커다란 둥근 식탁이 보였다. 특이하게도 중국집에서 흔히 볼 수 있는 회전식 원반이 설치된 식탁이었다. 한 여자가 거기에 앉아서 닭을 먹고 있었다. 얼굴에는 주근깨가 가득했다. 고등학교 동창이야. 졸업하고 오늘 처음 만났어. S는 나를 주근깨 여자에게 소개시켰다. 나는 가볍게 목례를 했다. 이쪽은 예전에 살던 아파트에서 사귄 친구야. 아래위층에 살았는데, 서로 싸우다가 정들었지. 이름은 E야. 자기소개가 끝나자 여자는 닭을 먹던 손을 내게 내밀었다. 나는 여자의 손을 맞잡았다. 반갑습니다. 악수를 하는데 여자가 끄윽— 하고 트림을 했다.

뭐 먹고 싶어? S가 식탁에 흩어져 있는 뼈들을 비닐봉지에 담으며 물었다. 음— 보쌈! 내가 말하자 주근깨 여자가 그게 마음대로 안 될걸요, 라고 말하며 웃었다. S는 씽크대 서랍을 열더니 작은 주머니를 꺼내왔다. 주머니 안에는 여러 번 접은 종이들이 보였다. S는 주머니에서 종이를 꺼내 식탁 위로 던졌다. 자, 하나만 집어. 나는 닭날개 위로 떨어진 종이를 집었다. 앗싸! 탕수육이다. E가 내가 펼친 종이를 보면서 박수를 쳤다. 자신은 원래 탕수육이 먹고 싶었는데, 재수없게 프라이드치킨을 뽑았다는 거였다. 새로운 사람이 오길 얼마나 기다렸는지 몰라요. 정말 고마워요. E는 자기 앞에 펼쳐진 닭을 S 쪽으로 밀었다. 난, 이제 탕수육 먹어야지! S는 중국집으로 전화를 걸었다.

참! 이거 집들이 선물. 나는 공구세트를 S에게 주었다. 우아— 혼자 사는 여자에게는 이게 남편이지. S가 공구세트를 펼치면서 중얼거렸다. 공구세트를 선물받은 기념으로 S는 삐걱거리던 씽크대 문짝을 고쳤다. 거실 벽에 커다란 못을 하나 박기도 했다. 나중에 결혼사진 걸어두면 되겠네. 나와 E가 동시에 말했다. S는 전동 드라이버를 총처럼 들고 우리를 향해 겨누었다. 손 들어! 다 죽었어! 나와 E가 두 손을 번쩍 들었다. 죽이려거든, 안 아프게 죽여주세요!

무슨 일이야? 한 손에 부채를 들고 다른 손에 수박을 든 여자가 놀란 얼굴을 하며 현관문을 열었다. 나와 E는 두 손을 든 채, 낯선 여자에게 목례를 했다. S가 전동 드라이버를 여자 쪽으로 겨누면서 말했다. 어쩐 일로 왔는지 말해라! 여자가 부채를 펼쳐 S의 얼굴을 부쳐주면서 대꾸했다. 어쩐 일이긴. 술 마시러 오라며. 아까 낮에 전화했잖아. S는 드라이버를 내리고는 자기 머리를 두 손으로 때렸다. 내가 이렇다니까. 그 모습을 보는 순간 나는 십오 년 전 S의 모습이 선명하게 떠올랐다. 준비물을 빼놓고 오는 날이면 두 손으로 머리를 때리면서 말했다. 내가 이렇다니까. 여자는 S가 예전에 다닌 회사 동료였다. 학교를 졸업한 후, S가 다닌 회사는 열 곳이 넘는다고 했다. 그 많은 회사를 다니면서 유일하게 사귄 친구지. 사장이 하도 이상한 놈이라, 서로 사장 욕을 하다보니 친해질 수밖에 없었어. 이름은 H야. E가 부채를 들고 있는 여자에게 악수를 청했다. 만나서 반가워요. H가 자리에 앉자 S는 다시 씽크대 서랍에 넣어둔 주머니를 꺼내왔다. 나는 두 손을 맞잡고 기도를 했다. 제발 보쌈 먹게 해주세요. E도 나를 따라 했다. 제발 보쌈 먹게 해주세요. H가 눈을 동그랗게 뜨고는 S를 바라보았다. S가 종이들을 식탁에 던졌다. 잘 골라야 해! H는 바닥에 떨어진 종이를 집었다. 종이에는 유산슬이 적혀 있었다. 종이를 펼쳐본 후에야 H는 S의 장난을 알아차렸다. 나 유산슬 싫어하는데…… 진작 알았으면 기도라도 했을 거 아냐! H는 자신이 뽑은 종이를 구겨 입 안에 넣었다. 그러니까 다시 뽑아! 그렇게 말한 다음 H는 종이를 꿀꺽 삼켰다. 이번에는 식탁 귀퉁이에 떨어질 듯 말 듯 올려져 있는 종이를 집어들었다. 새로 뽑은 종이는 보쌈이었다. 나와 E가 하이파이브를 했다. 비곗살이 많은 놈으로 가지고 오라고 해. 주문을 하는 S의 귀에 대고 H가 소리를 질렀다.

각자 하나씩 쌈을 만들어 왼손에 들었다. 그리고 오른손으로 소주 잔을 높이 들어 건배를 했다. 넷이 동시에 술을 마시고, 동시에 술잔을 내려놓고, 동시에 만들어놓은 쌈을 입에 넣었다. 우리들이 안주를 먹으려 할 때마다, S는 식탁의 원반을 돌리면서 장난을 쳤다. 어릴 때부터 회전식 식탁을 갖고 싶었다고, 그래서 지금의 집으로 이사를 오면서 맨 먼저 마련한 가구가 식탁이라고 S는 말했다. 식탁만 사면 뭐 하냐. 같이 앉아서 밥 먹을 사람이 있어야지. E의 말에 S가 입을 비쭉 내밀었다. 아! 좋은 생각이 났다. 갑자기 S가 식탁을 두 손으로 두드리기 시작했다. 그러고는 잔에 소주를 채워 올려놓고는 원반을 힘껏 돌렸다. 잔은 몇 바퀴를 돈 뒤에 S의 앞에 섰다. S는 그 술을 단번에 들이켰다. 자, 나처럼 이렇게 술잔이 자기 앞에 서면 그 사람이 벌주를 마시는 거야. 어때? 재미있겠지? 우리들이 뭐라고 대답도 하기 전에 S는 잔에 새 술을 따르고는 원반에 올려놓았다. 술 마시는 속도가 빨라졌다. H가 네 번을 이어서 마시는 바람에 다섯번째 걸렸을 때는 한 번 봐주기도 했다.

열어놓은 부엌 창문으로 노랫소리가 들려왔다. 틀림없이 지금은 열한시야. 게슴츠레해진 눈을 깜빡이며 S가 말했다. 매일 밤 열한시면 음악 소리가 들려온다는 것이었다. 우리는 식탁의자를 끌고는 창 쪽으로 갔다. 이 노래…… E가 멜로디에 맞춰 몸을 흔들었다. 그렇게 몸을 흔들다 E가 갑자기 소리를 질렀다. 틀림없어. 장국영이야. H가 E의 말에 맞장구를 쳐주었다. 그래 맞아, 「영웅본색」. 그러자 S가 의자에 올라서면서 대꾸했다. 「영웅본색」이 아니라 「영웅본색2」. 내가 목소리를 깔고 말했다. 「분향미래일자(奔向未來日子)」. S가 부엌 창문 밖으로 고개를 내밀었다. 나도, E도, H도 의자를 딛고 올라가 부엌 창문 밖으로 얼굴을 내밀었다. 맨 밑에 깔린 S가 숨이 막힌다는 듯이 캑캑거리며 억지기침을 했다. 밤바람은 후텁지근했다. 끈끈한 바람을 힘껏 들이마신 뒤, 우리는 저 멀리 하늘을 향해 소리쳤다. 장. 국. 영.

그런데 그 상처 원래 있었니? S의 턱 밑에 난 가늘고 기다란 흉터를 가리키면서 내가 물었다. 내 기억에 의하면 고등학교 때는 없었던 상처였다. 이거, 뭐 별거 아냐. 인라인스케이트 타다가 넘어졌어. S는 오른손으로 자신의 흉터를 쓰다듬으면서 말했다. 나한테는 어릴 적에 미끄럼틀 타다 다친 거라 그랬잖아. E가 팔짱을 낀 채 눈을 흘기면서 말했다. 어! 나는 눈싸움하다가 다친 걸로 알고 있었는데. 누군가 눈뭉치에 돌을 넣어서 던졌다며. H가 화장실에 가려다 말고 다시 자기 자리에 앉았다. 그래서, 뭐! 아무러면 어때. 그런다고 상처가 없어지니? S가 자리에서 벌떡 일어나더니 두 주먹을 불끈 쥐고는 소리를 질렀다. 나머지 셋은 입을 반쯤 벌린 채로 고개를 들어 S를 쳐다보았다. S는 심호흡을 크게 한 번 한 뒤에 화장실로 달려갔다. E가 식탁을 빙글빙글 돌리면서 중얼거렸다. 기집애, 누가 뭐래. 내가 E의 말에 맞장구를 쳤다. 그러게, 누가 뭐래. 한참 동안 끊어졌던 노랫소리가 다시 들리기 시작했다. 우리 셋은 다시 창가로 가서 노래를 들었다. 「월량대표아적심(月亮代表我的心)」. 달빛이 내 마음을 대신한다니! 어디서 그런 소리가 나올까 싶을 정도로 부드러운 목소리로 H가 속삭였다. 나는 하늘을 쳐다보았다. 달은 보이지 않았다.

삼십 분이 지나도록 S는 화장실에서 나오지 않았다. 그사이, 나는 식탁에 남은 음식들을 모조리 쓰레기통에 쓸어담았다. E는 우리가 마신 술병들을 거실 한쪽 벽에 가지런히 세워두었고, H는 씽크대 서랍에서 안주 주머니를 꺼내 종이들을 바꿔치기했다. S가 한 손으로 배를 쓰다듬으면서 화장실에서 나왔다. 이봐! 주인장, 안주가 떨어졌잖아. E가 식탁에 있던 젓가락을 집어던지면서 말했다. S가 말없이 식탁에 앉더니 우리들을 번갈아가면서 바라보았다. 나, 아무래도 변비에 걸렸나봐! E는 몸을 돌려 창 너머로 시선을 두었고, H는 두 손으로 입을 막았고, 나는 고개를 숙여 식탁에 묻은 간장 자국을 바라보았다. 그러고는 동시에 웃기 시작했다. 우리들의 들썩이는 어깨를 보면서 S도 따라 웃었다.

우리는 새 안주를 시키기로 했다. 이번에는 H가 종이들을 던졌다. 음, 어떤 걸 집을까? 몇 번이나 망설인 끝에 S는 식탁 한가운데 떨어진 종이를 집어들었다. S가 고른 안주는 갈비였다. 종이를 펼쳐본 S가 이상하다는 듯이 고개를 흔들었다. 이상하다. 원래 갈비는 없었던 것 같은데. H가 나와 E에게 눈을 찡긋거렸다. 우리는 할인매장으로 달려갔다. 할인매장 입구에 도착하자 십 분 후에 보자는 약속을 하고는 각자 흩어졌다. 나는 주류를 파는 곳으로 뛰었다. 눈을 감고도 달려갈 수 있을 정도로 익숙한 코스였다. S는 양념갈비를 파는 곳으로 달려갔다. E는 갖은 쌈 종류를 사왔고, H는 반찬코너에서 파무침과 양념게장을 사왔다. 거실에 신문지를 넓게 펴고 가운데 휴대용 가스레인지를 놓았다. 우리는 고기를 가운데 두고는 둥그렇게 둘러앉았다. 꼭 야외로 놀러 온 것 같다, 그치? H가 입에 들어갈 수도 없을 만큼 커다랗게 쌈을 만들면서 말했다. S가 고기를 집으려 할 때마다 E가 젓가락으로 방해를 했다. 변비환자인데 이런 거 먹을 수 있겠어? 여기 상추나 먹지. E가 놀리자 S의 두 볼이 금방 붉어졌다.

사실은 말이야 이 상처, 별거 아냐. S가 입을 열었다. 예전에 내가 사랑한 사람이 있었거든. 한 삼 년 정도 사귀었어. 그 사람이랑 헤어지던 날, 그날 다친 상처야. 그건 그렇고, 이봐요, 고기 타잖아. S는 E가 들고 있던 집게를 빼앗아서는 고기를 뒤집었다. 게장도 살짝 구워 먹으면 맛있다면서, E가 게 한 토막을 불판에 올려놓았다. 떠나는 그 사람의 뒷모습을 보면서 나는 이렇게 기도했어. 가다가 제발 넘어져라. 넘어져서 다리나 부러져라. 그렇게 중얼거리면서 계단을 내려가는데, 순간 발을 헛디뎌서 그냥 아래까지 굴렀잖아. 사람들 말이 목이 안 부러진 게 다행이란다. H가 S의 입에 고기 한 점을 넣어주었다. 이거 먹고 기운내. 나는 S의 상처를 만져보았다. 손이 간지러웠다. 상처가 살아 움직이는 것 같았다. 그런데, 왜 헤어졌어? H가 조심스럽게 물었다. 안경을 자주 안 닦는 게 싫다나. 지저분한 안경을 쓰고 세상을 보는 나를 이해할 수 없대. 내가 그 말에 얼마나 충격을 받았는지, 다음날 바로 라식수술을 했잖아. E가 앞뒤로 뒤집어가며 타지 않도록 구운 게장을 S에게 양보했다. 특별히, 너니까 양보하는 거야. 뜨거우니까 조심해서 먹어. S가 두 손으로 게장을 잡고는 게의 몸통을 힘껏 눌렀다. 흰 게살이 밖으로 삐져나왔다. 그 사람이 쌍둥이자리거든. 원래 내 별자리는 쌍둥이자리랑 잘 안 맞는다고 하더라고. S가 쩝쩝대며 소리나게 게장을 빨아댔다.

E가 양념이 묻은 손을 빨고 있는 S에게 물었다. 그럼, 혹시 너도 물고기자리니? S가 고개를 끄덕였다. H가 S와 E의 어깨에 손을 올려놓고는 휴, 하고 한숨을 내쉬었다. 어떻게 하냐. 나도 똑같은 자리네. 나는 세 사람의 잔에 술을 채우면서 말했다. 열두 별자리 중에서 가장 술을 좋아하는 자리지. 내 별자리거든. 우리는 잔을 높이 들고 건배를 했다. 물고기자리를 위하여! 누군가 안주로

회를 시키지 않아서 다행이라고 농담을 했다.

E가 바지를 걷어 종아리의 꿰맨 흉터를 보여주었다. 검지 정도의 길이였는데, 만화에서 보는 것처럼 흉터 양쪽으로 바느질 자국이 선명하게 남아 있었다. 웃기다. 바느질 자국을 보면서 내가 말했다. 응, 좀 웃기지. 돌팔이 의사한테 꿰매서 그래. E가 상처를 한 번 만지더니 곧 바지를 내렸다. 이 흉터가 어떻게 생긴 거냐 하면 말이지…… E가 말을 하기 시작했다. 아홉 살인가 열 살 때였던 것 같아. 여름방학 때였는데, 낮잠을 자다가 꿈을 꾸었어. 꿈속에서 머리가 삼각형으로 된 하느님이 나타나더니 내게 이렇게 말하는 거야. 너는 이제 투명인간이 되었다. 친구들이 놀러 와서 잠이 깼지. 친구들한테 말하니 모두들 내가 잘 보인다는 거야. 한 친구는 내 왼쪽 뺨에 점이 열 개가 있다는 사실까지 말하더라니까. 암튼, 그런 꿈을 꾼 날이었어, 내가 다친 날이. 골목길에서 친구들하고 얼음땡놀이를 하다가 술래에 쫓겨 도망을 가는데, 막 달리다보니까 내가 어느 가게의 전면 유리를 그냥 통과해버렸더라고. 그래서 다쳤어. H가 못 믿겠다는 듯이 손을 휘저었다. 그거, 거짓말이지? E가 웃으면서 대답했다. 응, 좀 거짓말 같지. S가 말했다. 원래 물고기자리 사람들이 공상가가 많아.

E가 다시 몸에 난 흉터를 찾기 시작했다. 새끼손가락을 우리에게 보여주면서 말했다. 자세히 봐. 이게 꽃게한테 물린 자국이다. E의 말에 의하면 수산시장에서 장을 보다 물린 거라고 했다. 물론

그 게는 그날 저녁 E의 식탁에 올랐다. 하지만 아무리 자세히 보아도 손금 외에는 어떤 흔적도 발견할 수 없었다. 엉덩이에도 큰 흉터가 있는데 보여주지 못해서 아쉽네, 라며 E는 자신의 엉덩이를 두 번 두드렸다. 그러다 갑자기 아! 하고는 묶은 머리를 풀기 시작했다. 여기 정수리에 꿰맨 자국이 있어. 우리는 E의 머리 속을 뒤지기 시작했다. 여기 있네. S가 꿰맨 흉터를 찾아냈다. 손가락 한 마디 정도의 길이였다. 그거 이승엽의 홈런볼에 맞아 생긴 상처다. 공에 맞는 순간 나 기절했잖아. 얼마나 아팠는데. E는 그때의 아픔이 되살아나는지 순간 몸을 움찔했다. S가 E의 흉터를 주먹으로 때리면서 말했다. 안 봐도 그림이 그려진다. 얼마나 엄살이 심했을까? 물고기자리가 좀 그렇거든.

이번에는 H가 이야기를 시작했다. 아무리 생각해봐도 눈에 띄는 흉터는 없는 것 같아. 어릴 적에 교통사고가 났는데 몸에는 상처 하나 남지 않았지. 뭐, 안으로 곪았을지는 모르지만 그래도 천만다행이지. E가 고개를 끄덕이며 H의 말에 공감을 표시했다. 그리고 자전거 브레이크가 고장나서 언덕길에서 고꾸라진 적도 있었어. 그때도 다행스럽게 잘 넘어갔지. 큰 상처는 나지 않았거든. 참, 못을 밟은 적이 있었다. 그때 난 흉터가…… H가 양말을 벗었다. H의 양말을 보는 순간 S가 웃었다. 나도 따라 웃었다. 양말은 여러 가지 색이 무지개처럼 모양을 이루고 있었다. 왜 진작 못 봤지? 양말 정말 웃기다. 그거 신고 장례식장에는 절대 가지 마라. H는 기분이 우울한 날이면 신는 특별한 양말이라고 우리에게 말해주었다. 니들도 해봐. 우중충한 날이나, 기분이 가라앉은 날이면 난 꼭 이 양말을 신어. 그럼 마음이 조금 산뜻해지거든. H의 말을 듣자마자, S가 H의 다른 쪽 양말까지 벗겨서는 냉큼 자기가 신었다. 이거 내 꺼. H가 S의 얼굴 앞에 오른쪽 발바닥을 내밀었다. 암튼, 여기 봐봐. 못에 찔린 상처가 있지. 뒤꿈치에 굳은살이 단단하게 박여 있어서, 이십 년 전의 흉터를 찾아내는 일은 쉽지 않았다. 잘 안 보여. 못을 밟으면 얼마나 아플까. 잘못하면 죽기도 한다던데. 우리는 각자 한 마디씩 중얼거리고 난 다음, H의 발바닥을 간질였다. 난 원래 간지럼 안 타. H가 태연한 목소리로 말했다.

나는 말이야, 정말로, 흉터가 없어. 셋은 내 말을 믿지 않았다. 정말이야. 믿어줘. 내가 바지를 허벅지까지 걷어 두 다리를 보여주었다. 정말이네. 그런데 말이야, 니 다리는 어째 털도 하나 없냐, 깎았어? 나는 원래 다리에 털이 없다고 대답했다. 여기, 거뭇하게 난 자국들은 뭐야? 나는 모기한테 물린 자국이라고 대답했다. 모기한테 물리면 이렇게 돼? 나는 팔에 있는 자국도 같이 보여주면서 말했다. 곤충한테 물리기만 하면 이렇게 거뭇하게 변해. 한 달 정도 있어야 없어지지.

S가 술잔을 들다 떨어뜨렸다. 그 바람에 소주가 불판 위로 떨어지면서, 불판에 있던 기름이 튀어올랐다. 앗, 뜨거! 기름 한 방울이 내 손등으로 떨어졌다. 잘하면 흉터가 남겠는데. H가 동그랗게

부풀어오른 상처를 보면서 말했다. 그렇게 해서 내게도 흉터가 하나 생겼다.

남은 술을 정확히 사 등분을 한 뒤, 우리는 마지막으로 건배를 했다. 물고기자리를 위하여! 물고기자리는 이거 하나만 조심하면 돼! S가 두 손을 맞대고는 기도하듯 말했다. 좋은 사람이 되려고 애쓰지 마. 누구에게든지 친절하려고 애쓰지도 말고. 아멘. S의 말이 끝나자, 우리는 신문지가 펼쳐진 곳을 피해 누웠다. E는 식탁 아래가 편하다며 그 밑으로 기어들어갔다. 새벽에 S가 갑자기 내 목을 잡고 흔들기 시작했다. 근데 너 말이야, 나 너한테 할 말이 아주 많아. 옆에서 자고 있던 H가 깨어나 S의 손을 떼어주었다. 그러고는 S의 등을 때리면서 말했다. 그 잠버릇은 여전하네. 정신차려, 정신! S는 자리에 누워 언제 그랬느냐는 듯이 금방 코를 골기 시작했다.

아침이 되자, 나와 E와 H는 서로의 얼굴을 바라보고는 쑥스럽게 웃었다. 어제 처음 만났다는 사실이, 서로에 대해 아무것도 모른다는 사실이 새삼 떠올랐다. 게다가 서로의 상처를 보여주기까지 했으니! 어젯밤 행동에 대해 막 후회가 생기려는 순간, S가 발랄한 목소리로 아침인사를 했다. 물고기자리 친구들아! 잘 잤니? 그제야 나와 E와 H는 서로에게 잘 잤니? 라는 인사를 했다.

S가 놀이동산으로 놀러 가자고 했다. 거기 가서 롤러코스터 한 번만 타고 오자. 그러면 막힌 가슴이 시원하게 뚫릴 것 같아. 가자,

응? E가 화장실로 들어가 어딘가로 전화를 하더니, 놀러 갈 수 있다고 대답했다. 곧이어 H가 화장실로 들어가 누군가와 오랫동안 전화 통화를 했다. 그러고는 나도 갈 수 있어, 하고 대답했다. 나도 화장실로 들어가 휴대폰을 꺼냈다. 변기에 앉아서 Y에게 문자메시지를 보냈다. '친구들하고 놀이동산에 간다. 자는 거 깨웠니?' S가 식탁에 꿀물 네 잔을 올려놓았다. 꿀물을 한 잔씩 마시고는 밖으로 나왔다.

우리는 택시를 탔다. 운전기사는 오늘이 택시운전을 시작한 지 딱 일 년째 되는 날이라고 말했다. 택시가 출발하고 얼마 안 있어 E가 말했다. 그런데 나 좀 울렁거리거든. 어떻게 하지? 누군가 말하기를 기다렸다는 듯이 H가 반갑게 말을 받았다. 사실, 나도 그래. 운전기사는 약국 앞에 차를 세웠다. 운전기사는 일 년째 되는 날, 그것도 첫번째 손님이기 때문에 특별히 서비스를 하고 싶다며 숙취해소용 드링크를 네 병 사왔다. 술 먹고 울렁거리는 데는 이게 최고죠! 운전기사가 말했다. 나는 운전기사에게 얼굴 없는 목각인형을 선물로 주었다. 목각인형을 깎는 할아버지와 그 옆에서 팔 년째 빌붙어 살고 있는 한 사내에 대해 이야기를 해주었다. S와 E와 H가 내게 거짓말 좀 그만 하라며 면박을 주었다. 허허, 전 그 말 믿을게요. 고맙습니다. 얼굴은 훗날 그 할아버지를 만나게 되면 그때 만들어달라고 하죠.

놀이동산 입구에서 우리는 드라큘라 분장을 한 사람을 만났다. 사진기가 있었으면 같이 찍었을 텐데. 드라큘라를 좋아하는 E가 아쉬워했다. 한참을 가다보니 등에 도끼가 꽂힌 인형, 목에서 피가 흐르는 인형, 꼬리가 아홉 개 달린 인형들이 여기저기에서 걸어다녔다. 더운데, 시원하게 후룸라이드 먼저 타자. H가 말했다. 어린애처럼 무슨 후룸라이드…… 그렇게 놀렸지만 우리는 곧장 후룸라이드가 있는 곳으로 달려갔다. S는 놀이동산의 지도를 그리라면 그릴 수도 있을 것이라고 했다. 나는 우울할 때면 놀이동산으로 산책을 나오거든. 가장 빠른 길로 우리를 안내하면서 S가 손가락을 펼쳐 V자를 만들어 보였다. 서로 맨 앞에 앉으려고 해서 가위바위보를 했다. 앞자리를 차지한 사람은 S였다. 통나무배가 폭포 사이를 통과할 때, 우리는 동시에 몸을 움직이며 배를 출렁이게 만들었다. 배에서 내리고 보니 네 사람의 엉덩이가 조금씩 젖어 있었다. 아마존 익스프레스도 재미있는데…… H가 우리의 눈치를 보면서 말했다. 그건 시시하단 말이야. S가 H의 말을 단번에 잘랐다. 사실은 나 한번도 롤러코스터를 타본 적이 없어. 무섭거든. H가 고백을 했다. S는 그 말을 못 들은 척 딴청을 피우며 롤러코스터가 있는 곳으로 걸어갔다. 내가 앞에서 끌고 E가 뒤에서 밀면서, H를 롤러코스터에 태웠다. 귓속으로 바람이 들어와 내 몸속을 휘젓고 다니는 것 같았다. 이왕이면 머릿속으로도 바람이 들어갔으면 좋겠어. 나는 공중에 대고 소리를 질렀다. 하지만 내 목소리는 H의 비명 소리에 묻혀 들리지 않았다. 롤러코스터가 제자리로 돌아오자, H가 감았던 눈을 뜨고는 말했다. 생각보다 괜찮네.

벤치에 앉아서 아이스크림을 하나씩 사먹으면서 우리는 롤러코스터를 타는 사람들을 구경했다. 뭐가 그리 재미있을까? S가 시큰둥하게 말했다. 참 내! 니가 우리 중에서 제일 신나게 놀았어. H가 가방에서 부채를 꺼내 S에게 부쳐주면서 말했다. 그랬지. 내가 제일 신나지. S가 자리에서 일어나 박수를 쳤다. 자, 그럼 다시 타볼까. 그렇게 해서 우리는 롤러코스터를 여섯 번이나 연이어 탔다. 머리가 흔들려서, 눈앞에 있는 글자가 여러 개로 겹쳐 보이기까지 했다. 마지막으로 롤러코스터를 타려는 순간, 나는 일행과 헤어졌다. 탐험가 복장을 한 직원이 나를 마지막으로 선을 그었다. 그리고 내 뒤에 서 있던 S에게 말했다. 인원이 꽉 찼습니다. 다음 차례를 기다려주세요. 롤러코스터가 출발하기 전에 나는 대기하고 있는 S를 향해 소리쳤다. 나 먼저 갈게. 아래에서 기다릴 테니 천천히 타고 와!

하지만 아무리 기다려도 그들은 오지 않았다. 나는 아이스크림을 먹던 벤치에 앉아서 일행을 기다렸다. H가 무슨 색 옷을 입고 있었는지 생각이 나지 않았다. S의 휴대폰 번호도 모르고 있다는 사실이 그제야 떠올랐다. 배가 고파지자, 나는 자리에서 일어났다. 중국음식을 먹을까? 한식을 먹을까? 패스트푸드를 먹을까? 식당가를 서성이면서 나는 왜 배만 고프면 짜증이 나는지를 생각해보았다. 자장면을 먹고 있는데 전화가 울렸다. Y였다. 어디야? 아직도 놀이동산이야? 누구랑 갔는데? Y가 코맹맹이 소리로 물었다. 감기에 걸렸구나. 나는 다정하게 말했다. 응. Y가 퉁명스럽게 대꾸했다. 나는 친구들하고 놀이동산에 놀러 왔다고, 롤러코스터를 여섯 번이나 탔다고, 하도 소리를 질러 목이 아프다고 말했다. 그러자 Y가 말했다. 거짓말 마! 첫째, 넌 나 말고 친구가 없잖아. 둘째, 넌 롤러코스터를 안 타잖아. 롤러코스터를 타는 대신 롤러코스터 타이쿤인가 하는 그 오락만 죽어라 하고 하잖아. 셋째, 넌 기뻐도 안 웃고 슬퍼도 안 우는 인간이잖아. 그런 네가 놀이기구를 타면서 소리를 질렀다고? 웃기네. Y는 약간 화가 난 듯했다. 내 대답을 듣지도 않고 전화를 끊어버렸다. 나는 휴대폰을 내려놓고 다시 자장면을 먹기 시작했다. 맛은 없었다. 하지만 남기지는 않았다.

동물원으로 가서 더위에 지친 북극곰을 구경했다. 동물원 직원들이 물속에 얼음을 채워넣고 있었다. 사람보다 니 팔자가 더 낫다. 구경을 하던 누군가가 말했다. 사람들이 웃었다. 나는 Y에게 전화를 걸었다. 여긴 너무 더워. 역시 할인매장만큼 산책하기 좋은 곳은 이 세상에 없어. 그렇게 말하고 나자 할인매장이 무척 그리워졌다. 아직도 화났어? 나 혼자 와서 미안해. 나올래? Y는 아무 대답도 하지 않았다. 앞으로는 너랑만 놀게. 정말이야. 그래도 Y는 대답하지 않았다. Y야, 너, 외롭구나. 휴대폰 저편에서 Y의 코 푸는 소리가 들렸다. 오늘부터 앞으로 일 년 동안, 절대 집 밖에 안 나갈래. 그리고, 나, 지금부터 잘 거야. 안녕. Y가 아까보다는 조금 화가 풀린 목소리로 말했다. 나는 통화가 끊어진 휴대폰에 대고 말했다. 그래, 잘 자라.

나와 B

김 중 혁

1971년 경북 김천에서 태어났다. 2000년 『문학과사회』에 중편 「펭귄뉴스」를 발표하며 등단. 소설집 『펭귄뉴스』 『악기들의 도서관』, 장편소설 『좀비들』이 있다. 김유정문학상, 제1회 문학동네 젊은작가상 대상을 수상했다.

작가를 말한다

이러한 단독성의 세계에 대한 관심은 감각에 대한 탐구로 이어진다. 김중혁이 탐구하는 감각은 어떠한 의미 작용이나 재현 기능도 수행하지 않는 경우가 많다. 김중혁의 소설을 가장 그답게 만드는 것은 어떠한 기원적 의미도 지니지 않으며 동일성으로 귀속되지도 않는 감각의 출현 순간이라고 할 수 있다. 그러한 감각은 개념에 종속되지도 않으며, 주체/객체의 초월적인 이원론에서 벗어나 존재 그 자체를 사유하기 위한 하나의 발판이다. 이경재(문학평론가)

NANA

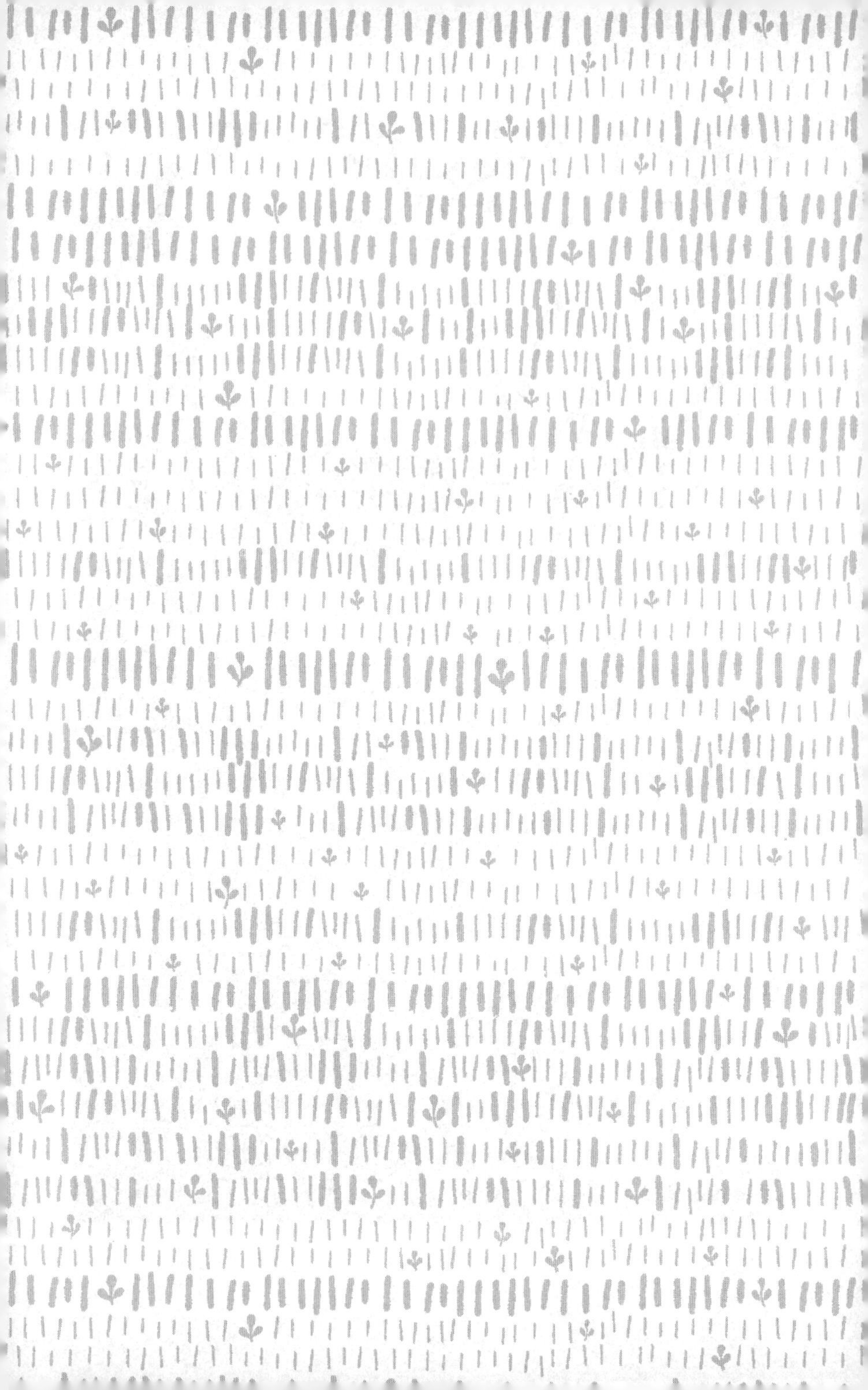

나에게는 햇빛 알레르기가 있다. 삼십 분 이상 햇빛 아래 노출돼 있으면 눈이 부셔서 차마 쳐다볼 수 없을 정도로 온몸이 하얗게 변하는 증상 정도면 멋질 텐데, 빨갛게 살이 익는다. 빨갛게 살이 익다가 발진 같은 게 생겨나고 온몸이 괴물처럼 부풀어오른다. 누구에게도 보여주고 싶지 않은 몰골이다. 차가운 백포도주와 샌드위치 같은 걸 싸들고 잔디밭으로 소풍 가는 건 꿈도 꿔본 적이 없다. 괴물로 변신한 후에 잔디밭에 등장했을 때 사람들이 놀라는 모습을 보는 것도 재미있겠지만, 알레르기가 시작되면 고통이 뒤따르므로 그것도 불가능하다. 온몸이 부풀어오르기 시작하면 살갗이 곧 터질 것처럼 아프다.

태어날 때부터 햇빛 알레르기가 있었던 것은 아니다. 어린 시절 운동장에서 얼굴이 새까매질 정도로 놀아봤고, 군대에서는 뙤약볕 아래서 하루 종일 보초를 선 적도 많았다. 건강한 아이였고 건장한 청년이었다. 일조량이 부족한 적은 없었다. 햇빛 알레르기가 시작된 것은 사 년 전 여름부터였다.

그해 봄, 나는 음반 매장에서 일을 하고 있었다. 인터넷으로 음반을 파는 게 나의 정식 업무였지만 매장에서 일을 하는 시간이 더 많았다. 손님이 오면 인사를 하고, 손님이 가도 인사를 하고, 가끔 음반을 추천해주고, 계산하고, 거스름돈을 내주고, 그런 일들이었다. 일을 열심히 하고 싶었지만 손님이 없었다. 그때는 음반 산업이 브레이크 고장난 자동차처럼 언덕 아래로 내리닫던 시절인데다—지금은 바닥에 처박혀 있다—주변에는 어찌 그리 음반 매장이 많은지 손님 만나기가 하늘의 별 따기보다 힘들었다. 매장에는 언제나 손님보다 직원이 더 많았다. 가끔 손님이 들어올 때면 매장 안을 어슬렁거리던 직원 서너 명이 곧장 달려가 가방을 받아들고 어깨를 안마해준 후 시원한 음료수를 제공하는 서비스를 하지는 못했지만 만약 시킨다면 기꺼이 응할 태세로 손님을 바라보곤 했다. 직원 서너 명이 그런 부담스런 눈빛을 하고 있으니 장사가 잘될 턱이 없었다. 대부분의 손님은 매장 안을 가볍게 한 바퀴 휙 돌고는, 밖으로 나가버린다. 음반 매장이 무슨 마라톤 출발하는 운동장도 아니고……

가끔 음반을 추천해달라는 손님들이 있다. 지난번에 A라는 가수의 노래를 재미있게 들었는데, 비슷한 음악을 하는 아티스트가 있나요? 와 같은 질문을 하곤 한다. 그러면 직원이 모두 모여 상의를 한다. B나 C가 좀 비슷하지 않나? 아니지, B나 C보다는 D의 음악이 같은 뿌리에서 나온 거야. 무슨 소리야, 리듬으로만 따지자면 E가 가장 비슷해. 말도 안 돼, 그렇게 치면 F하고는 리듬이 아예 똑같은걸. 그럴 거면 차라리 G의 음악을 추천하는 게 낫겠다. 저 손님이 듣기에는 그래도 H가 가장 무난하지 않겠어?

그런 식으로 X, Y, Z까지 가다보면 옆에서 기다리던 손님은 음반을 살 수밖에 없다. 직원 서너 명이 자신을 위해 음악 대토론회를 벌이고 있으니 부담을 느끼지 않을 수 없다. 토론을 끝낸 후에 음반 한 장을 추천해준다, 기보다 슬쩍 운을 뗀다.

"A를 좋아하시니까 이 아티스트의 음악은 들어보셨죠?"

"아뇨, 처음 듣는 아티스트인데요."

"그래요? 아, 어떻게 A를 좋아하시는데 이 앨범을 안 들어보셨을까? 그럼 곤란하죠. 이 음반으로 말씀드릴 것 같으면, 정말 대단한, 역사적이고도 혁신적인 앨범이죠. 이걸 안 들어보고 A의 음악을 논한다는 건 말도 안 되는 일입니다. 딱 한 장 남았네요."

만칠천 원짜리 음반 하나 파는 데는 이렇게도 많은 사람의 노력과 대화와 인내와 으름장이 필요한 것이다. 물론 그런 식으로 음반을 파는 매장은 전국에서 하나뿐일 거라는 생각이 들기도 하지만 말이다.

B를 처음 만난 날, 나는 혼자서 음반 매장을 지키고 있었다. 저녁 일곱시를 넘긴 시간이었고 다른 직원들은 모두 퇴근을 한 후였다. 나는 계산대에 앉아 사이키델릭하기로 유명한 어떤 그룹의 신

보를 듣고 있었다. 누군가 옆에 있었더라면 "이런 음악을 틀어대니까 손님들이 점점 줄어드는 거예요"라고 핀잔을 줄 수밖에 없을, 대중적이지 않은 음악이었다. 나는 눈을 감고 음악에 빠져들었다. 매장에 있던 시디들이 모두 공중으로 날아올라 저희끼리 즉흥연주를 하고 있는 것 같은 환상이 떠올랐다. 눈을 떴더니 매장에 손님 한 명이 들어와 있었다. 모자를 쓴 이십대의 젊은이였다. 그는 계산대에서 가장 먼 팝 음반 근처를 어슬렁거리고 있었다. 나는 음량을 줄였다.

음반 매장에서 오랫동안 일하진 않았지만 뭔가 꿍꿍이가 있는 손님은 한눈에 알아볼 수 있다. 계산대 쪽을 자주 흘끔거린다거나, 음반 뒷면을 너무 오래 들여다본다거나, 한곳에 너무 오래 머문다면, 꿍꿍이가 있는 것이다. 그가 그랬다. 나는 계산대에 앉아 종이 위에 뭔가를 적는 척하면서 계속 그를 감시했다. 내가 볼 수 있는 부분은 머리와 어깨뿐이었지만 그 정도만 보여도 어떤 행동을 하는지 알 수 있다. 어깨를 잘 관찰하면 손이 어떤 방식으로 움직이는지 알 수 있고, 머리를 계속 보고 있으면 심리 상태가 어떤지 알 수 있다. 그는 손으로 뭔가를 하고 있었다. 그게 어떤 일인지는 알 수 없었다. 시디의 비닐을 벗기고 있는지, 나 몰래 수음을 하고 있는지, 아무튼 뭔가를 하고 있었다. 십 분이 지났을 때 그는 급히 문 쪽을 향해 걸어갔다. 그가 문을 나선 후 열 발자국쯤 걸어갔을 때 나는 그를 불렀다.

"손님, 잠깐만요."

그는 고개를 돌렸다.

"잠깐만 이쪽으로 와보시겠어요?"

"왜 그러시는데요?"

"가방 잠깐만 볼 수 있어요?"

"가방은 왜요?"

"그냥 한 번만 보여주세요."

"제가 뭘 훔쳤다고 생각하시는 거예요?"

"아뇨, 그냥 가방만 잠깐 볼게요."

나는 그가 방심하고 있는 틈을 타서 가방을 낚아챘다. 그가 가방 끈을 붙들었지만 가방은 이미 내 손에 넘어와 있었다. 가방 안에는 스무 장쯤의 시디가 들어 있었다.

"그건 전부 제 시디인데요? 제가 듣던 거예요."

그의 얼굴은 붉게 변해 있었다. 나는 그의 옷을 붙들고 매장 안으로 들어갔다. 그가 서 있던 음반 진열대 사이에 아무렇게나 잘라낸 음반 포장비닐이 구겨진 채 숨겨져 있었다.

"몇 장 훔친 거야?"

"안 훔쳤다니까요. 증거 있어요?"

물론 증거는 없었다. CCTV가 설치돼 있는 것도 아니고 내가 직접 눈으로 목격한 것도 아니었다. 그렇다고 해서, 그렇군요, 증거가 없군요, 그럼 안녕히 가세요, 라고 할 수는 없는 일이었다. 그가 뜯어낸 비닐은 모두 세 장이었다. 비닐 위에 붙여둔 음반명과 그의 가방 속에 있는 음반 세 장이 일치했다. 하지만 그것도 증거가 될 수는 없었다.

나는 세 장의 음반에다 찢어진 포장비닐을 입혀보았다. 비닐을 재빠르게 벗겨내기 위해서는 칼을 이용했을 테고, 그렇다면 플라스틱 음반 케이스에 칼자국이 나 있을 것이라는 생각이 들었다.

"야, 희한한 일도 다 있네. 자, 잘 봐. 여기 플라스틱 케이스에 칼자국이 나 있지? 비닐이 잘려나간 위치하고 딱 맞아. 어떻게 생각해?"

"안 훔쳤는데요."

그의 목소리는 한풀 꺾여 있었다.

"경찰 부를까? 똑바로 얘기하면 없었던 일로 해줄게."

그는 아무 말도 하지 않았다. 나는 그를 계산대 쪽으로 데리고 갔다.

"세 장 중에 한 장은 내가 선물로 사줄게. 한 장만 골라봐."

그는 고개를 숙이고 있었다. 자신의 행동을 깊이 반성하고 있는 것인지, 아니면 어떤 앨범을 골라야 할까 고민하고 있는 것인지, 알 수 없었다.

"죄송합니다."

한참 후에야 그가 입을 열었다. 나는 시디 한 장을 선물로 주어서 그를 보냈다. 세 장 중에 한 장을 내가 직접 골랐다. 다른 직원들이 없어서 어떤 앨범이 가장 좋을 것인가 상의할 수 없는 게 안타까웠지만 한 사람이 내린 결정은 또 나름대로의 매력이 있는 법이다. 나는 시디 두 장을 다시 포장해서 제자리에 꽂아두었다. 그에게 선물한 시디 값을 금고에 넣어둔 다음 집으로 돌아갔다.

B를 다시 만난 건 일주일쯤 지났을 때였다. 오월이었고 햇살이 아주 따사로운 날이었다. 나는 점심을 먹은 후 공원 벤치에 앉아서 비둘기들을 관찰하고 있었다. 비둘기들은 걸으면서 연신 고개를 앞뒤로 흔들었다. 그래, 좋아, 옳지, 그렇지, 맞지, 그거야, 이런 말들을 내뱉으면서 걷고 있는 것 같았다. 원래 비둘기들의 성격이 긍정적이었던가? 그건 잘 모르겠다. 아무튼 비둘기들에게는 긍정적인 리듬이 있었다. 어디선가 음악 소리가 들려왔다.

먼 거리였지만 그를 한눈에 알아볼 수 있었다. 눈이 빠지도록 그의 얼굴과 어깨를 관찰했으니 알아보는 게 당연한 일이었다. B는 열 명 정도의 관객 앞에서 전기기타를 연주하며 노래를 부르고 있었다. 나는 벤치에 앉아 바람이 실어다주는 그의 음악을 들었다. 어떤 소리는 잘 들렸고 어떤 소리는 잘 들리지 않았다. 소리가 잘 들리지 않을 때는 기타를 연주하는 그를 바라보았다. 그러면 소리가 들리는 것 같았다. 그의 왼손은 연체동물의 다리처럼 자유자재로 기타의 지판을 헤집고 다녔다. 왼손의 움직임을 보는 것만으로도 심심하지 않았다. 공연이 끝나자 몇몇 사람들이 모자에 동전을 집어넣었다.

나는 벤치에서 일어나 기타와 앰프를 정리하는 그에게로 갔다. 그리고 그의 모자에다 지폐 한 장을 넣었다.

"연주 잘 들었어요."

"감사합니다."

그는 나를 알아보지 못했다.

"시디는 잘 듣고 있어요?"

그가 고개를 들어 나를 빤히 쳐다보았다. 몇 초 후 나를 기억해냈다. 그의 표정에는 부끄러움이 깃들어 있었다.

"그땐 정말 죄송했어요. 고맙다는 인사도 못하고 그냥 왔어요."

"기타 잘 치네요."

나는 연주를 감상한 값으로 커피를 사주겠다며 그를 근처 카페로 데리고 갔다. B는 내가 생각한 것보다는 나이가 많았고, 나보다 다섯 살 아래였다. 우리는 한 시간 동안 음악 이야기를 했다. A부터 Z까지, 자신이 좋아하는 아티스트의 이름을 쉴새없이 내뱉었다. 때로는 완벽한 문장을 말하는 것보다 어떤 이름이나 어떤 단어나 어떤 고유명사를 말할 때 이야기가 더 잘 통할 수 있는 법이다. 그때가 그랬다. 그저 누군가의 이름을 대기만 했는데도 십 년을 알아온 사람 같은 느낌이었다. 그건 마치 핵융합 같은 것이었다. 서로 다른 곳에서 살아온 두 사람이 한 시간 만에 하나로 합쳐진 것이다.

"공원에서 연주하는 걸로 먹고살 수 있어?"

"아뇨. 이건 그냥 재미 삼아 하는 거죠. 낮에는 악기점에서 일하고 밤에는 주로 클럽에서 공연을 해요. 그걸로도 먹고살기 힘들긴 마찬가지지만……"

"기타 강습 같은 건 안해? 아까 기타 치는 거 보니까 배우고 싶더라. 나 어릴 적 꿈이 기타리스트였는데……"

"원랜 안하지만 형한테는 특별히 해줄게요. 빚진 것도 있으니까.

기타는 있어요?"

기타는 있었다. 한때 혼자서 기타를 연습한 적이 있었다. 혼자서 기타를 고르고, 혼자서 코드를 익히고, 혼자서 스트로크를 연습하고, 혼자서 노래를 배운 적이 있었다. 혼자서 뭔가를 배워나간다는 게 얼마나 힘든지 그때 깨달았다. 혼자라는 건 무언가를 배우기에는 적당하지 않은 숫자였다. 생각을 하거나 무언가를 쓰거나 쓸쓸해하기에는 적당하지만…… 한 삼 년쯤 기타를 연습했지만 실력은 전혀 늘지 않았다. 내가 제대로 하고 있는 것인지 알 수 없었다. 어느새 기타는 창고에 처박혔고 그후로는 기타를 잊고 지냈다. 강습은 그의 연습실 겸 숙소인 반지하의 원룸에서 하기로 했다. 음반 매장과도 가까운 거리였다.

"이런 기타로 무슨 연주를 하겠다는 거예요."

다음날 먼지 가득한 창고에서 기타를 찾아내 그의 연습실로 갔지만 첫마디부터 면박이었다. 내가 보기에도 낡긴 했지만 버려야 할 정도로 형편없는 기타는 아니었다. 수년이 흐르긴 했지만 꽤 많은 돈을 주고 산 기타였다.

"낡기도 했지만, 이건 어쿠스틱기타잖아요."

"어쿠스틱기타가 어때서?"

"전 어쿠스틱기타 싫어해요."

"어쿠스틱기타하고 전기기타하고 무슨 차이가 있어? 똑같잖아. 줄도 여섯 개고."

"로큰롤을 하겠다는 사람이 어떻게 어쿠스틱기타를 들고 연주를 해요?"

"나는 로큰롤을 하겠다는 게 아니고 그냥 기타를 배우고 싶은 거야."

"어쿠스틱기타를 연주하던 밥 딜런 선생님께서 1965년 뉴포트 포크 페스티벌에 왜 전기기타를 들고 나타난 줄 아세요?"

"어쿠스틱기타에 싫증을 느낀 거겠지. 하지만 난 싫증 날 정도로 쳐본 적도 없어."

"그게 아녜요. 어쿠스틱기타는 사람의 목소리를 돋보이게 하기 위한 도구에 불과해요. 사람의 말을 전달하기 위해서 소리를 최대한 줄여놓은 거죠. 밥 딜런 선생님께서 전기기타를 들고 나타난 건 자신의 목소리와 말이 제대로 전달되지 않길 바랐기 때문이에요. 목소리가 하나의 악기가 되려면 전체 음악에 묻혀야 된다고 생각한 거예요. 그래서 전기기타가 필요했던 거예요. 실제로 관객들이 야유를 퍼부었죠. 목소리가 들리지 않는다는 이유로 말예요. 작전이 제대로 들어맞은 거죠. 의미보다는 음악이 중요해요. 밥 딜런 선생님께서는 무의미의 음악을 창조하셨어요. 음악에서 말이 필요하다고 생각해요? 가사 같은 건 들리든 말든 상관없어요."

"그만 해라. 전기기타 하나 살게."

"제 얘기가 이상해요?"

"몰라. 아무튼 전기기타를 사면 되는 거잖아?"

나는 B가 일하고 있는 악기점에서 전기기타를 샀다. 연습용으로 만들어졌지만 소리만큼은 끝내주는 기타, 라고 그가 설명했다. 그는 두 시간 동안 수십 개의 기타 소리를 들려주었다. 내 마음에 드는 기타 소리를 찾아주기 위한 노력이 가상했지만 나는 아무거나 추천해달라고 했다. 그러나 기타만 사면 되는 게 아니었다. '기타 등등'이라는 말의 어원이 전기기타를 구입하던 어느 초보 연주자의 처지에서 비롯된 것이 아닐까 싶을 정도로 사야 할 게 많았다. 일단 앰프가 필요하고, 피크가 필요하고, 튼튼한 가방이 필요하고, 튜닝기가 필요하고, 이펙터가 필요하고, 멜빵이 필요하고, 기타를 세울 수 있는 스탠드가 필요하고…… 등등. 나는 한 달 치 월급에 육박하는 돈으로 기타 등등을 샀다.

일주일에 두 번, 나는 그의 연습실에서 기타를 배웠다. 손가락이 보이지 않을 정도의 빠른 속주기법을 속성으로 배우고 싶었지만 그는 기초부터 가르쳤다. 그 정도는 나도 할 줄 아는데, 라고 해봤자 소용없는 일이었다. 형, 그럴수록 처음부터 다시 시작해야 해, 라고 그가 타일렀다. 어린 시절에 보았던 쿵후영화가 생각났다. 사부는 절대 무술을 가르치지 않는다. 물을 길어오게 하고, 밥을 짓게 하고, 산에서 나무를 해오게 하고, 안마하는 법을 가르친다. 투덜거리던 제자는 어느 날 문득 그 모든 것이 무술의 기본이었음을 깨닫는다. 그걸 깨닫는 순간 자신도 모르게 공중육회전을 할 수 있게 되고, 손바닥에서는 장풍이 발사된다. 쿵후에서는 그렇다는 얘기다.

내가 지루해할 때마다 그는 내게 왼손가락 끝을 보여주었다. 그의 손끝은 단단했다. 손가락 끝을 잘라낸 다음 그 위에다 돌덩이를 이식해놓은 것 같았다. 이 정도가 돼야 자유자재로 기타를 운전할 수 있다고요, 게으름 피우지 마요, 라고 그가 말했다. 손가락 끝만으로 팔굽혀펴기를 시키지 않는 걸 다행으로 여겨야 할 분위기였다.

나는 그에게 강습료를 내는 대신 음반을 주었다. 그는 미안해했지만 아무것도 주지 않으면 내가 미안했다. 기타 수업이 끝나면 내가 가져온 음반을 들으며 술을 마셨다. 그것도 수업의 일부였다. 그는 음반을 두 번 정도 듣고 난 다음엔 음반과 거의 똑같이 기타를 연주했는데 나로서는 신기할 따름이었다. 평소보다 술을 많이 먹은 날, 그가 이런 말을 한 적이 있다.

"형, 나는요, 제일 겁나는 게 뭔지 알아요? 제가요, 유명해지기도 전에, 세상이 멸망해버리면 어떻게 하나, 그런 걱정을 해요. 한심하죠?"

"세상이 왜 멸망하는데?"

"그냥 아무런 예고도 없이요, 번쩍하는 순간에, 이 지구가 없어지면 어쩌나 그런 생각이 들어요."

"잘 있던 지구가 왜 없어져?"

"형도 우주는 모르잖아요. 우주에서 무슨 일이 벌어지는지 모르잖아요. 그냥 번쩍하고 지구가 없어질 수도 있잖아요."

"그럼 얼른 유명해져."

"이렇게 남의 기타 연주나 따라하는데 어떻게 유명해져요."

"네가 존경해 마지않는 밥 딜런 선생님께서도 처음엔 우디 거스리를 모방했잖아. 그러다가 자신의 목소리를 찾은 거 아냐. 그리고,

너도 직접 만든 곡 있잖아?"

"밥 딜런 선생님이야 천재잖아요. 내 노래는 쓰레기고."

"누군가 밥 딜런에게, 아니, 밥 딜런 선생님에게 이런 말을 한 적이 있어. 야, 밥, 기억해둬, 두려움이 없으면 열등감도 없어. 그게 지금 너한테 해주고 싶은 말이다."

취한 그가 잠든 걸 보고 연습실 건물을 나서면서 하늘을 올려다봤다. 그날따라 하늘이 유난히 파랬던 기억이 난다. 우주에서는 무슨 일이 벌어지고 있을까, 그런 생각을 했다.

두 달 정도 기타 연습을 했을 때 몸에 이상이 생기기 시작했다. 이상하게 기타만 잡으면 심장이 벌렁거렸다. 손을 갖다대면 RPM 130의 리듬으로 펄떡거리는 심장이 느껴졌다. 처음에는 "심장이 미쳐서 지가 메트로놈이라도 되는 줄 아나봐"라며 농담을 했는데 그럴 일이 아니었다. 몸에 이상을 느끼고 사흘이 지났을 땐 심장의 움직임이 신경쓰여서 기타 연습을 할 수 없을 지경에 이르렀다. 커피 수십 잔을 한꺼번에 들이켠 것 같았다.

"형은 아무래도 전기 먹는 하마인가보다. 앰프 꺼봐요."

앰프의 코드를 빼면 심장이 정상으로 돌아왔다. 전기기타를 치다가 감전되는 경우는 거의 없다. 기타 줄에 미세한 전기가 흐르긴 하지만 그건 정전기 정도에 불과한 것이다. 기타 몸체 역시 나무로 만들어졌기 때문에 전기가 통하지 않는다. 하지만 내 심장은 분명히 전기를 느끼고 있었다.

"한의원에 갔을 때 의사가 나보고 심장이 약하다 그랬는데, 그게 이런 뜻인가보다."

"형은 로큰롤하긴 글렀다. 전기기타도 못 만지면서 무슨 음악을 해요. 형 심장이 너무 수줍은가보다. 전기기타만 잡으면 혼자서 몰래 흥분하고 말야."

"앰프 없이 연습해볼까?"

"그러면 느낌이 안 살아."

"이 기타는 어떻게 하지?"

"내가 팔아줄게요. 쓴 지 얼마 안 됐으니까 한 팔십 퍼센트는 받을 수 있을 거예요. 형, 어쿠스틱기타 가지고 와요. 그걸로 배우는 수밖에 없겠네."

비참했다. 내 마음은 기타리스트를 꿈꾸고 있었지만 내 몸이 그걸 거부한다는 사실을 확인하자 비참했다. B는 어쿠스틱기타를 가지고 와서 다시 배우라고 했지만 나는 연습실에 갈 수 없었다. 전기기타를 만질 수 없어 어쿠스틱기타를 연주하는 내 모습을 보고 싶지 않았다.

그리고 한 달쯤 후에 음반 매장이 문을 닫았다. 예감은 하고 있었지만 그렇게 빨리 결정이 내려질 줄은 몰랐다. 손님보다 직원이 더 많은 매장이라면 당연히 문을 닫을 수밖에 없다. 당연한 일이긴 하지만 섭섭했다. 우주에서 무슨 일이 벌어지고 있는지 알 수 없는 만큼이나 회사 사장의 머릿속이 어떻게 움직이는지도 알 수 없는 일이다.

매장의 문을 닫는 것도 쉬운 일은 아니었다. 매장의 음반들은 모두 다른 지점의 음반 매장으로 옮겨가게 됐는데, 그 정리를 하는 데만도 며칠이 걸렸다. 정리를 하던 도중 직원들의 음반 구출 대작전이 시작됐다.

"야, 이걸 다른 매장으로 넘길 순 없어. 얼마나 구하기 힘든 앨범인데…… 내가 살 거야."

"이거 내가 찜해뒀던 박스세트잖아. 도저히 못 보내."

처음에는 음반을 넘겨주기 위한 정리 작업이었지만 시간이 지날수록 자기가 살 음반을 고르는 작업으로 변하고 있었다. 나 역시 마찬가지였다. 한 장 두 장 골라내다보니 한 달 치 월급을 모두 쏟아부어야 녀석들을 구출할 수 있을 정도가 됐다. 음반 매장이 있던 자리는 카페로 바뀌었고 직원들은 뿔뿔이 흩어졌다.

회사를 그만두고 나서 햇빛 알레르기가 시작됐다. 처음에는 음반 매장의 문을 닫는 과정에서 너무 열심히 일을 해서 생긴, 일시적인 현상이라고 생각했다. 어느 날 벤치에 앉아 있는데 몸이 가려웠다. 삼십 분이 지났을 때부터였다. 곧이어 얼굴과 어깨와 팔이 화끈거렸다. 한 시간이 지나자 빨갛게 살이 익었다. 발진도 생겨났다. 한 시간 삼십 분이 지나자 온몸이 부풀어올랐다. 화가 나면 몸이 부풀어오르는 어느 외국 드라마의 주인공 같은 모습이었다. 옷이 찢어지지 않는 게 다행이었다. 빨갛게 살이 익은 곳에 손을 갖다댔더니 불에 덴 것처럼 뜨거웠다. 편의점에서 생수 한 통을 사서 얼굴과 머리에 붓고 그늘에 가만히 앉아 있었더니 부풀어오른 살이 가라앉았다.

병원에 가봤지만 원인을 알 수 없다고 했다. "스트레스 때문에 일시적으로 몸이 약해졌을 것"이라는 분석도 있었고 "운동이 부족해서"라는 의견도 있었고 "먼지가 많은 곳에서 오랫동안 일을 했기 때문일지도 모른다"는 추측도 있었다. 나는 아무래도 전기기타 때문일 거라고 생각했다. 어떤 전기가 내 머릿속과 심장 속의 어떤 곳을 건드리면서 어떤 열이 발생했고, 그 열이 햇빛과 결합하면서 고열로 변했으며, 그 고열이 바깥으로 빠져나오는 과정에서 발진이 생긴 것이라고, 나는 추측했다. 근거는 없었다.

그후로 그늘이 나의 징검다리가 됐다. 햇빛 아래를 걸어가다가도 이십 분이 넘으면 그늘로 대피해야만 했다. 그늘이 나의 방공호였다. 그리고 늘 긴팔 옷을 입게 됐다. 햇빛에 직접 노출되지 않으면 더 오랜 시간을 견딜 수 있다는 사실을 알아냈기 때문이었다.

햇빛 알레르기는 이 년 정도 그늘에서 요양을 해야만 완쾌될 수 있다고 믿고 싶었지만 먹고살아야 했기 때문에 나는 곧바로 다른 회사에 취직을 했다. 그리고 한동안 B를 잊고 지냈다.

몇 달 후 신문에서 B의 얼굴을 보았다. 그의 이름 앞에는 '주목받는 신인 기타리스트'라는 수식어가 붙어 있었다. 소규모 레이블에서 발매한 음반이 좋은 평가를 받고 있으며, 그의 기타 연주는 이제껏 볼 수 없었던 독창적이고 새로운 스타일이라는 내용이었다. 나도 모르게 웃음이 났다. B에게 전화를 걸었다.

"신문 봤어."

"봤어요?"

"사진 멋지게 나왔던데?"

"그럼 얼굴로 승부하는 가수가 돼볼까?"

"음반 냈다는 얘긴 왜 안했어?"

"정신없었죠, 뭐. 그런데 매장은 없어진 거예요?"

"시디 훔치는 분들이 너무 많으셔서 그분들한테 시디 한 장씩 선물하다보니 회사가 망해버렸지, 뭐. 너 더 유명해지면 내가 다 폭로해버릴 거야. 이분이 이렇게 착해 보여도 예전엔 칼질 좀 하던 분이라고."

"합의 봐요. 얼마면 돼?"

"시디 한 장 보내주면 용서해줄게."

우리는 웃으며 전화를 끊었다. 그의 목소리는 예전보다 한결 가벼워진 것 같았다. 누군가에게 인정을 받는다는 것은 몸속에 저장해뒀던 돌덩이 하나를 내려놓는 것과 비슷한 일이다. 몇 그램이라도 마음의 몸무게를 줄일 수 있게 된다. B가 기타리스트로 성공할 수 있을지 없을지는 알 수 없지만 마음의 무게를 줄일수록 성공과 가까워질 것이다.

전화통화를 한 뒤 몇 달 후 회사 일로 연습실 근처에 갔다가 B를 만난 적이 있다. 내가 전화를 걸었을 때 그는 연습실에서 잠을 자고 있었다. 오후 한시쯤이었는데 그의 얼굴 표정은 새벽 한시였다.

"형, 나 요즘 밤낮이 뒤바뀌었어요."

"유명한 아티스트들은 밤에 역사를 만들어내는 법이지."

"그게 아니고, 낮에는 돌아다닐 수가 없어요. 너무 더워서 그런지 자꾸 가렵고 몸에 뭐가 나."

"어떤 게 나는데?"

완벽하게 똑같다고 할 수는 없지만 B가 말한 증상은 나와 거의 비슷했다. 온몸이 부풀어오르는 증상만 다를 뿐이었다. 나는 B에게 내 얘기를 했다.

"말도 안 돼요. 어떻게 전기기타 때문에 햇빛 알레르기가 생겨?"

"그럼 넌 원인이 뭐라고 생각하는데?"

"지하실에 너무 오래 살아서 그런가? 아니면 음반 녹음할 때 너무 스트레스를 많이 받아서 그런 걸 수도 있고. 형은 나보다 더 심한데도 잘 다니네."

"이젠 나름대로 노하우가 생겼어. 언제쯤 몸이 부풀어오르는지 알거든."

"난 아예 밤에만 일하기로 했어요. 어차피 일하던 악기점도 망해버렸으니까."

"음반 녹음할 때 얼마나 스트레스를 받았기에 몸이 망가졌어?"

"나, 미치는 줄 알았어요. 녹음만 시작하면 자꾸 실수를 하는 거야. 어깨에 힘이 들어가고 손목도 시큰거리고, 뒷골에 전기가 오르더라니까."

"거봐, 너도 전기 때문에 그런 거야. 전기 때문에 햇빛 알레르기가 생긴 거야, 확실해."

"그 전기랑 그 전기가 같아요? 말도 안 되는 소리 좀 하지 마요."

나와 B는 중식당에서 배달시킨 음식으로 늦은 점심을 먹었다.

지하실에 앉아서 B와 함께 점심을 먹고 있으니 방공호에 피신한 느낌이었다. 바깥에는 엄청난 위력의 햇빛 폭탄이 작렬하고 있고, 우리는 절대 나갈 수 없고, 할 수 있는 것이라곤 기타를 연주하는 것뿐이다, 라는 상상을 했다. 나는 그나마 전기기타를 연주할 수도 없다.

"참, 기타는 팔았어?"

내가 물었다. 여태껏 전기기타는 까맣게 잊고 있었다.

"아니, 못 팔았지. 악기점 망하는 바람에 내가 가지고 있어요. 아는 애들한테 팔아봐야죠. 왜요, 다시 줘요?"

"전기기타 때문에 햇빛 알레르기가 생겼으니까 한번 더 전기를 통하게 하면 병이 낫지 않을까?"

"형이 무슨 기억상실증 환자야? 햇빛 알레르기가 문제가 아니라 머리가 좀 이상해진 거 아냐? 정말 온몸에다 전기를 확 통하게 해줄까보다."

B는 나를 위해 기타를 연주해주었다. 음반을 내기 전에도 여러 번 연주해주었던 곡이지만 그날따라 더욱 완벽하게 들렸다. 음반 한 장을 냈을 뿐이지만 B는 어떤 강을 건넌 사람처럼 달라져 있었다.

"형 앞에서는 이렇게 잘되는데 녹음실만 들어가면 왜 그 모양일까 몰라. 사실, 음반에 실린 것도 마음에 안 들어요. 방금 했던 연주를 실어야 하는 건데."

"나, 너한테 기타 배울 때 그런 생각이 들더라. 글을 쓰거나 그림을 그릴 땐 어떤 흔적이 남잖아. 하나를 완성하기 위해 뭔가 차곡차곡 쌓아가는 느낌 같은 거 말야. 그런데 기타를 치고 있으면 그런 생각이 전혀 안 들어. 녹음을 하면 그런 기분이 들까?"

"아녜요, 녹음을 하면 더 망가질 거야. 기타를 계속 치고 있으면 내 몸에다 기타 소리를 녹음하는 기분이 들 때가 있어요. 소리를 날려보내는 게 아니라 내 손가락에다 저장을 하는 거예요. 손가락 끝의 딱딱한 굳은살에다 음악을 저장하는 거예요."

"주목받는 신인 기타리스트라서 그런지 말도 잘하시네. 저는 절대 그런 경지를 이해하지 못하겠네요."

"음반 내고 나서 뭐가 제일 달라졌는지 알아요?"

"돈?"

"음반은 몇 장 팔리지도 않았어요."

"사람들이 알아봐?"

"그런 거 없어요. 그리고, 한밤중에만 돌아다니는데 나를 아는 사람도 못 알아보겠다."

"뭐야, 그럼?"

"형이 그랬잖아요. 두려움이 없으면 열등감도 없다고. 이제 좀 여유 같은 게 생긴 거 같아요. 어쩌면 이제부터 내 음악을 할 수 있을 거 같기도 하고, 그래요. 유명해지고 아니고는 별로 중요한 게 아닐지도 모른다는 생각이 들어요."

"철들었네. 그럼 이제 지구가 사라져도 상관없어?"

"그건 좀 곤란하죠. 슬슬 내 음악을 시작해보려고 하는데."

"걱정 마. 너만의 음악을 완성할 때까지 내가 어떻게든 우주를 붙들고 있어볼 테니까."

나는 그늘과 그늘을 찾아다니며 회사로 돌아왔다. 징검다리를 밟으며 거대한 강을 건넌 듯했다. 몇 달 후에 또 회사가 망했다. 망해가는 회사를 보는 것만큼이나 처참한 일은 없고, 망해가는 회사에서 근무하는 것만큼이나 난처한 일은 없다. 다른 일자리를 알아봐야 할까? 아냐, 그래도 의리란 게 있지. 의리는 무슨, 꺼진 장작불 옆에 쭈그려앉아 있어봤자 감기만 들 뿐이야. 그래도 뭔가 완결되는 과정을 보고 싶어. 완결은 무슨, 파멸이지. 마음속의 두 사람은 하루 종일 다정하게 이야기를 주고받는다.

결국 회사가 문을 닫는 그 순간까지 나는 자리를 지켰다. 망한 회사 뒤처리 전문요원이 된 심정으로 이번엔 사무실 집기들을 정리했다. 책상과 책장과 컴퓨터를 중고시장에 싸게 팔고, 뭔가 쓸 만한 게 남아 있지 않나 사무실을 뒤지고, 개인물품을 박스에 포장했다. 그 전쟁터 속에서 하나 건진 게 있었다. 회사의 쓸 만한 물품들을 직원들에게 나눠주는 '폐장 기념 선물 증정 행사'에서 디지털 캠코더가 당첨됐다.

중고시장에 내다 팔 생각을 했지만 중고 디지털캠코더는 말 그대로 똥값이었다. 캠코더를 모두 분해해 엿장수에게 파는 게 낫지 않을까 싶을 정도로 형편없는 가격이었다. 돈이 필요하긴 했지만 그런 가격에 팔 수는 없었다. 시간이 지날수록 가격이 더 떨어질 게 뻔했지만 팔지 않기로 했다. 나는 캠코더를 이용해 뭔가 할 만한 게 없을까 생각했다. 결혼식 촬영이나 돌잔치 촬영 같은 거라도 할 수 있으면 좋겠다 싶었지만 그런 촬영이야 이미 전문가들이 자리를 잡고 있을 게 뻔했다. 테러 현장이나 교통사고 현장 같은 특종을 운 좋게 촬영할 수도 있지 않을까 싶은 마음에 한동안 밖으로 나갈 때마다 캠코더를 챙겼다. 내 주위는 언제나 한가했고 평화로웠다. 그늘만 골라 다녀서 그런 것인지도 모르겠다.

나는 B를 찍기로 했다. B의 모든 생활을 생생하게 촬영한 다음 다큐멘터리로 만들고, 영화제에 출품하여 큰 상을 받은 후…… 에는 뭘 할지 잘 모르겠지만 아무튼 찍어보기로 했다. 만약 B가 기타리스트로 큰 성공을 거둔다면 중요한 자료가 될 수도 있을 것이다. 그는 늘 밤에만 움직이니까 다큐멘터리는 언제나 검은 빛이 감도는 음산한 누아르풍이 될 것이다. 그의 음악과도 잘 어울린다. 나는 당분간 취직을 하지 않고 프리랜서로 일을 하면서 B의 다큐멘터리를 만들기로 했다.

나는 일단 그의 연주를 녹화하기로 하고 가방을 개조했다. 캠코더를 가방 속에다 고정시키고 가방 앞쪽에다 동그랗고 작은 구멍을 뚫었다. 리모컨으로 캠코더를 조정할 수 있었다. 다른 장면은 몰라도 연주만큼은 B 몰래 녹화하는 게 좋을 것 같았다.

일주일 동안 매일같이 그의 연습실에 들락거렸다. B는 메이저 레코드회사와 음반 계약을 맺고 한참 연습에 몰두해 있었기 때문에 녹화하기에는 더할 나위 없이 좋은 시기였다. 밤 열시쯤 출근하고 새벽 네시에 퇴근하는 규칙적인 생활이었다. 그가 화장실에 간

사이에 카메라를 설치했고, 물을 먹으러 갔을 때 앵글을 바꾸었다.

"형, 기타는 안 배울 거야? 어쿠스틱기타라도 들고 오라니까. 만날 와서 내 연주만 듣고 있으니까 되게 미안하네."

"내가 있으면 연주가 잘된다고 그랬잖아. 그래서 희생정신을 발휘하는 거야. 걱정 말고 연습이나 열심히 해."

"내가 곰곰이 생각해봤는데 말예요, 기타 치면 심장에 무리가 가는 게 혹시 싸구려 기타라서 그런 게 아니었을까? 내 걸로 한번 연습해볼래요? 가끔 싸구려 기타에서 전기가 흘러나온다는 얘길 들은 것 같기도 해."

나는 B가 준 기타로 연주를 해보았다. 내가 샀던 기타보다 소리가 부드럽고 깨끗했다. B의 기타로 사흘쯤을 연주하자 다시 심장이 아렸지만 전보다는 훨씬 덜했다. 커피 석 잔 정도를 마셨을 때 느낄 수 있는 두근거림 정도였다. 그 정도라면 전기기타 연주하는 게 너무 좋아서 자신도 모르게 심장이 빨리 뛰는 것으로 오해해도 좋을 수치였다. 좋은 기타일수록 심장에 무리가 적게 가는 모양이다.

B의 다큐멘터리는 끝내 완성하지 못했다, 기보다 제대로 시작해보지도 못했다. B의 연습실에 나가기 시작한 지 십오 일쯤 됐을 때 입사 제의가 왔다. 일도 재미있을 것 같았고, 보수도 좋았다. 마다할 이유가 없었다. B의 다큐멘터리를 완성해야 한다는 절체절명의 사명감 같은 것도 없었기 때문에 나는 곧바로 이력서를 보냈다. 그 후 회사를 다녔고, 다시 그만두었고, 어떤 일을 시작했고, 다시 그

만두었다. 내 의지로 회사를 그만둔 경우보다 회사의 사정 때문에 어쩔 수 없이 그만둔 경우가 더 많았다. 자신의 운명은 스스로 만들어가는 것일까? 망한 회사를 걸어나올 때면 그렇지 않을지도 모른다는 생각이 든다. 삶은 선택하는 것이 아니라 사다리타기 놀이처럼 한번 시작되면 절대 항로를 바꿀 수 없는, 규칙을 따라서 정해진 목적지에 도착할 수밖에 없는 게임인지도 모른다. 그 목적지에 '꽝'이라는 글자가 씌어 있지 않기를 바라는 것밖에는 할 수 있는 일이 아무것도 없을지 모른다. 그런 생각을 하다보면 내가 선택한 것이 무엇이었는지 되짚어보게 된다. 무엇을 선택했길래 햇빛 알레르기가 생겼을까. 어째서 내가 다니는 회사는 전부 망하는 걸까. 어째서 기타를 열심히 연주하지 않게 된 것일까. 어째서, 어째서, 어째서…… 하지만 기억이 나지 않는다. 기억이란 중력의 법칙을 받지 않기 때문에 대부분 어디론가 날아가버린다. 꼭 붙들고 있는 기억만 조금씩 남아 있을 뿐이다.

B는 그사이 유명한 기타리스트가 됐다. 음반산업이 바닥에 처박힌 관계로 앨범을 많이 팔지는 못했지만 사람들의 입에 자주 오르내리는 기타리스트가 됐다. 시디를 벗기던 빠른 손놀림이 이제는 기타 연주로 사람들을 흥분시키고 있다. B는 새로 음반을 낼 때마다 내게 보내주었지만 잘 듣게 되지는 않는다. 몇 번 듣다보면 지겨워진다. 그럴 때면 녹화했던 동영상을 보곤 한다. 편집도 제대로 하지 않은 동영상을 볼 때마다 아주 오래전 그의 모습이 떠오른다. 어쩌면 그 동영상을 볼 수 있는 사람은 전 우주를 통틀어 나밖

에 없다는 자부심 때문에 더 재미있게 느껴진 것인지도 모른다. 감추려고 했던 것은 아니지만 B에게도 동영상 얘기는 하지 못했다.

어느 날 나는 동영상을 보다가 내 습관 하나를 발견했다. 나는 화면 속에서 기타를 연주하는 그를 볼 때마다 왼손 엄지로 나머지 손가락 끝을 비비고 있었다. '내가 손가락 끝을 비비고 있었네?'라는 생각이 들고 난 다음에도 마찬가지였다. 어째서 그런 행동이 시작됐는지 모르겠다. 대리석처럼 딱딱하게 굳어 있는 그의 손가락 끝을 그리워했던 것일까. 아니면 굳은살 하나 박여 있지 않은 내 손가락 끝이 부끄러웠던 것일까. 동영상을 계속 보다가 내 기억 속에는 전혀 남아 있지 않은 그의 이야기를 발견한 적도 있었다.

"형, 좋아한다면 두세 번은 시도해봐야지. 두세 번 계속 시도하다보면 어느 순간 정말 좋아지거든."

내가 어떤 질문을 했던 모양인데 내 목소리는 거의 들리지 않았다. 나는 연습실 반대쪽에 있었던 것 같다. B의 그 말이 끝나고 비디오테이프는 멈췄다. 정확히 그 부분까지만 녹화됐다. 그다음에 그가 어떤 얘기를 했는지는 도무지 기억이 나질 않는다. 기타 얘기였던 것 같기도 하고, 어떤 컴퓨터게임의 공략법 얘기였던 것 같기도 하고, 여자친구에 대한 얘기였던 것 같기도 하다. 어느 것을 대입해도 말은 된다. 좋아진다는 건 나아진다는 뜻이었을까, 무언가를 좋아하게 된다는 뜻이었을까, 기억이 나지 않는다. 그에게 물어도 기억하지 못할 것이다.

한 달 전, 전기기타를 한 대 샀다. 다시 기타를 배우고 싶어졌다.

"좋아한다면 두세 번은 시도해봐야지"라는 그의 말이 기타에 대한 얘기였을 것이라고, 나 혼자 결정했다. 기타를 치다보면 어느 순간 정말 기타가 좋아지게 될 거라고, 나 혼자 추측했다. 그때보다는 좀더 나은 기타를 샀고, 아직까지는 심장도 잘 버티고 있는 것 같다. 어쩌면 내 예상대로 햇빛 알레르기가 감쪽같이 사라져줄지도 모를 일이다. 아직 내 손가락 끝은 너무 무르다.

벽

박 현 욱

1967년 서울에서 태어났다. 2001년 장편 『동정 없는 세상』으로 문학동네작가상을 수상하며 등단. 2006년 장편소설 『아내가 결혼했다』로 제2회 세계문학상을 수상했다. 소설집 『그 여자의 침대』, 장편소설 『새는』이 있다.

작가를 말한다

사랑에 대한 이야기는 왕왕 그 반대편에 있는 필연의 왕국의 힘을 필요로 한다. 그것은 현실 정치적 문제이거나 사회적 윤리의 차원일 수도 있고 보편적 삶의 운명에 관한 문제의식일 수도 있다. 모험적인 작가라면 심연을 향해 단도직입할 수도 있겠지만, 박현욱은 모험적이기보다는, 독자들과 함께 보조를 맞추고자 하는 영리한 작가 쪽에 속하는 것으로 보인다. 그는 정교한 서사적 공법을 통해 사랑의 서사들을 풍속적 재료로 동원하고, 그것을 성장이나 윤리적 환상 같은 또 다른 차원의 서사로 견인해낸다. 그가 만들어낸 서사의 걸음은 사뿐사뿐 가볍고 경쾌해 보인다. 물론 쉽게 읽히는 것과 쉽게 씌어지는 것은 전혀 다른 차원의 것이다. 그리고 대개, 쉽게 읽히는 글이 고심 끝에 어렵게 씌어진 글이기 쉬운 법이다. 더욱이 박현욱의 서사세계가 보여주는 저 경쾌함이 지니는 의미는 간단치 않아 보인다. 서영채(문학평론가)

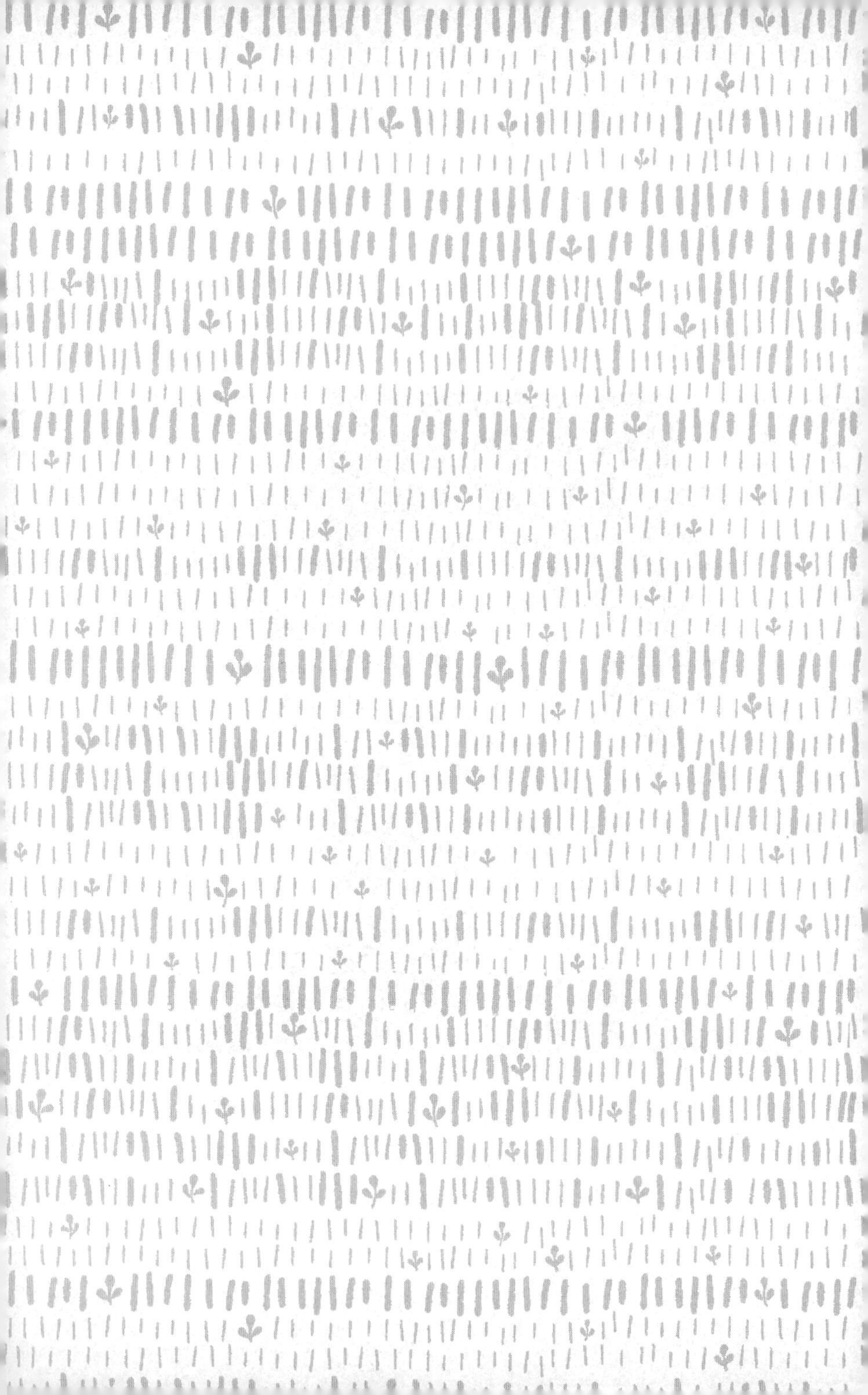

이번 겨울 중

가장 춥다던 날이었다. 밤늦은 시간에 K와 추위를 피해 눈에 띄는 카페로 들어갔다. K가 누구냐면……

K가 누구냐면? 그다음 문장이 떠오르지 않는다. 뭐라고 해야 되나.

이 경우 K에 대해 말하고자 할 때, 핵심은 나와의 관계일 텐데 그걸 잘 모르겠다. K와 나는 친구가 아니다. 동료도 아니다. 선후배 사이도 아니고 애인 사이도 아니다. 그러니 뭐라 해야 할지 멈칫거리게 된다. 그냥, 나이 사십에 이르다보면 관계가 명확하지 않은 사람과도 만나게 된다고 해두자.

카페 안은 따뜻했다. 뜨거운 커피를 마시면서 유리창 너머로 추위에 몸을 잔뜩 웅크리고 바삐 걸어가는 사람들을 보고 있는데 어찌 아니 따뜻하겠는가. 게다가 흘러나오던 음악마저도 따뜻했다.

"이게 무슨 곡이죠?"

베토벤, 바이올린소나타 5번 「봄」이요.

자연스럽게 음악이 화제에 올랐다. 얘기하다보니 K의 말이 곧 내 말이었고 내 말이 또한 K의 말이었다. 어렸을 때 한때 클래식을 많이 들었다거나. 저도요. 모차르트는 슬프다거나. 맞아요. 그래도 가장 많이 들었던 건 베토벤이라거나. 저야말로. 특히 9번 교향곡 「합창」을 좋아해서 테이프가 닳도록 들었다거나. 내 말이!

K와 헤어져 집에 오자마자 9번 교향곡을 찾아 들었다. 처음에는 그저 한번 들어보고 싶었던 것이 듣다보니 내가 예전에 들었던 그 연주를 다시 듣고 싶어졌다. 혹시 남아 있을까 싶어 온 집 안을 헤집으며 찾았고, 나중에 부모님 집에 가서도 한참 동안 찾아봤지만 어디에도 보이지 않았다. 몇 번 이사 다니는 와중에 더 이상 들을 일이 없을 것이라 생각하고는 내 손으로 직접 버렸던 것 같기도 하다.

기억을 더듬어보지만 지휘자도 오케스트라도 떠오르지 않는다. 아무것도 생각나는 게 없는 걸 보면 아마 유명하지 않은 지휘자와 유명하지 않은 오케스트라의 연주를 마이너 레이블에서 출시했던 것이 아닐까 싶다.

설령 그렇다 한들 찾아내지 못할쏘냐. 지금 시대가 어떤 시대인데. 인터넷 강국 대한민국은 P2P의 천국. 며칠간에 걸쳐 공유 사이트들을 돌아다니며 업로드된 9번 교향곡들을 죄다 다운받았다.

다른 곡 같았으면 찾을 생각도 하지 않았을 것이다. 내가 들었던 연주를 가려낼 정도로 귀가 밝지 못하니. 하지만 9번 교향곡에는 사람의 목소리가 있다. 내가 가장 좋아했던 대목은 4악장 중에서 「Allegro assai vivace:alla marcia」. 주제의 변주가 잔잔하게 이어지다가 테너 솔로가 나오는 부분이다.

Froh, froh, wie seine Sonnen,
Seine Sonnen fliegen.

내가 기억하는 테너 솔로는 맑고 청아하면서도 힘이 있는 목소리였다. 나는 훌륭한 연주나 독창적인 해석으로 유명한 명반이 아니라 바로 그 목소리를 찾는 것이다. 워낙 많이 들었던지라 다른 부분은 몰라도 그 대목만큼은 들으면 알 수 있다.

다운받은 9번을 하나씩 들어봤지만 내가 찾는 목소리는 없었다. 마지막 열일곱번째의 테너 솔로도 다른 목소리임을 확인하고 나니 한숨이 절로 새어나왔다.

이십여 년 전

집에 클래식 선집이 있었다. 베토벤, 차이코프스키, 브람스, 슈베르트, 슈만, 멘델스존, 리스트, 쇼팽의 선집이었다. 아마 부모님의 지인 중 음반회사 외판원이 있었을 것이다. 책이건 음반이건 전집 같은 것들은 대개 외판원을 하는 친척이나 친구들을 통해 집 안에 들여놓던 시절이었다. 계몽사나 삼성당의 어린이 세계명작전집처럼 웬만한 집에서는 다 구비해놓은 히트작들도 있지만 그렇지 않은 것도 많았다. 우리 집에는 『세계의 대사상』이라는 제목의 철학 전집이 있었다. 철학에 관심이 있었던 식구는 아무도 없었으니 그 전집은 완벽한 장식용품이었다. 묵직해 보이는 검은색 하드커버의 전집은 꽤 그럴싸해 보였다. 클래식 선집 역시 『세계의 대사상』과 크게 다를 바 없었다. 부모님은 음악을 들을 시간이 없었고, 형은 헤비메탈에 빠져 있었으며, 여동생의 방에는 오디오카세트가 없었다. 그리고 나는 음악에 관심이 없었다.

어느 날 나는 그 선집을 내 방으로 죄다 들고 왔다. 베토벤 선집에 있는 다섯 개의 테이프에는 교향곡 3번, 5번, 6번, 9번과 피아노협주곡 5번, 바이올린협주곡 D major, 서곡 「에그몬트」와 「피델리오」, 그리고 피아노소나타 8번과 14번 등이 수록되어 있었다.

피아노소나타 8번 「비창」과 14번 「월광」은 테이프를 듣기 전부터 익히 알고 있었다. 피아노 앞에 앉은 여동생이 종종 치곤 했으니까. 그때마다 나는 방문을 열어젖히고 마루를 내다보며 진심 어린 목소리로 여동생에게 말했다.

"시끄럽다!"

「비창」 1악장도 조금 그렇지만 「월광」 3악장이 꽤 요란하죠. 잘 치기가 쉽지 않아요. 전 오빠가 없어서 다행이었네요.

뿐만 아니라 교향곡 5번과 교향곡 6번도 알고 있었다. 고입 연합고사 직전, 음악선생이 들려주신 복음과도 같은 말씀.

"작년에 미미미도 레레레시, 5번 「운명」이 나왔으니 올해는 6번 「전원」이 나올 차례다. 주제가 미파라 솔파미레 솔도레 미파미레니까 꼭 외워둬라."

객관식 사지선다형 시험체제에서 암기 위주의 주입식 교육만큼 효과적인 건 없다. 기연가미연가하면서도 주제 두어 마디를 외워둔 덕분에 우리는 6번 교향곡을 들어보지 않고서도 정답을 골라낼 수 있었다.

중학교 삼학년 때 클래식 음악만 듣던 친구가 있었다. 가요도, 팝송도 듣지 않고 오로지 KBS 제1FM에만 귀를 기울이던 친구였다. 내 뒷자리에 앉았던 그는 매일같이 자기가 들었던 음악에 대해 얘기하곤 했다.

"어젠 카라얀의 베를린 필과 안네 소피 무터의 협주로 「아이네 클라이네 나흐트무지크」를 틀어주더라."

소피 무터? 소피 마르소도 아닌데 그 여자가 어디서 누구랑 깡깽이로 뭔 짓을 했건 왜 내가 그런 것을 알아야 한단 말인가. 나는 이렇게 대꾸했다.

"시끄럽다."

아! 그런 적 있었어요. 그때 안네 소피 무터하고 베를린 필하고 협연했던 거, 나도 들었던 것 같아요.

친구를 클래식의 세계에 입문시키고자 하는 그의 노력은 말로만 끝나지 않았다. 그는 내 이름으로 라디오 방송국에 엽서를 보내기도 했다.

'귀 방송국에서 주최하는 모 연주회의 무료 티켓을 보내주시기 바랍니다.'

난데없이 음악회 티켓을 받아본 다음날 나는 그에게 말했다.

"안 가."

그렇게 클래식과 담을 쌓고 지내던 내가 느닷없이 클래식 선집을 내 방으로 들고 왔던 것은 시간을 때우기 위한 뭔가가, 거기에 더해 인생의 괴로움을 실어보낼 만한 뭔가가 필요했기 때문이다. 그때 나는 대학 입시에 실패했다. 계절이 계절이니만큼 싸돌아다니기 싫을 만큼 밖은 추웠다. 또 갈 곳도 없었다. 사실 같이 놀 친구도 없었다. 그렇다면? 그냥 집에 처박혀서 빈둥거릴 수밖에.

자신의 처지를 인식하고 있는 실패자라면 응당 심각한 얼굴로 고뇌에 잠겨 있어야 하는 법. 그리하여 다른 작곡가들보다도 베토벤에 더 빠져들었다. 잔뜩 인상을 찌푸리며 무게를 잡고 앉아 있기에는, 그럼으로써 당사자인 내가 훨씬 더 괴롭고 복잡한 심경이라는 걸 다른 식구들에게 보여주기에는, 또 그럼으로써 식구들로부터 쏟아질 유형무형의 질책과 동정과 무시와 기타 등등의 것들을 효과적으로 무마하기에는 베토벤이 적격이었다.

내 의도가 어떠했건 베토벤은 베토벤이었으니, 다섯 개의 테이프에 수록된 음악들은 뜻밖에도 어느 곡 하나 마음에 와 닿지 않는 것이 없었다. 한동안 방 안에서 테이프만 끼고 살았다. 그중에서 가장 좋아했던 곡은 단연 9번 교향곡이었다. 하루 종일 9번만 듣기도 했다.

저는 한참 9번을 들을 때 잘 때도 매일 틀어놓고 잤어요.

웅장한 「환희의 송가」를 들을 때 생겨난 누구에게도 말하지 못했던 내 은밀한 소원은 이런 것이었다.

'단 한번만이라도 이 코러스에 끼어서 원곡 그대로 더불어 노래할 수만 있다면 얼마나 행복할까.'

그러나 부모님은 내게 음악적 재능 같은 건 물려주지 않았다. 정확히 말하자면 내게만 음악적 재능을 물려주지 않았다.

나에 비하자면 형은 다재다능한 사람이었다. 노래마저 잘했다. 비록 내 귀에는 시끄러운 소음으로 들렸지만, 여동생은 고등학교 때 피아노를 전공할까 잠시 고민했을 만큼 피아노를 잘 쳤다. 어릴 때에는 노래도 곧잘 해서 대회에 나가서 상을 받아온 적도 있었다.

나와 별반 다를 바 없다고 여겼던 남동생마저 나중에 알고 보니 고음도 꽤 올라가고 음감도 제법 있는 편이었다. 넷이나 되는 형제 중에서 음악적으로 형편없는 사람은 나밖에 없는 것이다. 이런.

말이 나온 김에

삼남 일녀 중의 차남이라는 위치 때문에 자라면서 손해를 본 것이 한둘이 아니다. 나는 백일사진, 돌사진이 없다. 백일잔치도, 돌잔치도 안했다는 얘기다. 생후 백 일 뒤에도, 일 년 뒤에도 찬밥 신세였다. 사람들을 불러모아 잔치를 벌이진 않더라도 사진 정도야 찍을 법도 한데 그마저도 없는 것이다.

다른 형제들 중 단 한 명이라도 돌사진, 백일사진이 없었더라면, 혹은 그 둘 중에 하나만이라도 없었다면 아무런 신경도 쓰지 않았을 것이다. 그러나 오래된 앨범을 들춰보니 나 말고는 다들 돌사진, 백일사진이 있었다. 이 사실을 알게 되었을 때 어머니에게 물었다.

"엄마, 왜 나만 돌사진도 없고 백일사진도 없어?"

어머니의 대답은 짤막했다.

"가난했거든."

그땐 그냥 그러려니 하면서 넘어갔다. 어머니 말에 따르자면 내가 태어나던 무렵에는 워낙 쪼들렸던 터라 당시 세브란스 병원에서 무료로 배급해줬던 분유를 받아와서 나를 먹였다고 한다. 구호품 분유를 받아와야 했을 정도로 가난했다니, 어렵게 나를 키웠다는 데에 감사해하지 못할망정 어찌 토를 달고 불평할 수 있겠는가.

하지만 뒤늦게 생각해보니 그게 꼭 그런 것만은 아닌 일이었다. 74년생인 막내나 69년생인 여동생이 태어날 때보다 내가 태어난 67년에 집안 살림이 더 곤궁했으리라는 것은 능히 짐작할 수 있는 일이다. 문제는 그에 앞서 65년에 태어난 형은 백일사진도 있고 돌사진도 있다는 사실이다. 그리하여 나는, 나이 마흔에, 어머니에게 다시 여쭈었다.

"왜 저만 백일사진도 없고 돌사진도 없는 거예요?"

어머니의 대답은 이십여 년 전과 다르지 않았다.

"옛날에도 물어보더니 왜 또? 너 태어났을 땐 가난했거든."

마흔이라면 불혹(不惑). 그런 대답에 미혹될 나이가 아닌 것이다.

"아니, 그럼 형은 왜 백일사진도 있고 돌사진도 있어? 아무래도 형이 태어났을 때가 더 가난했을 거 아냐."

갑자기 말문이 막히신 어머니, 잠시 머뭇거리다가 이렇게 말씀하시며 웃으신다.

"형이 태어났을 때는…… 처음이라서 그랬나보다."

진실을 대면하는 일은 고통스럽다. 이런. 이런.

그렇다고 그걸 또 여쭤봤어요? 뻔하지. 첫앤데.

서너 살 때부터 몇 년간 살았던 인천 숭의동의 집은 무허가 주택이었다. 동네 골목길에 다닥다닥 붙어 있던 다른 집들도 모두 무허가 주택이었다. 동네 친구들 중에서 유치원에 다닌 아이는 없었다. 사는 건 무허가 주택에 살아도 애들 유치원은 보내야 한다는 어머니의 교육열 때문에 나는 노란 제복을 입고 유치원에 다녔다. 둘째인 나도 다녔으니 다른 형제들도 모두 일곱 살, 여덟 살 때 이미 사각모를 써봤다는 것은 불문가지. 뭐 거기까지는 고마운 일이다.

나중에 보니 어머니는 막내는 막내라고 내내 아침이면 유치원에 데려다주고 끝날 때면 유치원에 가서 데려왔다. 여동생은 하나밖에 없는 딸아이라고 또 매일같이 유치원에 데려다주고 데리고 왔다. 형은 첫아이였는데 오죽했겠는가. 날이면 날마다 손잡고 데려다주고 데리고 왔을 것이다. 그런데 왜 나만?

나는 유치원에 다녔던 일 년 내내 단 이틀만, 바로 입학식날과 졸업식날에만 어머니와 함께 유치원에 오갈 수 있었다. 그 외에는 혼자 다녔다. 이것 또한 어머니에게 여쭈어봤다.

"왜 형이나 동생들은 매일같이 데려다주고 데리고 왔으면서 나만 혼자 다니게 했던 거예요?"

어머니는 이렇게 대답했다.

"그랬었냐? 그게 언젯적 일인데 아직까지 기억하겠냐."

언젯적 일이냐 물으신다면 삼십 년 전 일이라 대답할 수야 있지만, 왜 그런 사소한 걸 아직까지 기억하느냐 물으신다면 무어라 대답해야 하는 걸까. 나는 마음속으로 중얼거렸다.

더 사소한 일들도 기억하고 있는걸요.

숭의동에는 숭의국민학교와 교대부속국민학교가 있었다. 추첨을 통해 학교가 결정되었다. 추첨 방식은 단순했다. 통 속에서 바둑알을 집어올려 흰 돌이 나오면 교대부국, 검은 돌이면 숭의국민학교였다. 학부모들은 모두 교대부국이 훨씬 더 좋은 학교라고 여겼다.

입학 추첨 때 형은 직접 바둑알을 뽑았다. 흰 돌을 집어올렸고 교대부국에 다녔다. 향후 십여 년간 어머니는 당신의 맏아들이 직접 추첨을 했던 적극성과 흰 돌을 뽑아낸 뛰어난 감각과 총명함에 대해 언급하곤 했다. 그게 왜 자랑거리가 되는지 나는 아직도 이해할 수 없다. 내가 숭의국민학교로 간 것은 어머니가 검은 돌을 뽑았기 때문인데, 만일 내가 직접 추첨해서 흰 돌을 뽑아냈다 해도 그것이 향후 십여 년간의 이야깃거리가 되진 않았을 것이다.

또 교대부국 시절 수업시간에 형이 질문을 하나 했는데, 질문이 제법 예리했는지 담임선생이 어머니에게 그 얘기를 하며 칭찬한 적이 있었다고 한다. 이것 역시 향후 십여 년간 장남의 명민함에 대한 증거로 어머니가 종종 들먹이던 대목이다. 원 세상에. 만약 형이 일등이라도 한번 했다면 나는 아직까지도 그 얘기를 들어야만 했을 것이다.

우리 집은 남자들이 많은 여느 집처럼 다분히 가부장적인 분위기였다. 나는 단 한번도 아버지를 아빠라고 불러본 적이 없다. 그건 형도, 남동생도 마찬가지였다. 그래도 딸아이라고 여동생만이 간혹 아빠라고 불렀을 뿐이다. 누구 말마따나, 호부호형을 허한들 무슨 소용이 있겠는가. 아버지를 아빠라고 부르지도 못하는데 말이지.

그런 분위기였으니 형제간 서열이 확실했다. 따라서 형에게 밀리는 것에 대해서는 그러려니 했을 뿐이다. 긴장으로 가득한 추첨 현장에서 하얀 바둑알을 콕 집어 뽑아내시고, 수업시간에 예리한 질문을 던짐으로써 선생을 감탄하게 하던 천재 중의 천재가 내 형이라는 사실에 대해서도, 어머니가 그 일을 두고두고 자랑스러워하던 것에 대해서도 딱히 큰 불만이 없었다.

그런데 결과적으로 동생들한테도 밀리는 일들마저 종종 생겨났다. 나는 형제 중에서 유일하게 옷을 물려입어야만 했다. 그게 참. 형은 첫째인지라 옷을 사 입혀야 한다. 그렇지. 여동생은 유일한 여자아이라 역시 옷을 사 입혀야 한다. 맞아. 터울이 많이 지는 막내동생 역시 옷을 사야만 한다. 그래야겠지.

근데 나는?

형이 입던 옷을 물려 입히면 그만이었다. 태어날 무렵보다 훨씬 덜 가난해졌을 때에도, 후에 외형적으로는 가난해 보이지 않게 되었을 때조차도 나는 옷을 물려 입었다. 그런 식의 습관이란 몸에 배는 것이어서 형과 막내동생은 절대로 아버지 옷을 물려 입지 않았다. 나는 주는 대로 다 입었다.

옷만이 아니라 다른 것들, 가령 책상도 물려받아 써야만 했다. 어느 날 형의 방에 보르네오 가구의 새 책상이 들어왔다. 내 방에 있는 건 아버지가 쓰던 낡은 철제책상이었다. 세월이 흘러 형은 군대에 갔다. 나는 남몰래 회심의 미소를 지었다. '이제 저 책상이 내 책상이 되는구나.'

그러나 그 책상은 여동생의 차지가 되었다. 그사이에 내 책상도 바뀌긴 했다. 아버지가 쓰시던 목제책상으로.

세월이 더 흘렀다. 여동생이 시집을 갔다. 나는 또 한번 회심의 미소를 지을 수 있었다. '이제야말로 저 책상이 내 책상이 되는구나.'

그러나 그 책상은 막내동생의 방으로 들어갔다.

다른 형제들도 다 자기만 손해를 보며 컸다고 생각할걸요? 어떤 세대든 자신의 세대가 특히 더 불행한 세대라고 생각한다면서요.

옷이나 책상 따위보다 조금 더 사소한 일을 기억한다. 국민학교 졸업식날이었다. 공교롭게도 막내동생의 유치원 졸업식과 날짜가 겹쳤다. 어머니의 계획은 유치원에 먼저 갔다가 우리 학교로 오는 것이었다.

운동장에서의 식순이 끝날 때까지, 교실로 돌아와 담임선생이 졸업장을 다 나누어줄 때까지, 마지막 훈화가 끝날 때까지 어머니는 오지 않았다. 운동장은 사진 찍는 사람들로 가득 찼다. 거기에 내가 있을 곳은 없었다. 하릴없이 교실에 앉아서 어머니를 기다렸다. 아이들은 가족들과 사진을 찍고는 교실로 와서 담임선생께 인사를 드리고 학교를 빠져나갔다. 교실에 들르는 학부모들의 발걸음이 뜸해졌다. 운동장도 점차 한산해졌다. 어머니는 오지 않았다. 어쩐지 눈치도 보이고, 왠지 창피하기도 하고, 더 앉아 있기도 민망하고. 혼자 집으로 가는 수밖에. 혹시라도 어머니와 마주치지 않을까 천천히 걸어가느라 집으로 가는 길은 유난히 멀었다. 그런데도, 이상한 일이지만, 너무도 빨리 집에 도착했다.

집에 들어가자마자 현관 앞에 졸업장이며 뭐며 마구 내팽개쳐 화가 잔뜩 났다는 증거를 남겨놓았다. 오래지 않아 어머니가 집으로 왔다. 때를 놓치지 않고 나는 성질을 부렸다. 그러나 어머니의 목소리가 훨씬 더 컸다.

"얘가 지금 어디서 뗑깡이야! 막내 졸업식이 끝나야 갈 거 아냐! 왜 기다리지도 않고 네 멋대로 집으로 와!"

나는 찍소리도 못하고 다시 학교로 질질 끌려가야만 했다. 동생들이 뒤따라왔다. 씽씽 불어대는 겨울바람에 구겨진 신문지며 버려진 꽃송이며 온갖 쓰레기들이 나뒹구는 텅 빈 학교 운동장에서 굳어진 얼굴로 졸업사진을 찍었다. 그런 후에 어머니는 우리 형제들을 중국집으로 데리고 가서 자장면에 탕수육을 먹이는 것으로 졸업식날에 부모로서 해야 할 도리를 다 하셨고, 나는 말없이 꾸역꾸역 먹는 것으로 자식된 도리를 다했다.

그러나 열서너 살 어린아이의 삶이라 해도 자장면과 탕수육으로 모든 문제가 깨끗하게 해결되는 건 아니다. 그 사소하기 짝이 없는 일이 아직까지도 기억에 남아 있으니.

그나저나 혹은 그리하여

부모님은 내게 음악적 재능 같은 건 애당초 물려주지 않았다는 얘기다. 좋은 게 있다면 이왕이면 맏아들에게, 웬만하면 하나 있는 딸아이에게, 아쉬운 대로 귀여운 막내에게 물려주지, 둘째한테 그런 걸 왜 물려주겠는가.

글 써서 먹고사는 재주는 혼자만 물려받았으면서.

국민학교 일학년 때 서울의 갈현동으로 이사온 뒤에 형과 같이 피아노학원에 다녔다. 무허가 주택에서 벗어나기도 했겠다, 남들 다니는 피아노학원쯤은 보내야 한다는 어머니의 교육열 때문이었다. 바이엘 상, 하권을 마치고 체르니에 막 입문한 형은 피아노학원에 가는 것을 싫어했다. 학원으로 가다가 이런 말을 남기고 사라졌다.

"엄마한테 이르면 죽어."

오래지 않아 형은 깨달음을 얻었다. 제대로 입막음을 하려면 주먹 한번 쥐어 보이는 것보다는 공범자로 만드는 게 훨씬 더 효과적이다. 형은 혼자 사라지지 않고 쉴 만한 놀이터로 나를 이끄사 기쁨의 나라로 인도하였으니 곧 형형색색의 구슬과 동그란 딱지와 손으로 접어 만드는 커다란 딱지의 세계였다. 덕분에 음악적 감수성이 형성되는 대신 딱지와 구슬이 차곡차곡 쌓여갔다. 어머니가 사실을 아는 데에는 오래 걸리지 않았다. 어머니는 한바탕 야단을 치긴 했지만 더 이상 우리를 피아노학원에 보내지 않았다. 그리하여 내 피아노 인생은 도레도레 미파미파, 어린이 바이엘 상권으로 끝나버렸다. 타고난 재능이 없는데다가 음악적 훈련도 조기에 종료되었으니 음감이 개발되지 않았다는 얘기다.

중고등학교 시절 형이 가끔 집에서 기타를 치며 노래를 부를 때, 아는 노래가 나와서 따라 부르다보면 어느 틈엔가 기타 반주가 끊겼다. 형은 묘한 눈빛으로 나를 바라보며 이렇게 말하곤 하는 것이었다.

"노래가 아깝다. 나중에 너 혼자 있을 때 따로 불러라."

나도 알고 있다. 나는 음색이 좋은 편이 못 된다. 음역도 좁아서 고음은 올라가지 않고 저음은 내려가지 않는다. 성량마저도 상당히 빈약하다. 음악시간 실기시험 때 노래를 부르는 일은 항상 고역이었다.

중고등학교 육 년간 교회 성가대를 했던 것은 내게 음악적 자질이 없다는 사실을 확인하게 해주었을 뿐이다. 누구나 하겠다고만 하면 성가대에 들 수 있었다. 어여쁜 여학생들과 조금이라도 더 가깝게 지내고 싶어서 우르르 성가대로 몰려갔던 나와 내 친구들은 베이스라는 게 한 옥타브를 낮춰서 부르는 걸로 알고 있었던 아이들이었다. 성가대 지휘 선생님은 그나마 노래를 조금 하는 애들은 테너로, 영 안 되겠다 싶은 애들은 베이스로 나누었다. 나는 육 년 내내 부동의 베이스였다. 고등학교를 졸업한 뒤에 생각해보니 크리스마스 칸타타나 부활절 칸타타를 할 때면 독창 파트도 나오고 중창 파트도 나오기 마련인데, 함께 육 년간 성가대를 했던 동기들 중에서 그런 걸 해보지 못했던 사람은 나밖에 없었다. 다른 사람들 목소리에 묻히는 합창만 했던 것이다.

육 년이나 성가대를 했던 덕분에 9번 연주를 위한 코러스에 뒷돈을 대고서라도 비집고 들어갔으면 하는 소원도 가져볼 수 있었을 것이다. 하지만 또 육 년이나 성가대를 했던 탓에 그 소원은 소원이라기보다는 그저 공상이나 망상에 불과하다는 것도 뼈저리게 잘 알고 있었다.

어떤 남자애들이 베이스를 하는지 저도 잘 알지요. 육 년간 부동의 베이스였다고요? 저런.

어쨌든 자다가도 벌떡 일어날 정도로 9번을 좋아했다. 정말로 자다가 벌떡 일어나기도 했다. 재수 시절의 어느 날, 독서실에서 침을 흘리며 책상에 엎드려 자고 있었는데 귓가에 9번 4악장이 들려오는 것이었다. 처음에는 꿈인지 현실인지 구분하지 못하고 있다가 조금씩 현실감이 들면서 잠이 싹 달아나버렸다. 라디오 교육방송을 듣는 학생들을 위해 책상마다 이어폰 단자가 설치되어 있었다. 교육방송을 하지 않는 시간에는 가끔 사무실에서 음악을 틀어주기도 했다. 곡이 끝난 후 웬일로 이 긴 곡을 튼 걸까 의아해서 사무실에 갔다. 독서실 아저씨가 허허 웃으며 하시는 말씀.

"넌 그 곡 들으면 자다가도 벌떡 일어난다며? 정말 그런지 한번 들어봤지."

친구들과 컵라면을 먹으면서 했던 잡담이었는데 그걸 기억하고 틀어주시다니. 이제 와서 생각해보면 누가 나를 위해 9번을 들려줬던 유일한 순간이었는데, 그때 나는 잠시 동안 조금만 고마워하고 말았을 뿐이다. 쯧쯧.

생애 처음으로

산 테이프는 바흐의 「브란덴부르크 협주곡」. 성음 레코드사에서 나온 클래식 크롬 테이프 시리즈 중 하나였다. 스테레오에다가 최신 돌비시스템으로 녹음된 그 시리즈의 테이프 커버를 기억한다. 하얀 바탕에 그림이 들어 있는 액자가 인쇄되어 있었다. 노란색의 도이치 그라모폰과 파란색의 데카 레이블. 한 주에 한두 개 정도 샀던가. 하나 둘씩 늘어나는 하얀 테이프들을 책상 위에 가지런히 세워놓고 바라보는 것이 커다란 낙이었다.

나도 성음 테이프 많이 샀는데. 나란히 세워놓으면 참 예뻤죠.

충정로의 입시학원. 쉬는 시간에도 책에 코를 박고 공부하느라 여념이 없던 재수생, 삼수생들 틈에서 나는 모차르트를 들었다. 다른 곳에서는 몰라도 입시학원에서는 모차르트를 들어야 한다. 베토벤을 듣다보면 '이제 죽어라 공부해야지'라고 생각하게 될지도 모른다. 바흐를 듣다보면 '이제 성실하게 공부해야지'라고 생각하게 될 수도 있다. 하지만 모차르트를 듣다보면 이런 생각이 드는 것이었다. '그래, 너희들은 공부해라. 나는 하늘나라에서 노닐고 있으련다.'

그때 샀던 테이프 중에 「피가로의 결혼」도 있었으니, 후에 「쇼생크 탈출」을 보았을 때 학원에서의 아침이 떠올랐다. 교도소 하늘 위로 울려퍼지는 아리아 「저녁 산들바람은 부드럽게」. 이 세상의 것이 아닌 듯한 아름다운 노랫소리에 수인들은 그곳이 감옥이라는 것도 잠시 잊었을 것이다.

수업이 끝나는 오후 시간이면 좁은 문으로 수천 명의 재수생과 수백 명의 삼수생과 장수생들이 한꺼번에 쏟아져 나왔다. 어떤 친구들은 나오자마자 담배를 피워물고 당구장으로 향했다. 또 어떤 친구들은 여자친구를 만나러 종로나 대학로의 카페로 갔다. 당구도 못 치고 여자친구도 없는 친구들은 대부분 단과반이나 독서실로 가서 공부했다. 나는 그들과 다른 방향으로 발걸음을 옮겼다. 주머니에 돈이 조금 있는 날이면 극장에 갔다. 다른 날에는 광화문의 교보문고와 종로2가의 종로서적, 그리고 그 사이에 있는 음악감상실 '르네상스'가 목적지였다.

'르네상스'에 있던 커다란 스피커와 오래된 낡은 소파를 기억한다. 긴 소파에 몸을 파묻고는 자는 건지 음악에 몰입한 건지 눈을 감고 있던 장발의 청년들도 떠오른다. 지휘라도 하듯이 음악에 맞춰 손을 흔들거나 머리를 흔드는 이들도 간혹 있었다. 거기 오는 청년들은 누구나 할 것 없이 세상의 고민을 혼자서 짊어진 듯한 얼굴을 하고 있었다. 패기 넘치고 건실해 보이는 젊은이들은 거의 찾아볼 수 없었다. 또 찾아볼 수 없었던 이들이 있었으니, 예나 지금이나 예쁜 여자들은 참으로 현명하여서 그렇고 그런 군상들이 모여 있는 곳에는 절대로 모습을 보이지 않는 것이다.

그래서 내가 '르네상스' 같은 데엔 안 갔던 거로군요.

서대문에서 광화문 쪽으로 걸어가다보면 자주 불심검문에 걸렸다. 얼굴에 '사회불만세력'이라고 씌어 있기라도 한 것처럼 전경들은 매번 내 앞을 가로막았다. 입시학원 교재가 잔뜩 들어 있는 가방 속을 열어 보이는 것은 유쾌한 일이 아니었다.

수업 중에 학원 안으로 최루탄 연기가 스며들어오기도 했다. 대형 시국사건이 터져서 신문에 전원 구속이니 뭐니 하는 굵은 활자가 여기저기 새겨진 날이면 우리는 집에 가서 이렇게 말했다.

"엄마, 내가 작년에 괜히 대학 갔으면 나도 데모하다가 잡혀갔을 텐데 내가 대학에 떨어진 덕분에 신문에도 나오지 않고 감옥에도 가지 않는 거잖아. 나 효자지?"

종로서적이 문을 닫으면, 영화가 끝나 극장 문을 나서면 하릴없이 밤거리를 돌아다녔다. 나는 혼자 다녔다. 극장으로 가는 길도, 광화문으로 종로로 가는 길도 항상 혼자였다. 이듬해에도 효자가 되고 싶지 않았던 친구들은 나처럼 매일같이 극장이며 서점 같은 데에 간답시고 시내를 쏘다니지 않았다. 가끔 종로 뒷골목에서 마주치기도 했던 진정한 효자 친구들은 술집이나 디스코텍으로 향했다. 나처럼 놀았던 재수생은 주변에 없었다. 밤거리를 쏘다니다가 집으로 돌아오는 길이면 애써 잊고 있었던 불안이 스멀거리며 올라왔다.

매일같이 볼륨을 커다랗게 높인 채 이어폰을 꽂고 다니던 어느 날. 귀가 아파오기 시작했다. 이어폰을 꽂고 플레이 버튼을 누르면 이내 통증이 생겼다. 귀에서 시작된 통증은 두통으로까지 이어졌다.

여러 날 동안 고생하다가 독립문에 있는 이비인후과를 찾았다. 나이 많은 의사는 귀에 염증이 생긴 거라고 말했다. 일주일에 두세 번 병원에 갔는데, 그때마다 의사는 나를 물끄러미 바라보다가 물어보곤 했다.

"코였던가?" "코였지?" "코는 좀 어떤가?"

"귄데요." "귀예요." "귀라니깐요."

코 치료로 유명한 병원이었던 것인지 내 코가 의사의 연구열을 자극했는지 알 수 없는 일이었지만 어느 쪽이든 별로 신뢰가 가지 않아서 통증이 좀 줄어들자 병원에 가지 않았다.

그후에도 이어폰을 꽂으면 통증이 느껴졌다. 볼륨을 작게 해서 들어야 했고 그나마도 오래 들을 수도 없었다. 그러던 중에 설상가상으로 워크맨을 잃어버렸다. 독서실에 놔두고 잠시 바람 쐬러 나갔다 온 사이에 누군가 들고 간 것이었다. 워크맨 안에는 「마술피리」가 들어 있었다. 마지막으로 산 성음 테이프였다. 데카 레이블이었던 것으로 기억한다. 워크맨도 아까웠고, 몇 번 듣지 못한 「마술피리」도 아까웠다. 여름이 지나가고 있었다. 책상 위의 테이프들을 한쪽으로 치웠다. '르네상스'에도, 교보문고나 종로서적에도 발걸음을 끊었다. 계절이 두 번 지나도록 내내 외면했던 수험서들을 꺼내들었다.

그후로는 클래식 음악을 듣지 않고 지냈다. 대학에 가서 보니 의식 있는, 혹은 의식이 있어 보이는 대학생들은 대부분 클래식이 부르주아적인 거라고 여기고들 있었다. 이왕이면 의식 있는 대학생으로 보이고자 했던 나는 나 역시 그렇게 여기는 척했다.

테이프를 사서 듣긴 했다. 레코드가게가 아니라 학교 앞 사회과학서점에서. 테이프 케이스에는 음반회사의 레이블 대신 노래운동 단체의 이름이 붙어 있었다.

입학하자마자 가입했던 클래식기타 서클 '오르페우스'. 클래식기타도 의당 부르주아적이라고 여겨야 하는 줄 알고 한 달 만에 그만두었다. 꽃 피는 봄이 오면, 대학에 가면 기타를 치려고 비싼 수제품 기타도 미리 사두었건만. 폼나게 기타를 들고 다니려고 까만 하드케이스까지 사두었건만. 무엇보다도 '오르페우스'에는 예쁜 여학생들도 참으로 많았건만. 쯧쯧쯧.

해볼 건 다 해보셨네요. 쯧쯧쯧은 무슨.

잃어버린 시간을 찾아서

80년대에 나왔던 학원사의 세계문학전집 시리즈 중 프루스트가 있었다. 지금 봐도 제목 하나만큼은 근사해 보이니 갓 스물에는 얼마나 근사해 보였겠는가. 오직 그 때문에 사 읽었다.

이 책이 내 책장에서 사라진 지 꽤 오래되었다. 누군가 빌려간 뒤 돌려받지 못했다. 예나 지금이나 우리 집에 오는 친구들 중에는 소설에 관심이 있는 친구가 거의 없는데 누가 빌려간 것인지 매우 궁금하다.

학원사 세계문학전집, 낱권으로 팔았죠. 프루스트, 기억나요. 조이스도 있었죠. 포크너도.

K의 독서 이력은 나와 상당히 유사하다. 계몽사나 삼성당의 세계명작전집으로 유년기의 독서가 시작되어서 계림문고와 딱따구리 그레이트 북스를 거친 후에 장르를 불문한 잡다한 책들과 세계문학전집으로 청소년기를 마감하고 사회과학 서적으로 이십대를 보낸 것이다. 삼십대엔? 어떤 책이라도 보거나 또는 아무 책이건 제대로 읽지 않았겠지.

지금 내 책장에는 프루스트의 『잃어버린 시간을 찾아서』 열한 권이 가지런히 꽂혀 있다. 작년에 살까 말까 고민하다가, 인터넷 서점의 마일리지도 제법 쌓였겠다, 요즘 말로 질러버리고 말았다. 표지 디자인이 예쁜 열한 권의 책은 장식용으로도 꽤 훌륭하다. 그런 책은 기회가 있을 때마다 자랑해야 한다.

좋겠다. 저도 살까 말까 고민하다가 결국 사지 않았는데. 근데 다 읽었어요?

삼십대에 어떤 책이건 제대로 읽지 않았던 나는 솔직하게 대답했다.

"그럴 리가요. 앞으로도 안 읽을 것 같은데. 그 책은 구태여 읽지 않아도 꽂아놓고 가끔 쳐다보는 것만으로도 책값이 빠지는 그런 책이죠."

사실대로 말하자면, 쳐다보는 것만으로 책값이 빠지는 것 같진 않다. 정작 내가 책장에 두고 싶었던 책은 화려한 새 전집이 아니라 바스락거리며 책장을 넘기다보면 어느 길모퉁이의 풍경이 되살아날 것 같은 손때 묻은 낡은 책 한 권이다. 한때 마음 저릿하게 읽었던 한 권의 책을 옆에 둔다 해서 새삼 달라질 건 없지만, 다시 읽게 될 것 같지도 않지만, 그래도 그 낡디낡은 것이라도 곁에 두고 싶은 것이다.

저기 크루프스카야의 『레닌의 추억』처럼?

이십 년 전에 『리더스 다이제스트』에서 토스카니니의 9번이야말로 진정한 9번이라는 글을 읽은 적이 있다. 들어보고 싶었지만 당시에는 구할 수 없었다. 성음 시리즈에는 카라얀의 9번만 있었다.

그동안 다운받은 9번 중에는 토스카니니뿐 아니라 푸르트벵글러나 번스타인, 쿠벨리크 등 거장들의 명반이 수두룩하다. 갓 스물 때였다면 눈이 휘둥그레져서 열심히 들었겠지만 테너 솔로만 확인하고는 더 이상 듣지 않았다. 명반이라 한다면 내게는 기억 속의 그 테이프만이 유일한 명반이다.

며칠 사이에 다른 9번 교향곡 몇 개를 더 다운받았다. 그중에도 내가 찾는 것은 없었다. 슬슬 포기하는 쪽으로 조금씩 마음이 기울어진다. 이십여 년 전의 마이너 레이블이라면 그사이에 망했을 수도 있다. 그렇다면 그 음반이 더 이상 나오지 않을 테니 아무리 찾아다녀봤자 구할 수 없다.

찾지 못한다 해도 뭐 어쩌겠는가. 더 이상 필요하지 않을 거라 생각하여 내 손으로 버린 것이 어디 낡은 테이프 하나뿐이던가. 시간이 흐른 뒤에야 그게 아니었다는 걸 깨닫고는 어떻게든 되찾아보려고 애쓰지만 결국 찾지 못했던 것들이, 그리하여 그것이야말로 내 삶에서 가장 아름다운 것이었다고 곱씹게 되는 것들이 어디 옛날 옛적의 9번 교향곡 하나뿐이겠는가.

K에게

기억 속의 9번 교향곡을 찾지 못했다고 말했다. K는 어린 시절에 듣던 테이프들이 아직도 집에 있지만 듣지 않는다고 말했다. 나는 K의 말이 내가 한 말과 다르지 않다고 생각한다. 이제 더 이상

테이프가 닳도록 9번 교향곡을 들을 일은 없는 것이다. K도, 나도.

어쩌죠. 저는 그 테이프 다시 꺼냈는데……

삼풍백화점

정 이 현

1972년 서울에서 태어났다. 2002년 단편 「낭만적 사랑과 사회」로 제1회 『문학과사회』 신인문학상을 수상하며 등단. 소설집 『낭만적 사랑과 사회』 『오늘의 거짓말』, 장편소설 『달콤한 나의 도시』 『너는 모른다』가 있다. 이효석문학상, 현대문학상, 오늘의 젊은 예술가상을 수상했다.

작가를 말한다

가장 세속적인 일상의 풍경 속에서 가장 혁명적인 정치적 에너지를 길어 올리는 것. 우리는 이 패배가 예정된 위험천만한 프로젝트를 끝까지 포기하지 않았던 한 철학자를 떠올린다. "벤야민은 프리랜서 작가로서 라디오와 신문이라는 대중매체에 접근했다. 자본주의 형식을 가지고 이러한 문화장치를 내부로부터 전복할 수 있을까? (……) "

정이현이 명시적으로 선언한 적은 없지만, 나는 이러한 벤야민적 고뇌의 그림자를 정이현의 소설 속에서 감지한다. '문화의 전달자'로서의 소설가의 역할을 정이현은 경쾌하게 수행해왔다. 90년대 소설 중에는 유행의 해일 속에서 소외감과 이물감에 시달리는 여주인공들은 많았지만, 유행의 한복판에서 유행에 탐닉하며 유행 속으로 투신하는 캐릭터들을 찾기는 어려웠다. 나는 정이현의 소설 속에서 백화점과 대형할인마트와 재래시장을 활보하며 일상의 경험과 문학적 관심 사이의 괴리를 극복하고자 분투하는 산책자의 표정을 읽는다. 유희의 세계와 성찰의 세계 사이에 엄숙한 위계를 설정하지 않는 정이현의 분방한 상상력은 분명 그녀의 소설을 밀어가는 역동적 에너지다. 정여울(문학평론가)

1995년 6월 29일 목요일 오후 5시 55분 서초구 서초동 1675-3번지 삼풍백화점이 무너졌다. 한 층이 무너지는 데 걸린 시간은 1초에 지나지 않았다.

그해 봄 나는 많은 것을 가지고 있었다. 비교적 온화한 중도우파의 부모, 슈퍼 싱글 사이즈의 깨끗한 침대, 반투명한 초록색 모토롤라 호출기와 네 개의 핸드백. 주말 저녁에는 증권회사 신입사원인 남자친구와, 실제로 그런 책이 존재하는지는 확인하지 못했지만, 『모범적 이성 교제를 위한 데이트 매뉴얼』에 나오는 방식대로 데이트했다. 성실하고 지루한 데이트였다. 노력하기만 한다면 무엇이든 될 수 있으리라 믿었으므로 당연히, 아무것도 되고 싶지 않았다. 1990년대가 겨우 절반밖에 지나지 않았다는 사실이 끔찍하게 당혹스러웠다. 참 아름다운 한 해였지, 라고 말하려다 생각해보니 마치 아무 전화번호나 눌러 부동산 투자를 권유하는 텔레마케터가 된 것처럼 무책임한 기분이 든다. 그래, 무언가 특별한 1995년이었다고, 그렇게 기억해두기로 하자.

제도 교육의 장에 진입한 것은 1995년으로부터 약 이십여 년 전. 대한민국 유아 교육의 현실에 대해 낙관적인 기대를 품었던 모친은 네 돌이 지나지 않은 딸의 손을 잡고 동네 어린이집을 방문했다. 지역사회에서 가장 명망 높은 곳이었다. 나비 모양의 뿔테 안경을 코끝에 걸친 여자 원장이 내 얼굴을 유심히 들여다보았다. 아직 아기처럼 보이는군요. 엄마는 기분이 상했다. 그런가요? 하지만 보기보단 야무진 아이랍니다. 엄마를 실망시키고 싶지 않아서 나는 조가비처럼 입술을 꼭 다물고 눈동자에 바짝 힘을 집어넣었다. 처음 보는 어른으로부터 스스로를 지키고 싶을 때 지금도 나는 종종 그렇게 한다. 원장은 입학을 허락하면서 다음과 같은 저주를 남겼다. 이제 슬슬 공동생활의 질서를 배워가야 하는 시기이지요. 위대한 공동생활의 질서. 똑같은 꿈에서 깨어나 똑같은 모양의 가방을 메고 똑같은 시간에 등교하여 똑같은 노래와 율동을 배운 다음 똑같은 메뉴의 간식을 먹는 것.

네 살. 지각은 필연적이었다. 왜, 매일매일 타인에 의해 강제로 달콤한 아침잠에서 깨어나야 하는지 나는 절대로 이해할 수 없었다. 받아들일 수도 없었다. 아침마다 엄마는 나를 둘러 업고 골목길을 달려야 했다. 당대의 톱스타 남진을 추앙하던 식모 숙자 언니가 내 엉덩이를 손으로 떠받치며 함께 뛰었다. 담당 교사는 반복되는 지각 사유를 궁금해했다. 그건요, 선생님, 제 잘못이 아니에요. 저는 둥근 해가 뜨면 자리에서 일어나요. 선생님이 가르쳐주셨잖아요. 둥근 해가 떴습니다, 자리에서 일어나서 제일 먼저 이를 닦자, 윗니 아랫니 닦자. 그리고 세수하고 머리 빗고 옷을 입고, 다음 차례인 밥을 먹으려고 했죠. 그런데 아뿔싸, 엄마랑 숙자 언니는 아직도 쿨쿨 자고 있는 게 아니겠어요? 아무도 제 밥을 차려주지 않는 거예요. 선생님도 아시겠지만 저는 아직 네 살, 혼자 힘으로 밥상을 차리기엔 너무 어리잖아요. 그래서 엄마를 깨우고 아침식사가 완성되는 것을 기다려 꼭꼭 씹어 먹고 오느라 늦었답니다. 반찬은 콩자반과 멸치볶음, 그리고 미역국. 전부 제가 좋아하는 것들이에요, 선생님. 상습 지각생의 보호자 자격으로 엄마는 즉각 소환되었다. 억울하기는 했겠지만 그렇다고 딸을 뺑순이로 낙인찍히게 할 수는 없었으므로 엄마는 앞으로는 천지개벽이 난대도 애보다 일찍 일어나 식사 준비를 마치겠다는 약속을 했다고 한다. 입만 열면 신들린 것처럼 술술술 거짓말이 흘러나오던 시기였다.

불행히도 게으름이나 거짓말 같은 사회 부적응자의 징후들을 부모는 별로 심각하게 받아들이지 않았다. 오히려 또래 아이들에 비해 언어 구사력이 뛰어난 편이라는 것을 자랑스러워했을 가능성이 높다. 서른다섯의, 당시로서는 꽤 늦은 나이에 첫아이를 낳았던 부친의 경우가 특히 그랬는데 일찍이 그는 돌상을 짚고 겨우 일어서는 딸내미를 올림픽 마라톤 우승자에 비유하여 칭찬함으로써 돌잔치에 참석한 일가친척들을 기함시킨 전력이 있었다. 미취학 시절, 손님이 방문했을 때면 아빠는 나를 마루로 불러내어 큰 소리로 신문을 읽게 했다. 아니, 이렇게 빨리 한글을 깨쳤단 말인가요? 손님이 예의상 놀라는 척하면 그는 겸손하게 반문했다. 아, 요즘 아이들 다 이렇지 않은가요? 나는 '어쩌면 신동'답게 입을 가리고 호호 웃었다. 손님이 지금 몇 시냐고 물어올까봐 가슴이 몹시 두근거렸다. 나는 한문을 제외한 조간신문의 사설을 또랑또랑하게 읽을 줄은 알았지만, 시계는 보지 못하는 어린이였던 것이다. 숫자가 개입되면, 철분결핍성 빈혈환자처럼 갑자기 어지러워지고 세상이 빙글빙글 돌았다. 1 다음에 왜 5나 8이 아니라 2가 와야 하는지 아무래도 불가해하기만 했다. 왼손과 오른손 역시 오랫동안 구별하지 못했으나, 그 문제는, 여덟 살, 유리문에 왼쪽 팔목을 베이면서 자연스럽게 해결되었다.

손톱만큼만 옆으로 비켜 찔렸으면 동맥을 건드렸을 텐데, 운이 참 좋은 아이네요. 산부인과에서부터 내과, 소아과, 이비인후과, 정형외과에 이르기까지 일당백으로 진료하던 동네 의원의 의사가 벌어진 피부를 얼기설기 꿰매주었다. 왼쪽 팔에는 세로 방향의 길고 거친 흉터가 남았다. 여자애 몸에 저걸 어쩌니. 엄마는 울었지만 나는 하늘을 날듯 기뻤다. 모두 왼손을 드세요, 라는 말에 더 이상 쭈뼛거리며 옆의 아이를 훔쳐볼 필요가 없다니. 이제 흉터가 있는 팔을 번쩍 들기만 하면 되는 것이다! 훗날, 친구 S의 애인이던 남자가 전국의 성형외과 전문의를 대표하여 분노를 사그라트리지 못했을 만큼 서툰 바느질 자국이었지만, 이상하기도 하지, 단 한번도 나는 그 상처를 부끄러워하지 않았다. 심심하기 그지없던 1990년대의 어느 날엔가는 줄자로 재어보기도 했는데 상처의 총 길이는 팔 센티미터에 달했다. 당시 유행하던 통굽 구두의 높이와 비슷했다. 길에서 그만한 구두를 신고 가는 여자와 마주칠 때면 엷은 친근감과 예기치 못한 슬픔이 한꺼번에 밀려왔다.

1995년 6월 29일 숨이 턱턱 막히도록 더운 날씨였다. 오후 5시 3분, 나는 삼풍백화점 정문에 들어섰다. 죄송합니다, 손님, 백화점 전체의 에어컨이 고장입니다. 내일까지는 꼭 수리할 거예요. 엘리베이터 걸이 상냥한 미소를 띠며 말했다.

'myself'라는 피시통신 아이디, 대학 재학생이거나 휴학생이거나 졸업생인 스물네 명의 친구들, 서태지의 1, 2, 3집 앨범과 르모쓰리 기종의 워드프로세서를 그해 봄 나는 가지고 있었다. 책상 서랍 속에는 민병철과 정철, 파고다어학원의 직인이 찍힌 중구난방의 수강증들이 굴러다녔다. 1990년대 초반, 성북구의 캠퍼스보다는 확실히 강남역 인근의 영어회화 학원에서 보낸 시간이 많았었다. 시간이 절대적인 것이 아니라 상대적인 것이라면 더욱 그렇다. 나는, 나를 위해 샐리라는 닉네임을 지었다. 회화반의 클래스메이트들은 「해리가 샐리를 만났을 때」라는 영화에서 따왔느냐고 물었지만 사실은 '요술공주 새리'의 변형이었다. 본명으로 불리지 않을 수만 있다면 새리, 캔디, 이라이자, 하다못해 삐삐라고 해도 아무 상관없다는 심정이었다. 바야흐로 서태지가 된, 정현철의 시대였으므로.

제도 교육 과정으로부터 밀려난 것은 1995년. 서태지와 동갑이라는 사실은 그때나 지금이나 나에게 자긍심과 열패감을 동시에 선사한다. 1992년 3월에는 「난 알아요」가, 1994년 8월에는 「발해를 꿈꾸며」가 발표되었다. 진정 나에겐 단 한 가지 내가 소망하는 게 있어 갈려진 땅의 친구들을 언제쯤 볼 수 있을까 망설일 시간에 우리를 잃어요. 문득 정신을 차려보니 대학에서의 마지막 가을이 깊어가고 있었다. 이제 우리도 본격적으로 늙은 여자가 돼가고 있구나. 친구 S가 한숨을 몰아쉬었다. 나는 아까부터 반짝거리는 S의 입술만 쳐다보고 있었다. 그녀가 바른 립스틱의 브랜드가 궁금했다. 취업과 남자친구를 양손에 거머쥔 아이는 금메달감이지만 아무것도 이루지 못한 아이는 목매달감이라는군. 다른 친구 W가 으스스한 농담을 했다. W의 분류법에 의하면, 사학년 2학기가 시작되는 것과 동시에 굴지의 투자금융회사에서 인턴사원으로 일하고 있는데다, 국립대생 남자친구를 가진 W 자신은 월계관을 쓴 금메달리스트였다. 밤이면 잠이 오지 않았다. 직업을 기입하는 곳에 망설임 없이 '학생'이라고 써온 세월이 이십 년에 가까웠다. 고등학교를 졸업하면 대학생이 되거나 재수학원의 학생이 되는 방법

말고 다른 길이 있다고는 생각해보지 못했다. 대학 졸업도 다를 바 없었다. 피시통신의 게시판을 샅샅이 뒤져 서울 시내에서 증명사진을 가장 잘 찍는다는 사진관을 찾아냈다. 온순하고 건실하며 서글서글해 보이도록, 카메라 앞에서 나는 위스키, 하고 웃었다. 얼마 전 국적 항공기의 여승무원 시험에 합격한 과 동기가 알려준 방법이었다. 치아를 반쯤 드러낸 채 입꼬리를 치켜올리고 있는 이력서 속의 나를, 내가 아니라고 우기기는 어려웠다.

열 통이 넘는 자기소개서는 르모쓰리로 작성했다. 저는 단단한 사람입니다. 벽돌회사에 제출하는 자기소개서는 그렇게 시작했다. 문구회사의 자기소개서에는, 제 옆에는 지금 귀사의 볼펜 한 자루가 놓여 있습니다, 회사를 위해 잉크를 다 바쳐 제 몸을 헌신하는 볼펜 같은 사람이 되겠습니다, 라고 적어 넣었다. 도무지 뭘 하는 곳인지 파악이 안 되는 회사를 위해서는 할 수 없이 이렇게 썼다. 저는 자애로우신 부모님 아래 태어나 평범한 환경에서 성장하였습니다. 제 젊은 날의 꿈과 열정을 이곳에서 불태우고 싶습니다. 부디 기회를 주십시오. 한 군데에서 호출이 왔다. 영화사였다. 그곳에다가는 뭐라고 쓴 자기소개서를 보냈는지 기억나지 않았다. 면접을 보러 가서야 내가 왜 서류 전형을 통과했는지 알게 되었다.

영화사는 엘리베이터가 없는 오층 건물의 꼭대기에 있었다. 동네 복덕방처럼 낡은 가죽 소파와 철제 캐비닛, 싸구려 사무용 책상들이 다닥다닥 붙어 있는 사무실을 지나니 대책 없이 호화스러운 사장실이 나왔다. 사장은 작고 여윈 사십대 남자였다. 그가 내 얼굴을 빤히 들여다보았다. 눈 밑에 점이 있네요? 그거 빼야 시집가는데. 아, 예. 만약 결혼과 직장 중 뭘 선택하겠느냐는 질문을 받는다면 현대 여성에게 결혼과 직업은 택일의 문제가 아니라고 생각합니다, 라고 대답하리라 결의를 다졌지만 그런 질문은 나오지 않았다. 영어 능통이라고 되어 있네요? 아, 예. 영어 실력 '상 · 중 · 하' 가운데 아무 데나 동그라미를 쳐야 한다면 누구라도 '상'을 택했을 것이다. 어쨌거나 나는 파고다어학원 인텐시브 코스의 수료자였던 것이다. 그런데 말이야. 사장이 갑자기 반말을 했다. 자기, 글은 좀 써? 글을 좀 쓴다는 것이 의미하는 바가 얼른 와 닿지 않았다. 나는 멍청한 표정을 지었다. 아, 답답해. 어렸을 때 백일장 같은 데 나가고 그래본 적 있느냔 말이야. 영어와 문장력. 우리는 이 두 가지 재능을 겸비한 사람을 찾고 있거든. 저, 고등학교 때 문예반에 들긴 했었는데, 시를 써서 상을 탄 적도 있긴 하고요. 거기까지 말하자 어쩐지 스스로가 매우 구차하게 느껴졌다.

사장이 못 미덥다는 눈빛을 감추지 않으며 다시 질문했다. 좋아, 그럼 가장 감명 깊게 본 에로물이 뭐지? 예에? 에로물 몰라? 남녀상열지사! 아, 네, 저기…… 「나인 하프 위크」하고 「레드 슈 다이어리」요. 사장의 입가에 미소가 번졌다. 오호, 나름대로 계통이 있군. 그는 내가 입사해서 맡을 임무에 대해 장황히 설명함으로써, 나를 채용하고 싶다는 의사를 비쳤다. 떡영화라고 들어봤지? 떡으로 시작하는 세 음절의 단어라곤, 떡볶이와 떡라면밖에 몰랐지만 나는 감히 고개를 젓지 못했다. 궁극적으로 우리 회사가 지향하는 건 제3세계의 숨겨진 아트무비를 들여와 한국 관객 앞에 소개하는 거야. 지금은 때를 기다리고 있지만 곧 아트무비 전용관도 열 거고. 그러려면 우선 뭐가 제일 급하겠어? 그렇지, 안정된 자금력. 사회생활이라는 게 나 하고 싶은 것만 하고 살 수는 없는 거거든. 꿈을 이루기 위해 움츠려야 할 때도 있는 법이지. 일개 구직자에게 에로물 수입업자로서의 소회를 비장하게 토로한 끝에 사장은, 나의 할 일이 극장에 걸리지 않고 바로 비디오로 출시되는 수입 영화들—주로 18금 에로물—의 일차 번역본을 감수하고 매끄럽게 윤색하는 것이라는 사실을 알려주었다. 신음이 태반이니까 별로 어렵지는 않을 거야. 다음주부터 출근할 수 있지? 엉, 왜 대답이 없어? 저기, 생각할 시간을 좀. 사장의 눈이 휘둥그레졌다. 주눅이 잔뜩 든 내 목소리를 그는 백작의 프러포즈를 거절하는 시골 처녀의 그것으로 받아들였다. 쯧쯧, 아직 어리군. 배가 덜 고프거나. 경리 사원이 챙겨주는 흰 봉투를 얼떨결에 받아 들고 영화사를 나섰다. 겉면에 면접비라는 굵은 글씨가 씌어 있었다. 안에는 빳빳한 만 원권 두 장이 들어 있었다. 원래 이런 건가. 면접이란 걸 처음 봤으니 알 턱이 없었지만, 놀라웠다. 오층 계단을 걸어서 내려오는 동안 이렇게 훌륭하고 양심적인 직장에서 일할 기회를 내 발로 걷어차버린 데 대한 후회가 밀려들었다. 그때나 지금이나 나는 전형적인 조변석개형 인간이다.

Q브랜드의 매장은 숙녀복 매장 오른쪽 끄트머리에 위치해 있다. Q매장

앞을 스쳐 지났지만 R은 보이지 않았다. 분홍색 유니폼을 입은 다른 직원만 한가로이 계산기를 두드리고 있었다. R은 간식을 먹으러 갔을지도 몰랐다. R은 삶은 계란 반 개를 넣은 매콤한 쫄면을 좋아했다. 백화점 직원식당의 간식용 쫄면에는 언제나 계란이 빠져 있다고 투덜거리곤 했다.

새로운 친구.
그해 봄 내가 가졌던 그녀에 대하여, 아무도 몰랐다.

R과 나는 Z여자고등학교의 동창생이었다. 학교에 다니는 동안 이야기를 나누어본 적은 거의 없었다. 특별한 까닭은 없었다. R은 있는지 없는지 모르게 조용한 아이였다. 우리는 일학년 때 한 반이었지만, 가까운 번호도 아니었고, 키나 성적이 비슷하지도 않았고, 친한 친구들도 전혀 겹치지 않았고, 등하굣길도 달랐다. 한강 북단에 위치한 Z여자고등학교에서는 전교생의 삼십 퍼센트에 달하는 강남 거주 학생들을 위해 다섯 대의 스쿨버스를 운행했다. 8학군에 전입한 지 만 삼십 개월이 되지 않아 부득이하게 다른 학군에 배정받았다는 사실을 학부모들은 받아들일 수 없어했고, 단체 전학 움직임이 일었고, 이를 무마하기 위해 학교 측에서는 최선의 성의를 보여야 했다. 안전한 등하교는 저희가 책임지겠습니다. 올 때보다 갈 때가 더 문제 아니겠습니까. 엉뚱한 데 새지 못하도록 집 앞까지 확실히. 야간자습이 끝나자마자 스쿨버스를 놓치지 않기 위해 나는 부리나케 달려야 했다. 나중에야 알게 되었지만 R의 집

은 학교 후문에서 스무 발짝 떨어진 곳이었다. R과 나는 눈이 마주친 순간 서로를 알아보았다. 1995년 2월이었다.

대학 졸업식까지 일주일 남짓 남은 어느 날이었다. 친구 S에게서 전화가 왔다. 큰일 났어, 우리 회사 무조건 정장이래. W네 회사는 금융권이라 유니폼 입는다는데, 옷값 안 들고 좋겠지? 대답할 말이 마땅치 않았다. 글쎄, 뭐, 다 똑같은 옷 입는 것보다는 그래도 자유복이 나을 거 같다. 그래, 그렇긴 하겠지? 참, 넌 졸업식날 뭐 입을 거야? 글쎄, 뭐, 어차피 검은 가운으로 다 가릴 텐데 무슨 옷 입었는지 보이겠냐. 아우 야, 그래도 그런 게 아니지. 우리 옷 사러 가자. 내가 삼풍으로 갈게. S를 만나기로 한 백화점은 우리 집에서 오 분 거리였다. 아파트 단지를 천천히 걷는 내내 나는 코트 주머니 속의 삐삐를 만지작거렸다. 진동은 느껴지지 않았다. 그때 나는 화장품 전문 잡지사와 맞춤형 부엌가구 회사의 최종 연락을 기다리는 중이었다. 면접비를 찔러주는 회사는 아무 데도 없었기 때문에 먼젓번의 영화사가 새삼 그리워졌다. 맥주 몇 잔에 취한 며칠 전 밤에, 헤어진 첫사랑 대신 영화사 사무실에 전화를 걸어보았는데 오 분 동안 신호음만 울렸었다. 야근도 하지 않는, 아주 좋은 회사임에 틀림없었다. 이렇게 일주일이 지나면 내가 무소속의 인간이 된다는 게 믿기지 않았다.

S는 여성복 매장의 마네킹이 걸친 모든 옷들을 입어보고 싶어했다. U브랜드의 벨벳 원피스는 통통한 편인 S에게 어울리지 않았지만 S는 기어이 그것을 샀다. 정장 바지는 Q가 예쁘더라. 우리는

Q매장으로 갔다. 거기, 분홍색 유니폼을 입은 R이 있었다. 어머, 안녕? R이 먼저 나에게 인사했다. 어, 그래, 안녕? 내가 대답했다. 우리가 나눈 첫 대화였다. 나, 여기서 일해. 말하지 않아도 이미 알고 있는 것을 R은 굳이 말했다. 그렇구나, 몰랐어. 나 여기 자주 지나다니는데. 응, 명동 롯데에서 옮긴 지 얼마 안 됐거든. 꽤나 어색했다. S가 눈빛으로 누구냐고 물어왔지만 못 본 척했다. 마땅히 설명할 말도 없었거니와, 고등학교 때 같은 학교를 다녔던 애야, 피차 얼굴만 아는 사이라고 할 수 있지, 그렇게 귓속말을 해줄 수도 없는 노릇이었다. S는 카키색 정장 바지를 골라 들고 탈의실로 들어갔다. 다른 손님은 없었다. R과 나 둘뿐이었다. 멋쩍어서 나는 좀 웃었다. R이 말했다. 넌 하나도 안 변했구나. 웃는 모습이 똑같이 예쁘다. 내가 웃는 것을 R이 전에 본 적이 있었던가. 나는 날 때부터 도시인이었다. 상대방에게 칭찬을 들으면 칭찬으로 대응해주어야 한다고 배워왔다. 그래서 말했다. 너는 예전보다 훨씬 더 예뻐졌는걸. R이 쑥스럽게 미소 지었다. 학교 다닐 때 내가 좀 뚱뚱하긴 했었지. 그러고 보니 살이 많이 빠진 것 같았다. 우리는 다시 침묵 속에 놓였다. 이상하다, 바지 디자인이 변했나봐. 나 너무 짧아 보이지 않아? S는 전신거울 앞에서 이리저리 옷태를 보았다. 아니에요, 손님. 잘 어울려요. 기장이 길어서 그런가, 잘 모르겠네. S는 거울 속의 자신이 영 마음에 들지 않는 눈치였다. 기장을 한번 잡아봐드릴게요. 바짓단을 잡기 위해 R이 S의 발치에 무릎을 꿇었다. 돌돌 말아 올려 검은색 망사 그물 속에 집어넣은 R의 머리 묶음.

목덜미에 잔 머리칼들이 몇 가닥 흩어져 있었다.

S는 결국 그 바지를 사지 않았다. 나 갈게, 오늘 반가웠어. 그래, 오늘 쇼핑 잘하고 담에 여기 지나갈 때 꼭 놀러와. 그래 다음에 만나자. 저기, 잠깐만. 뒤돌아서는 나를 R이 불러 세웠다. 삐삐번호 하나 적어줘. 세일 정보 있으면 미리 알려줄게. 예의상 나도 R의 번호를 물었다. 015로 시작하는 삐삐번호와, 5로 시작하는 매장 전화번호를 R은 삼풍백화점의 동글동글한 마크가 찍힌 메모지에 적어주었다. 일주일이 흘렀지만 화장품 전문 잡지사와 맞춤형 부엌가구 회사에서는 연락이 오지 않았다. 졸업식날에는 학교에 가지 않았다. 겨울방학은 길었지만 방학이 아닌 첫날은 또 다른 기분이었다. 아주 어린 시절 잠깐 '어쩌면 영재'로 오인 받았으나 지금은 대졸 실업자가 된 장녀에 대하여 부모는 복합적인 감정이 들었겠지만, 채근하지는 않았다. 그들은 딸의 월급을 생계에 보탤 필요가 없을 만큼의 경제력은 가지고 있었다. 졸업식에 초대해 학사모를 씌워주며 사진을 박는 대신 나는 맞선 제안을 묵묵히 수락함으로써 최악의 불효를 면할 수 있었다.

미국에서 치과대학에 다니는 남자는 신붓감을 찾으러 귀국했다고 했다. 그는 자신의 전공이 손상된 치아의 복원이라고 소개했다. 길을 걷다 말고 그는 십층 높이의 건물을 가리켰다. 하루에 환자 세 명만 받으면 저런 빌딩은 금방 올릴 수 있어요. 그런 말을 진심을 담아 하는 사람을, 텔레비전 드라마 안에서가 아니라 직접 본 것은 처음이었다. 그는 나의 경멸을 산 동시에 엄마를 솔깃하게 했다. 엄마 미쳤어? 말도 통하지 않는 곳에 가서 어떻게 살라는 거야? 너 계속 영어학원 다녔잖아. 기껏 비싼 돈 처들여 학원 보내줬더니 말이 왜 안 통해? 아무튼 안 돼. 난 절대 다른 나라에서는 못 살아. 왜? 왜냐면 나는 고급 한국어를 구사하는 사람이니까. 그제야 내가 떠나기 위해서가 아니라 남아 있기 위해서 영어 공부를 해왔다는 걸 알게 되었다. 삼월이 코앞이었다.

아침에 눈을 뜨면 정오가 훌쩍 지나 있었다. 나는 가죽 배낭을 메고 집을 나서 서초동의 국립중앙도서관으로 갔다. 도서관 입구에서는 주민등록증이 아니라 학생증을 내보였다. 출입증을 나누어 주는 아저씨는, 학생증의 유효 기간 같은 것에는 관심이 없어 보였다. 정기간행물실에는 국내에서 발행되는 엔간한 잡지가 죄다 구비되어 있었다. 『행복이 가득한 집』과 『워킹우먼』, 이름도 모르는 문예지들을 번갈아 읽다보면 머릿속이 먹먹해지는 것 같았다. 감자와 당근으로만 이루어진 도서관 식당의 멀건 카레라이스는 딱 한 번 시도하고 말았다. 늦은 점심으로는 김치사발면을 먹거나 포카리스웨트를 뽑아 마셨다. 겨울 코트를 벗지 않았으니 아직 봄이 온 것은 아니었다. 그렇게 닷새째 되던 날이었다. 구내 매점에서 사발면에 뜨거운 물을 붓고, 나무젓가락을 반으로 쪼개는 데 불현듯 등줄기가 서늘해졌다. 도서관은 너무 추웠다. 사발면을 그대로 쓰레기통에 넣고 나는 도서관을 나왔다. 마을버스를 타고 삼풍백화점으로 갔다.

백화점 오층의 비빔냉면은 기가 막히게 맛있었다. 시뻘건 면발

속에 겨자를 듬뿍 넣어 휘휘 섞었다. 매워서 눈물이 찔끔 났다. 육수를 마시다가는 입천장을 데었다. 오층에서 에스컬레이터를 타고 한 층씩 아래로 내려갔다. 사층의 스포츠용품, 삼층의 남성복, 이층의 여성복 매장을 꼼꼼히 구경했다. 무료한 시간을 짜릿하게 보내기에 역시 백화점만큼 좋은 공간은 없었다. 이층의 오른쪽 모퉁이 매장에서 손님을 응대하고 있는 R의 모습이 보였다. 66사이즈까지밖에 나오지 않는 Q브랜드와 어울리지 않아 뵈는, 덩치 큰 중년 여자를 앞에 두고 R은 친절히 웃고 있었다. 나는 매장 안으로 들어가 R의 어깨를 툭 치려다 발길을 돌렸다. 일층에서는 화장품 진열대의 아이섀도 신제품을 테스트했고, 헵번 스타일의 알 굵은 선글라스를 만지작대다 내려놓았다. 지하 일층의 팬시점에 들어가 아기곰 푸의 캐릭터가 그려진 빨간색 헝겊 필통을 샀다. 그 옆의 서점에 서서, 지금은 내용도 잊어버린 문학상 수상 작품집을 처음부터 끝까지 읽었다. 한참 뒤에 고개를 들었는데도 시간이 얼마나 흘렀는지 알 수 없었다. 그때나 지금이나 백화점 안에는 시계가 없으니까. 뱃속에서 꼬르륵 소리가 났다. R이 준 메모지를 찾느라 배낭을 뒤집어엎었다. 파리의 거리처럼 멋 부려 만들어놓은 백화점 일층 로비의 공중전화 부스 속에 들어가 이층의 R에게 전화를 걸었다. 응, 너구나. R은 내 이름을 정확하게 댔다. 두 시간만 기다려봐. 서두르면 여덟시엔 나갈 수 있어. 그 1995년이 한참 흘러간 뒤에, 나는 가끔씩 궁금해지곤 했다. 그때 R은 왜 내 전화를 그렇게 담담하게 받았던 걸까. 내가 먼저 연락해올 줄 예상했던 걸까.

아니면 R에게도 그때, 자신에 대해 아무것도 모르는 새로운 친구가 필요했던 걸까.

여덟시가 넘자, 옥외주차장 쪽으로 한 무더기의 여자들이 쏟아져 나왔다. 유니폼이 아닌 평상복 차림의 그녀들은 어둠 속에서도 뽀얗고 생기발랄해 보였다. R이 먼저 내 어깨를 툭 쳤다. 오래 기다렸어? 청바지와 모자 달린 점퍼를 입은 R은 고등학교 때와 똑같았다. 배고프다, 가자. R이 너무나 자연스럽게 내 팔짱을 꼈다. 우리는 고속터미널 방향으로 걸어 내려갔다. 칼국수집에 들어가 주문을 하고 나서야 점심으로도 면을 먹었다는 게 생각났다. 어머, 나도 면이라면 환장하는데 너도 그렇구나. 그래도 밀가루는 한 끼씩 건너뛰며 먹어야 해. 안 그랬다간 나처럼 속 다 버린다. 이쪽 일하는 사람들은 불규칙하게 먹으니까 다들 속이 안 좋아. 나는 단무지를 씹으며 물었다. 백화점 일을 오래 했나봐? 스무 살에 시작했으니까 올해가 오 년짼가. 고등학교를 졸업한 뒤에 바람결에라도 R의 소식을 들은 적이 없었으니 R이 대학을 가지 않았다는 것도 당연히 몰랐다. 그렇구나, 일은 재밌어? 그냥저냥, 먹고사는 게 다 그렇지 뭐. 유통 일은 마약 같다고들 해. 너무 힘들어서 관두겠다고 입버릇처럼 떠들고 다녀도 또 이 언저리를 못 벗어나거든. 칼국수가 나왔다. 김이 무럭무럭 나는 칼국수를 우리는 묵묵히 먹었다. R은 나더러 무슨 일을 하느냐고 묻지 않았다. 학교를 졸업했느냐고도 묻지 않았다. 식당에서 나갈 때 R이 계산서를 들었다. 나는 얼른 지갑에서 천 원짜리 넉 장을 꺼냈다. 내 몫의 칼국수 값이었다.

동전 하나까지 정확히 나누는 더치페이가 1990년대 초반 여대생들의 일반적인 계산법이었다. R은 한사코 그것을 뿌리쳤다. 할 수 없이 나는 천 원짜리 넉 장을 도로 집어넣었다. 그럼 내가 커피 살게. R이 다시 내 팔짱을 꼈다. 나는 카페 가는 거 솔직히 너무 돈 아깝더라, 차라리 우리 집 갈래? 요 앞에서 버스 한 번만 타면 되는데.

우리는 Z여자고등학교 앞 정류장에서 버스를 내렸다. R을 따라 미로처럼 어둠침침한 골목길을 헤치고 들어가니 낯익은 Z여고 후문 담벼락이 보였다. 지름길로 온 거야. 삼 년 동안 다니고도 모르는 길이었다. 우리 집 학교랑 되게 가깝지? 나는 고개를 끄덕였다. 아마 내가 전교에서 제일 빨리 등교하는 학생이었을걸. 텅 빈 교실에 앉아 있으면 그제야 해가 뜰 때도 있었어. R이 수줍게 웃었다. R의 집으로 가기 위해선 대문을 들어서서, 안채 옆으로 길게 뻗은 시멘트 계단을 올라야 했다. 어두웠고, 층계의 한 칸 사이가 멀어서 좀 힘들었다. R이 마루의 전등 스위치를 올렸다. 실내는 단출했지만 창 너머 내려다보이는 서울의 불빛들은 근사했다. 와아아, 야경 끝내준다아. 나는 조금은 과장된 감탄사를 뱉었다. 이래봬도 여기가 남산이잖아. R은 쑥스러운 듯 덧붙였다. 네가 좋아할 줄 알았어. 앉은뱅이탁자에는 보라색 천이 덮여 있었다. R이 탁자를 창가 옆으로 끌어다 놓았다. 달착지근한 커피가 부드럽게 혀에 감겼다.

R이 돌아오기 전에 나는 에스컬레이터를 타고 지하 일층으로 내려갔다. 삼풍백화점의 구조라면 눈 감고도 다닐 수 있을 만큼 훤했다. 팬시 코너로

가, 하드커버의 일기장을 골랐다. 물방울무늬와 얼룩말무늬 표지 중에 갈등하다가 마지막 순간에 얼룩말무늬로 결정했다. 숨쉬기가 힘들 만큼 후텁지근했다. 유니폼을 입은 판매원들 서넛이 계산대 근처에 모여 웅성거리고 있었다. 들었어? 아까 오층 냉면집 천장 상판이 주저앉았대. 웬일이니, 설마 오늘 여기 무너지는 거 아니야? 오늘은 죽어도 안 돼! 나, 새로 산 바지 입고 왔단 말이야. 그녀들이 까르르 웃었다. 그것은 정말로 까르르 소리가 나는 웃음이었다. 손님, 사천구백 원입니다. 나는 백 원짜리 동전을 손에 쥐고 그곳을 떠났다.

그해 이른 봄, 나는 새 친구와 급속도로 친해졌다. 스물네 명의 친구들은 모두 바쁜 모양인지 내 초록색 모토롤라 호출기는 여간해서 울리지 않았다. 나 역시 R 말고 다른 친구들에게는 먼저 연락하지 않았다. 삼월의 볕은 여전히 짧았다. 나는 국립중앙도서관의 열람실에서 하루에 한 통씩 이력서를 썼다. 입꼬리를 치켜올리고 찍은 증명사진이 모자랐다. 서울 시내에서 사진을 가장 잘 찍는다는 사진관에서 찍어준 원본 필름을, 삼풍백화점 안의 즉석사진관에 맡겨 열 장 더 인화해야 했다.

도서관에서 하루 종일 뭘 해? R이 물었다. 그냥 책 읽고 공부도 하고, 그러지. R이 눈을 둥그렇게 떴다. 넌 안 지겹니. 무슨 공부를 자꾸 해? 미안하지만 지겨울 정도로 공부를 해본 적은 단 한번도 없었기 때문에 양심에 좀 찔렸다. 낮에 가 있을 데 없으면 우리 집 열쇠 줄까? 지금껏 그런 방식으로 말했던 친구는 없었다. 나는 그냥 웃었다. 어차피 비어 있으니까 라면도 끓여 먹고 책도 읽고 편하게 있어도 돼. 너 먹은 설거지만 해둬. 집을 대여해주는 계약 조건치고는 참으로 소박했다. R이 은색 열쇠를 꺼내는 순간 형언할 수 없는 부담감이 느껴졌다. 나는 마구 고개를 흔들었다. 아냐, 괜찮아. 너도 없는 네 집에서 나 혼자 뭘 하니. 그래도 받아, 혹시 또 모르잖아. 내가 자다가 심장마비로 죽으면 네가 이 열쇠로 따고 들어와서 나를 발견해줘. 야, 끔찍하게 왜 그런 말을 해? 그럼 목욕탕 바닥에 미끄러져 넘어져 있으면 구해줘, 알았지? 알았어, 그래도 119 부르기 전에 먼저 옷은 입혀줄게. 으하하, 꼭 그래줘야 돼. R의 손바닥에서 내 손바닥으로 넘어온 열쇠는 작고 불완전해 보였다.

그 열쇠를, 열쇠 구멍에 밀어 넣고 나 혼자 R의 집에 들어간 기억은 없다. 도서관이 문을 닫으면 나는 삼풍백화점으로 갔다. 대개는 마을버스를 탔고 기온이 좀 올라간 날이면 걸었다. 어떤 날엔 도서관 오른쪽으로 방향을 잡아 서초역 사거리의 향나무를 지났고, 또 어떤 날엔 도서관에서 길을 건너 강남성모병원을 가로질렀다. R을 기다리는 두어 시간 남짓은 금세 흘렀다. 책을 보거나, 음반을 고르거나, 옷을 구경하거나, 아이스크림을 먹거나, 나는 그곳에서 무엇이든 다 했다. 백화점은 원래 그런 곳이다. 그러다 심심해지면 Q매장으로 가서 R을 거들었다. 탈의실에서 옷을 입고 나온 고객들은 판매원인 R의 말보다, 같은 손님처럼 보이는 나의 코멘트를 더 신뢰했다. 솔직히 언니한테는 무채색 계통보다 파스텔 계열이 훨씬 잘 어울려요. 지금 입으신 회색 재킷 말고 아까 그 연

두색 바바리가 열 배는 더 예뻤어요. 좀 비싸도 나 같으면 당연히 그걸 살 거예요. 손님이 한 팔 가득 파란색 쇼핑백을 끼고 나간 다음에 R과 나는 마주 보고 찡긋 웃었다. 내가 보기에 너는 이쪽으로 비상한 재능이 있는 것 같아. R이 나를 칭찬했다. 네 백으로 나 좀 취직시켜달라니까. 나는 킥킥거렸다.

폐장 시간이 다가올수록 손님이 줄어들었다. 폐장 시간이 되면 스피커에서 「석별의 정」이 흘러나왔다. 빠르고 경쾌하게 편곡된 「석별의 정」은 매일 들어도 귀에 설었다. 오랫동안 사귀었던 정든 내 친구여 작별이란 웬 말인가 가야만 하는가 어디 간들 잊으리오 두터운 우리 정 다시 만날 그날 위해 노래를 부르자. 가사를 빠르게 흥얼거리면서 나는 먼저 백화점 바깥으로 나와, 청바지로 갈아입고 나올 R을 기다렸다. 밥은 R과 내가 번갈아 샀다. 네가 무슨 돈이 있다고? R은 만류했지만 타인에게 일방적으로 얻어먹는다는 것은 상상해본 적도 없었다. 사실 내 재정 상태는 나쁘지 않았다. 피자나 패밀리레스토랑의 스테이크라면 몰라도, 쫄면이나 김밥 같은 메뉴는 매일이라도 살 수 있었다. 아직도 집에서 용돈을 받는다는 사실을 R에게 말하지 않았다.

밥을 먹은 다음에는 R의 집에 가서 같이 비디오를 보거나 맥주를 마셨다. 안주는 땅콩이나 양파링이었다. R은 오징어 맛이 나는 과자는 절대로 사지 않았다. 마른 오징어구이도 먹지 않았다. 온몸이 뒤틀린 채 가스 불 위에서 타들어가는 오징어의 모습을 차마 눈뜨고 볼 수 없다고 했다. 안 보면 되잖아, 내가 구울게. 그렇게 말해보았지만 R은 들은 체도 하지 않았다. 깊은 바다 속에 살던 오징어가 육지로 끌려 나와, 몇 날 며칠 동안 땡볕 아래 바짝 말려진 걸로도 모자라, 뜨거운 불에 구워지는 건 너무 잔인하지 않니? 듣고 보니 그럴듯했다. 오징어를 마요네즈에 푹 찍어 어금니로 잘근잘근 씹고 싶다는 욕망이 사라졌다. 늘 양파링보다 맥주가 먼저 떨어졌다. 맥주가 떨어지면 나는 자리에서 일어났다. 버스정류장까지 R이 따라 나와주었다. 며칠이 다르게 밤공기가 훈훈해져가고 있었다. 남산 순환도로의 개나리들이 하나 둘 망울을 터트리는 중이었다. 가로등 불빛에 어룽거려서 개나리 빛이 얼마큼 샛노란지 알아볼 수 없었다. 개나리가 아니라 진달래였는지도 모른다. 그러고 보니 대낮의 햇빛 아래서 R의 얼굴을 본 적이 없다.

물어봤으면 대답해주었겠지만, R에게 왜 혼자 사느냐고 묻지는 않았다. 내 기준에서는 그것이 예의라고 생각했기 때문이다. 혹시라도 R은 그걸 섭섭하게 느꼈을 수도 있겠다. 마음과 마음 사이 알맞은 거리를 측정하는 일은 그때나 지금이나 내겐 몹시 어렵기만 하다. 책꽂이에 꽂혀 있던 시집들에 대해서도 궁금했지만 입을 닫았다. 캐러멜 색 표지의 '文學과知性 詩人選 80 기형도 詩集' 『입 속의 검은 잎』은 나도 가지고 있는 시집이었다. "오랫동안 글을 쓰지 못했던 때가 있었다. 이 땅의 날씨가 나빴고 나는 그 날씨를 견디지 못했다. 그때도 거리는 있었고 자동차는 지나갔다." 그렇게 시작하는 뒤표지의 시작 메모를 R의 집에서 다시 읽었을 때, 내가 견디지 못하는 것은 이 땅의 날씨가 아니라 나 자신이라는 것을 알았다.

일층의 공중전화 부스에 들어가 R의 삐삐번호를 눌렀다. R은 그 흔한 인사말조차 녹음해두지 않았다. 흠흠. 목소리를 가다듬고 나는 음성메시지를 남겼다. 나야, 지나가다 들러봤는데 네가 안 보이네. 간식 먹으러 갔니? 잘 지내지? 나도 잘 지내. 연락도 자주 못하고, 미안해. 회사 다니는 게 그렇더라. 들어오면 씻고 자기 바빠. 오늘은, 그냥 중간에 나와버렸어. 나오기는 했는데 갈 데가 없네. 잘 있어, 나중에 또 올게. R이 나의 메시지를 들었을까. 아직도 나는 모른다.

토요일이었다. 느지막이 일어나 세수를 하고 오니 Q매장의 전화번호가 삐삐에 찍혀 있었다. 너 오늘 하루만 아르바이트 해라. 우리 매니저 언니네 할머니가 갑자기 돌아가셔서 언니 급하게 시골 내려갔거든. 본사 지원은 내일이나 되어야 나온다고 하고, 세일이라 손님 많을 텐데 하루만 도와줘. 나는 알았다고 대답했다. 옷장을 열어보았다. 아무래도 Q브랜드의 옷을 입는 편이 좋을 것 같아서 작년 봄 시즌에 산 Q브랜드의 흰색 남방셔츠를 찾아 입었다. 밑에는 이대 앞 보세 가게에서 산 블랙 스커트를 입었는데 언젠가 R이, 이거 우리 옷이구나, 라고 착각했던 치마였다.

Q매장에는 R과 처음 보는 남자가 함께 있었다. 대리님, 오늘 저희 매장 일일 지원이에요. R이 나를 소개했다. 남자는 내 주민등록증을 받아 몇 가지를 베껴 적었다. 그리고 말했다. 제복으로 갈아입으세요. 나보다 더 당황한 것은 R이었다. 아니, 얘는 오늘 하

루 알반데 유니폼을 왜 입어요? 원래 규정이 그렇잖아. 그동안 안 그랬어요. 안 입었던 사람들이 잘못한 거야. 그래도 얘는 학생이고 제 친구라서 그냥 오늘 하루만 잠깐 도와주는 거예요, 한 번만 봐주세요. 학생이 아니었으므로 나는 움찔했다. R의 태세는 강경했다. 지나는 사람이 봤다면, 그 대리가 나에게 입히려는 것이 삼풍백화점 판매원 유니폼이 아니라 죄수복이라고 짐작했을 것이다. 내가 R을 말렸다. 나는 괜찮아, 그냥 입지 뭐. R이 나를 보았다. 어린 소처럼 어글어글한 눈망울이었다. 너 진짜 괜찮아? 나는 피식 웃어 보였다. 당연하지, 그게 뭐 어때서. 대리님, 그럼 얘 가슴에 명찰 하나 달아주세요, 지원 아르바이트라고요. 유니폼은 내 몸에 딱 맞았다. 나는 완벽한 교복 자율화 세대였다. 국민학교 때 걸스카우트 단복을 입었던 이래로 아주 오랜만에 입어보는 제복이었다. 유니폼은 생각보다 무거웠다. 이상하게, 그렇게 느껴졌다.

아무렇게나 입고 서서 아무런 말이나 툭툭 던지며, R의 일을 도와주던 때와는 모든 것이 달랐다. 정오가 지나자 손님들이 밀려들어오기 시작했다. 할 건 많은데 몸은 굼뜨고 일은 서툴렀다. 손님들에게 어울리는 옷을 골라주기는커녕 사이즈를 찾아달라는 주문에도 땀이 삘삘 흘러내렸다. R이 열심히 커버해주었지만 그녀가 재고를 찾기 위해 창고에 들어가거나 다른 손님을 응대하고 있을 때에는 내가 어떻게 해야 하는지 알 수가 없었다. 먼저 들어온 손님의 소맷단을 핀으로 표시하고 있으면 나중에 들어온 다른 손님이 버럭 신경질을 내기 일쑤였다. 삼십 프로 디스카운트해서 이 블

라우스 얼마야? 십오만 원도 아니고 십사만팔천오백 원의 삼십 퍼센트가 얼마인지 까마득하기만 했다. 더구나 나는 아라비아 숫자만 보면 머리가 핑핑 도는 인간이 아닌가. 나는 R을 쳐다보았다. 저편의 R은 손님이 마음에 들어하는 흰 바지에 어울릴 웃옷을 골라주기에 여념이 없었다. 계산대의 캐셔도 정신없이 바빠 보였다. 아가씨, 뭐 해? 얼른 계산 좀 해줘. 이렇게 네 벌 할 거고. 삼십 퍼센트로 계산해봐봐. 나는 신중하게 전자계산기를 두드렸다. 바빴던 캐셔가, 내 엉성한 산수를 재확인하지 않았던 것이 문제였다.

백만 원권 수표를 내고 거스름까지 받아 돌아갔던 손님이 다시 나타난 건 얼마 지나지 않아서였다. 이 계산 어떤 년이 한 거야? 년, 이라는 발음을 그녀는 눈 하나 깜짝 않고 했다. 그 욕이 지시하는 대상이, 나라는 것이 실감나지 않았다. 왜 그러시죠? R이 나를 막고 나섰다. 아까 아가씨가 아니었잖아, 저기 쟤가 계산했는데. 저 사람은 우리 아르바이트생이구요, 저한테 말씀하시면 돼요. 아니, 무슨 저런 기본도 안 된 아르바이트생을 써? 중학교도 못 나왔어? 이깟 덧셈 뺄셈도 못해? 어쨌거나 기본도 안 된 아르바이트생이 틀림없었으므로 나는 머리만 푹 수그리고 있었다. 죄송합니다, 제가 얼른 다시 계산해드리겠습니다. R이 몇 번이고 머리를 조아렸다. 사만 원가량이 어디서 보태졌는지 알 수 없는 노릇이었다. 나머지 돈을 돌려받은 손님은 나를 한번 째려보더니 마네킹의 목에 걸린 스카프를 벗겨냈다. 화가 나서 그냥은 못 가겠어. 내가 저 멍청한 애 때문에 여기서 허비한 시간이 얼만데 이거 보상금 대신 가져가는 거야. 재 일당에서 까든지 알아서 해. R이 손님 손의 스카프를 낚아챘다. 손님, 이건 정품이라서 곤란하구요. 저희가 다른 사은품을 드릴게요. 손님이 다시 스카프를 뺏으며 언성을 높였다. 누가 허접한 사은품 받고 싶대? 난 이게 마음에 들어서 가져가겠다는데 왜 이래?

소동은 아까의 그 대리라는 남자가 달려오고 나서야 종결되었다. 손님은 결국 그 스카프를 쇼핑백 귀퉁이에 밀어 넣은 채 당당히 사라졌다. 대리의 가시 돋친 잔소리를 듣는 동안 R은 입술만 꼭 깨물고 있었다. 나는, 나는 거기서 도망쳐버리고만 싶었다. 대리가 돌아간 뒤 R이 나에게 말했다. 나 때문에 괜히 미안해. 지나고 보니 내가 먼저 했어야 할 말이었다. 나는 겨우 입을 열었다. 너 괜찮아? R의 눈동자가 잔잔하게 흔들렸다. 그럼, 이런 건 일 축에도 안 끼는걸. R이 내 유니폼 어깨에 묻은 먼지를 툭툭 털어주었다. 오늘은 수고했어, 이제 바쁜 시간 대충 지났으니까 그만 가라. 나는 대답을 하지 못했다. 지금까지 일한 건 내가 나중에 따로 정산해줄게, 얼른 옷 갈아입어. 혼자 있어도 돼? 응, 나 혼자가 편해, 빨리 갈아입어. R이 나를 고객용 탈의실로 떠밀었다. 탈의실에서 나는 삼풍백화점 판매원의 제복을 벗고, 내 옷으로 갈아입었다. 흰 남방셔츠와 검은색 치마. 유니폼이 아닌데도 그 옷들은 참 무거웠다. 철근이 어깨를 내리누르는 것 같았다. Q매장에 온 지 고작 네 시간이 지나 있었다. 나는 R을 남겨두고 황급히 백화점을 떠났다. 분홍색 삼풍백화점 건물이 쿵쿵, 나를 따라오는 것 같았다.

한때 가까웠던 누군가와 멀어지게 되는 것은 드문 일이 아니다. 어른이 된 다음에는 특히 그렇다. 그 일이 있은 뒤, 오래 지나지 않아 나는 취직을 했다. 동물 사료를 수입하는 회사였다. 이 세상에 그토록 많은 동물이 있다는 게 놀라웠다. 나는 마케팅팀에 배속되어 연구용 실험 동물을 위한 사료를 팔았다. 햄스터는 하루 10~14그램의 일량을 섭취해야 하고, 랫은 15~20그램을 먹어야 한다. 토끼에게는 적어도 120그램 이상이 필요하다. R과 나는 서로에게 삐삐를 치지 않았다. 회사 복도 자판기의 밀크커피는 R이 타준 커피에 비해 형편없었다. 우리 회사 제품을 사용하는 서울 경기 지역의 병원과 대학 실험실에 인사를 도느라 봄이 어지러이 깊어가는 것도 몰랐다. 안국동의 회사까지는 지하철을 타고 다녔다. 평일엔 정장을 입어야 했지만 토요일엔 청바지도 입을 수 있었다. 그거 하나는 마음에 들었다. 몇 번인가 전화기를 들었다가 그냥 내려놓았다.

남자친구도 생겼다. 증권회사의 신입사원인 그와 만나면, 주로 서로의 회사 생활에 대해 얘기했다. 그는 내가 귀여워서 좋다고 했다. 귀엽다는 게 무슨 뜻이야? 말 그대로야, 너 예쁘지는 않지만 귀엽게 생겼잖아. 피부도 하얗고, 웃을 때 양쪽 눈가에 주름이 세 개씩 잡히거든. 그는 기형도가 한려수도쯤에 있는 외딴섬 이름인 줄 알 것이 틀림없었다. 하지만 선하고 밝아서 나쁘지 않았다. 그 해 봄 나는 많은 것을 가지고 있었다. 비교적 온화한 중도우파의 부모, 슈퍼 싱글 사이즈의 깨끗한 침대, 반투명한 초록색 모토롤라 호출기와 네 개의 핸드백. 구태의연한 것들이었다. 봄이 가고 무기력하게, 여름이 오고 있었다.

1989년 12월 개장한 삼풍백화점은 지상 오층, 지하 사층의 초현대식 건물이었다. 1995년 6월 29일. 그날, 에어컨디셔너는 작동되지 않았고 실내는 무척 더웠다. 땀이 비 오듯 흘러내렸다. 언제 여름이 되어버린 거지. 5시 40분, 일층 로비를 걸으면서 나는 중얼거렸다. 5시 43분, 정문을 빠져나왔다. 5시 48분, 집에 도착했다. 5시 53분, 얼룩말무늬 일기장을 펼쳤다. 나는 오늘, 이라고 썼을 때 쾅, 소리가 들렸다. 5시 55분이었다. 삼풍백화점이 붕괴되었다. 한 층이 무너지는 데 걸린 시간은 1초에 지나지 않았다.

그리고 많은 일들이 일어났다. 내 초록색 반투명 모토롤라 삐삐에 안위를 묻는 메시지들이 가득 찼다. 저녁을 짓다 말고 찌개에 넣을 두부를 사러 삼풍백화점 슈퍼마켓에 간 아랫집 아주머니가 돌아오지 않았다. 도마 위에는 반쯤 썬 대파가 남아 있었다고 한다. 장마가 시작되었다. 며칠 뒤 조간신문에는 사망자와 실종자 명단이 실렸다. 나는 그것을 읽지 않았다. 옆면에는 한 여성 명사가 기고한 특별 칼럼이 있었다. 호화롭기로 소문났던 강남 삼풍백화점 붕괴사고는 대한민국이 사치와 향락에 물드는 것을 경계하는 하늘의 뜻일지도 모른다는 내용의 글이었다. 나는 신문사 독자부에 항의 전화를 걸었다. 신문사에서는 필자의 연락처를 알려줄 수 없다고 했다. 할 수 없이 나는 독자부의 담당자에게 소리를 질렀다. 그 여자가 거기 한번 와본 적이나 있대요? 거기 누가 있는지 안대요?

나는 하아하아 숨을 내쉬었을 것이다. 미안했지만 어쩔 수가 없었다. 내 울음이 그칠 때까지 전화를 들고 있어주었던 그 신문사 직원에 대해서는 아직도 고맙게 생각한다.

콘크리트 잔해 속에서 230시간을 버틴 청년이 구조되는 것을 텔레비전으로 보았다. 285시간을 버틴 소녀도 있었다. 나는 아무것도 하지 않고 TV만 보았다. 남자친구가 나를 걱정했다. 태어난 이상 누구나 죽는 거야. 군대에서 의무병으로 근무할 때 나는 여러 죽음들을 보았어. 외삼촌이 육군 장성이라 손을 쓸 수도 있었지만 아버지는 억지로 나를 그곳에 보냈지. 꼭 그것 때문만이라고 할 수는 없지만 그와는 곧 헤어졌다. 이내 그는 나보다 네 살이나 어리고 일본 인형처럼 깜찍하게 생긴 여대생과 사귀기 시작했다. 6월 29일 이후 한번도 출근하지 않은 회사에서, 등기우편으로 해고통지서를 보내왔다. 사유가 무단결근이라고 되어 있었다. 정확한 표현이었다. 붕괴 377시간 만에 열아홉 살의 여성이 발견되었다. 그녀의 첫마디는, 오늘이 며칠이에요, 였다. 1995년 6월 29일 발생한 삼풍백화점 붕괴 사고의 사상자 수는 실종자 삼십 명을 포함하여 사망자 오백일 명, 부상자 구백삼십팔 명으로 최종 집계되었다. 십 분만 늦게 나왔으면 어쩔 뻔했니. 사람들은 나에게 운이 참 좋다고 말했다.

작고 불완전한 은색 열쇠를 책상 서랍 맨 아래 칸에 넣어둔 채, 십 년을 보냈다. 스카치테이프나 물파스 같은 것을 급히 찾을 때

무심코 나는 그 서랍을 열곤 했다. R에게서는 한번도 연락이 오지 않았다. R과 나의 삐삐번호는 이미 지상에서 사라졌다. 사람들은 호출기에서 핸드폰으로, 아이러브스쿨에서 미니홈피로 자주 장난감을 바꾸었다.

이 글을 쓰기 시작하면서 나는 싸이월드의 '사람찾기' 기능으로 R의 미니홈피를 찾아보았다. R과 같은 이름을 가진 1972년생 여자는 모두 열두 명이었다. 그 이름들을 하나하나 클릭해보았다. 열두 명의 R들은 대부분 바쁜 모양인지 미니홈피를 꾸미지 않고 있었다. 만 서른셋. 우리가 한창 현실적인 시절을 통과하고 있기는 한가보다. 열한번째 미니홈피에 들어가니 대문에 여자아이의 사진이 걸려 있었다. 서너 살쯤 되어 보이는 꼬마였다. 나는 사진을 확대하여 한참 동안 들여다보았다. 아이의 눈이 착하게 커다랬다. 잘 보니 둥그런 턱선도 R을 닮은 것 같았다. 더 선명하게 나온 다른 사진들을 보고 싶었지만 사진은 달랑 그것 한 장뿐이었다. 그 아이가 R의 딸이기를, 나는 진심으로 바랐다.

많은 것이 변했고 또 변하지 않았다. 삼풍백화점이 무너진 자리는 한동안 공동(空洞)으로 남아 있었으나, 2004년 초고층 주상복합 아파트가 들어섰다. 그 아파트가 완공되기 몇 해 전에 나는 멀리 이사를 했다. 지금도 가끔 그 앞을 지나간다. 가슴 한쪽이 뻐근하게 저릴 때도 있고 그렇지 않을 때도 있다. 고향이 꼭, 간절히 그리운 장소만은 아닐 것이다. 그곳을 떠난 뒤에야 나는 글을 쓸 수 있게 되었다.

축구도 잘해요

박 민 규

1968년 울산에서 태어났다. 2003년 장편 『지구영웅전설』로 문학동네작가상을 수상하며 등단. 소설집 『카스테라』, 장편소설 『삼미 슈퍼스타즈의 마지막 팬클럽』 『핑퐁』 『죽은 왕녀를 위한 파반느』가 있다. 한겨레문학상, 신동엽창작상, 황순원문학상, 이상문학상을 수상했다.

작가를 말한다

박민규의 소설은 한국소설 전통에서는 여러모로 낯설고도 새롭다. 어쩌면 여기에서 문득 토머스 핀천, 리처드 브로티건, 다카하시 겐이치로, 무라카미 류 같은 작가들을 한번쯤 떠올려볼 수도 있을 테지만, 그리고 '포스트모더니즘'이라는 경박하게 남용되었던 명명법을 다시 한번 불러오고픈 유혹도 있을 테지만, 박민규 소설을 '박민규 소설'이게끔 하는 것은 당연하게도 그곳에는 단연 있을 수 없다. 그리고 그의 소설에 고유한 미학적 자질이 그런 외적인 표지에 있는 것은 아니다. 여하튼 전통적인 의미의 소설에 길들여진 독자들이라면, 그의 소설은 아무리 재미있다 해도 그와는 상관없이 (지금은 얼마간 익숙해졌다 할 수 있겠지만) 사뭇 이질적으로 느껴질 법한 소설인 것만은 틀림없다.
김영찬(문학평론가)

* 이 작품에 실린 사진들은 저작권 확인 절차를 마치지 못했습니다. 저작권자를 찾는 대로 저작권 계약을 마무리짓겠습니다.

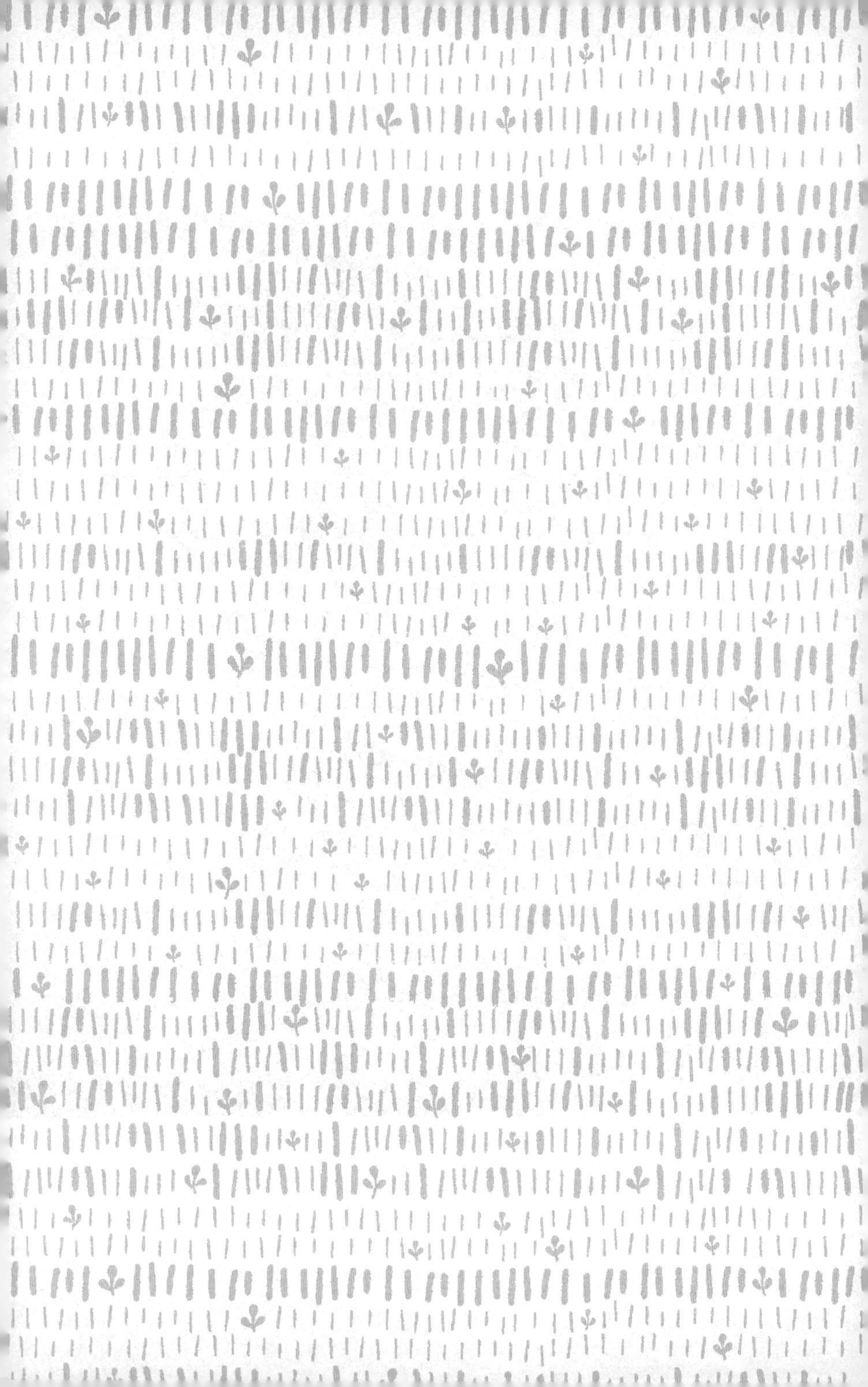

1. 뜨거운 것이 좋아

전생(前生)엔 마릴린 먼로였다. 사정이 그런 만큼, 우선 이야기는 마릴린 먼로에서부터 시작된다. 그래야 한다는, 생각이다. 사정을 알고 난 당신의 생각도 나와 같을 것이다. 모든 이야기엔 절차란 게 필요한데, 이런 경우에 있어선 더더욱 그러하다. 국민소득 이만 불의 시대가 목전(目前)에 다가왔다. 곧, 누구나 자신의 전생을 알고, 이해해야 할 때가 온 것이다. 차마 좋은 시절을 위하여, 나는 이 이야기를 시작한다. 당황은 금물, 세계의 시즌은 달라졌고 우리는 변이(變異)한다.

사실을 알게 된 건 관철동의 한 占집에서였다. 교태(嬌態)가 잘잘 흘러, 교태가. 처녀보살인지 무슨 보살인지가 아무튼 그렇게 얘기했다. 내가 말입니까? 그럼 누구겠어? 그러고보니—뭐—그랬던 것 같기도—의 기분이—확실히 드는 것이었다. 그 순간 알 수 있었다. 왜 내가 그토록 뜨거운 것을 좋아했는지. 또 어릴 때 본 계몽사 세계위인전집 스물네 권, 그 가운데서도 유독 로버트 케네디를 좋아했는지. 해피 버쓰데이 디어 프레지던트, 해피, 버/쓰, 데이, 투, 유. 당신은 국가를 위해 무엇을 할 것인가. 국민을 향해 케네디는 그렇게 소리쳤다. 당신은 아무것도 안해도 돼. 내 귓불을 깨물며, 케네디는 그렇게 속삭였다. 내 귀는 그래서 언제나 홍건했다. 케네디는 늙은 노새만큼이나 침이 많은 남자였다.

나는 1926년 6월 1일 로스앤젤레스에서 태어났다. 이름은 노마 진 모텐슨(Norma Jeane Mortenson), 모두가 알고 있는 〈마릴린〉의 그늘 속에 숨겨진 나의 본명이다. 어머니는 정신병을 앓았다. 사생아였던 나는 아홉 살 때 고아가 되었고, 상습적으로 의붓아버지에게 성폭행을 당했다. 결국 가출을 했다. 굶어 죽지 않기 위해 누드 사진을 찍어야 했고, 밥을 사주는 그 남자와 열여섯 살에 첫 결혼을 했다. 결혼생활은 끔찍했다. 자살을 기도했다. 그후 모델로 성공, 영화배우가 되었으나 신경쇠약과 무대공포증에 평생을 시달려야 했다. 죽을 때까지 천박하고 골빈 금발 여자라는 낙인이 찍혔다. 두 번의 결혼을 더 했으나 모두 다 실패했다. 그토록 염원하던 아이를 유산하고 충격으로 이혼을 했다. 결국 아이도 남편도 가정도, 내가 원한 어떤 것도 가지지 못한 채 의문의 죽음을 맞이했다. 1962년, 8월 5일의 일이었다. 화려했으리라, 모두가 짐작해 마지않는 나의 전생은 그런 것이었다.

세번째 남편이었던 아서 밀러는 극작가였는데, 어느 날 나에게 글을 써보라고 권유했다. 당신에겐 재능이 있어. 라고 말했지만, 무렵의 나는 영화 일로 눈코 뜰 새 없는 삶을 살고 있었다. 정말 재능이 있나요? 그렇다니까, 당신은 랭보 같기도 하고 위고 같기도 해. 내가 쓴 크리스마스 카드를 흔들어 보이며, 아서는 그렇게 얘기했다. 어깨를 들썩하며, 나는 환하게 웃었다. 랭보나 위고가 뭔지, 도대체 몰랐기 때문이었다. 그래서 무서웠다. 무서울 땐 언제나 이를 드러내고 하얗게 웃는 버릇이 있었다. 오 달링, 아서의 손에서 카드가 떨어졌다. 내가 웃으면 아서는 언제나 손을 떨었다.

두번째 남편이었던 조 디마지오는 야구선수였다. 말 그대로의, 스타플레이어. 조는 정직하고 의리가 강한 남자였다. 플로리다로 휴양을 갔을 땐데 천식이 찾아와 밤새 기침에 시달렸다. 조는 한참을 안절부절못하더니, 약을 구하러 간다며 방을 뛰쳐나갔다. 그리고 한 시간 후 약을 구해 돌아왔다. 24시 영업의 드럭스토어 같은 건 상상도 못할 시대의 일이다. 나보다 더 놀란 건 셔터 소리에 잠을 깬 약국의 점원이었다. 나중에 그 이야기를, 잡지사의 기자를 통해 전해들었다. 문을 여니 메이저리그의 홈런왕이 서 있었던 것이다. 나는 눈물이 났다. 약을 먹고 기침이 멎은 건 그래서 당연한 일이었지만, 또 기자가 전해준 놀라운 말은 그 약이 두통약이었단 사실이다. 조 디마지오는 그녀의 머리가 깨질지도 모른다고 말했어요. 철자법도 정확한 점원의 증언이 잡지에는 실려 있었다. 나에게 세상은 뭐가 뭔지 알 수 없는 것이었다. 늘, 그랬다.

신혼여행을 간 곳은 한국이었다. 조와의 결혼식이 한국전(韓國戰) 위문공연과 맞물려 있어서였다. 당신 생각은 어때요? 실밥이 터진 야구공 같은 표정으로 조가 대답했다. 거기 식인종들 사는 데 아냐? 괜찮을 거라고 나는 조를 타일렀다. 전쟁이 나면, 식인종 같은 건 전멸하는 법이니까. 식을 올리고, 그래서 우리는 한국을 향해 출발했다. 상공에서 태평양을 본 것은 그때가 처음이다. 茫茫, 大海. 과연 한국은 세계의 끝처럼 멀고먼 곳이었다. 아무리 세게 때려도 여기까진 못 날리겠는걸. 비행기의 트랩을 내려오며 조도 고개를 가로저었다. 늘, 뉴욕의 양키스 구장에서 샌프란시스코 자이언츠의 사무실 유리창을 깰 수 있다고 장담해오던 그였다. 무더운 날씨였다. 조는 연신 불쾌한 표정이었지만, 나는 좋은 기분이었다. 뜨거운 것이, 나는 좋았다.

전쟁 같은 건 보지도 못했다. 내가 본 것은 따라 합창을 하던 참

전용사들과 오산의 공군기지, 공허한 활주로와, 모스키토 부대의 귀여운 모기 마크가 전부였다. 한국인의 얼굴을 본 것은 종군기자단이 보여준 몇 장의 사진을 통해서였다. 거기 식인종과 거지의 중간쯤 되는 사람들이 진흙 속에서 기어나온 달팽이 같은 얼굴로 축축하게 서 있었다. 이게 뭐야. 소금이라도 뿌리고 싶다는 표정으로 조가 코를 움켜쥐었다. 사진일 뿐이에요. 조의 손에서 사진을 빼았는데 이상하게 눈물이 났다. 달팽이 같은 그 얼굴들이 순간 한없이 측은하고 불쌍하게 느껴졌다. 나는 펑펑 울음을 터뜨렸다. 감격했습니다. 손수건을 꺼내주고, 사인을 받고, 사진을 찍은 것은 레이 맨슨이란 이름의 종군사진기자였다. 미국에 돌아오니

여신(女神), 전쟁을 슬퍼하다

란 헤드라인과 함께, 레이가 찍은 사진이 『라이프』에 실려 있었다. 나는 곧 한국전의 여신이 되었다. 전쟁의 참상을 알리고, 빨갱이의 책동을 규탄하는 인터뷰로 그래서 한동안 분주한 나날을 보내야 했다. 그래도 그 무렵이 가장 좋은 시절이었다. 곧이어 나는 〈칠 년 만의 외출〉을 찍었고, 〈버스 정류장〉과 〈뜨거운 것이 좋아〉가 연이어 폭발적인 성공을 거두었다. 한국, 같은 것은 그래서 까마득히 잊고 있었다. 훗날 언젠가—참, 나 한국을 알아요. 라고 했을 때 아서 밀러는 이렇게 얘기했다. 당신 머리엔 똥만 찼다는 걸 나도 알고 있소. 아서와의 사이가 최악에 달해 있던 때였다. 이봐

요 아서, 푸줏간의 칼도 갈지 않음 소용이 없는 법이에요. 그게 도대체 무슨 말이요? 안경알을 닦으며 아서가 물었다. 문득 그게 무슨 말인지 나도 몰라 방을 뛰쳐나왔다. 무서웠다. 얼마 후 우리는 이혼을 했다.

최고의 육체, 최고의 육체를 만나다! 조와 결혼할 때의 신문 헤드라인은 그런 것이었다. 많은 미국인들이 우리를 육체파(肉體派) 부부라고 불렀다. 그럴싸한 칭찬으로 여기는 척했지만, 실은 나도 알고 있었다. 평생을 천박하고 골빈 금발이란 시선 속에 살았으므로, 그 방면의 감각은 예민한 편이었다. 사람들은 조의 홈런을 보며 술을 들이켜고, 나의 핀업 사진을 보며 자위를 하곤 했다. 그러곤 돌아서서 말하는 것이다. 고깃덩어리들.

최고의 지성, 최고의 육체와 결합하다! 아서와 결혼할 때의 헤드라인도 역시 그런 식이었다. 사람들은 인류 최고의 결합이란 말로 우릴 축하해주었지만, 나는 알고 있었다. 아아, 어울리지 않아. 아서의 얼굴에 골은 텅 빈 아이가 태어나면 어쩌지? 그런 사람들 앞에 서기가, 나는 늘 두려웠다. 하지만 무렵엔 전(全) 미국이 내가 자신의 눈앞에서 치마를 펄럭이며 서 있기를 원했다. 그리고 미국은, 돌아서서 말하는 것이다. 천박한 년.

아마도, 아서와 이혼한 직후였을 것이다. 엘라 피츠제럴드에게 나는 전화를 걸었다. 그녀와는 오랜 친구였지만, 전화를 걸기엔 너무 늦은 시각이었다. 다행히 엘라는 깨어 있었다. 엘라, 나는 두려워. 마릴린, 뭐가 두려운 거지? 그러니까 쿠바가 두려워. 미국의 턱밑에 화약고가 있는 거잖아. 나 핵실험 영화를 본 적 있어. 그게 어떤 건지 알아? 알아. 아, 당신이 안다고 하니 무서운 게 조금은 사라졌어. 아는 건 정말 중요한 일이야, 고마워 엘라. 날 위해 노랠 한 곡 불러주면 좋겠어. 지금 당신의 노래가 듣고 싶어. 아무렴.

아이야
네 아버진 부자고
엄마는 미인이란다.
그러니 아이야
이제 눈물을 그쳐다오.

지금 미스터 미국을 만나줘야겠소. 그런데 어지러워요. 케네디를 만났을 땐 이미 모든 게 뒤죽박죽이었다. 나는 약에 의지해 있었고, 몸이 추웠다. 뜨거운 게 좋아요, 가정부 유니스에게 나는 소리쳤다. 유니스, 히터가 고장난 건 아닌지 좀 살펴봐줘요. 잠이, 잠이 오지 않아. 전화? 누구의 전화죠? 아니 그러지 말고 조에게 전화 좀 걸어줘요. 오 조, 나 지금 울고 있어요. 마릴린, 지금 어디지? 몰라요. 당신은 어디 계세요. 여긴 멤피스야. 샌프란시스코의 가족들도 잘 지내죠? 어머니가, 당신 어머니가 보고 싶어요. 우리 엄만 당신을 싫어하잖아. 아뇨, 전 사실 이탈리아를 좋아해요. 맙소사 마릴린, 당신은 지금 도움이 필요해, 알아? 이탈리아에 가고 싶어요. 날 좀 데려가줘요. 아니, 내가 뭘 해야 하는지 모르겠어요. 도대체 여긴 어디죠. 이런, 마릴린. 글쎄, 당신은 아무것도 하지 말라니까. 나의 귓불을 깨물며 케네디가 속삭였다. 내 귀는 그래서 언제나 흥건했다. 케네디는 침이 많은 남자였다. 내 귀는 언제나 흥건했다. 케네디는 침이 많았다. 내 귀는 많고, 케네디는 언제나.

철컥. 그들이 문을 열 때까지, 나는 몸을 움직일 수 없었다. 아니, 도망칠 수 없다는 사실을 나는 알고 있었다. 알래스카에 있더라도 쫓아오겠지. 차고 냉혹한 얼굴들이 나를 내려다보았다. 안녕하시오. 그중 하나가 인사를 했지만, 나는 알고 있었다. 이 붉은 눈의 흰 토끼, 붉은 눈의 흰 토끼. 안녕, 안녕. 골빈, 골, 금, 금발, 금발. 어지러웠다. 내 머린 사실 갈색이야. 내 머린 사실, 그때 한 남자가 코트에서 약병을 꺼냈다. 약을, 약이, 입속으로 들어왔다. 꼼짝할 수 없었다. 내겐 도움이, 약이, 필요한 걸까? 전 미국이 돌아서서 웃고 있었다. 죽는다는 사실을, 나는 이미 알고 있었다. 도망치고 싶었다. 이들이 찾지 못할 곳으로, 이 세계의 끝으로 나는 도망치고 싶었다. 살려주세요. 그래서 눈앞에

한국이 떠올랐다.

다시 태어날 수 있다면, 저 세계의 끝에서 태어나고 싶었다. 흙 묻은 달팽이처럼, 그래서 아무도 날 찾을 수 없게, 내 입에 약을 못 넣게. 깊고, 크고, 어두운 강의 밑바닥 같은 곳을 그래서 나는 건너야 했다. 갑자기 눈이 부셨다. 이곳은 어딘가요. 애초에, 네가 왔던 곳이란다. 눈부신 빛의 중심에서 온화한 목소리가 들려왔다. 그리고 다시, 너는 돌아가야만 해. 전 랭보와 위고도 알고 있어요. 랭보와 위고도 안다니, 그게 무슨 말이냐. 그러니까, 안다구요. 그래, 알겠다. 이제 돌아갈 시와 장소를 정하자. 혹 원하는 게 있으면 말해보렴. 장소는 한국, 그리고 칠 년의 시간이 지난 뒤라면 좋겠어요. 굳이 그럴 이유가 있니? 지금 갑자기 〈칠 년 만의 외출〉이 떠올랐어요. 그러니까 62, 63, 64, 65, 66, 67, 68년이 되는군요. 아니지, 62년을 기준 삼는다면 63, 64, 65, 66, 67, 68, 69년이 되는 거지. 무슨 소리세요. 62, 63, 64, 65, 66, 67, 68 딱 칠 년이잖아요. 맘대로 하거라.

그리하여 나는

마치 바람이라도 피우는 기분으로* 1968년의 어느 날 한국에서 태어나게 되었다. 전생의 입장에서 본다면 과연 달팽이와 같은 느낌이었지만—이 수수한 삶이 그래서 얼마나 소중한가를 잘 알고

---

* 〈칠 년 만의 외출〉이라 번역되어 있지만, 원문의 뜻은 결혼생활이 시들해질 무렵 생기는 바람기를 뜻하는 것이다.

있었다. 해피 버쓰데이 디어 마릴린, 해피, 버/쓰, 데이, 투, 유.

2. 이제 어쩔 거야

외계인에게 납치된 것은 열여섯 되던 해의 여름이었다. 방학이 한창이었는데, 그만 아쉽게도 납치를 당한 것이었다. UFO 안에는 세 명의 외계인이 타고 있었고, 당연한 납치의 목적은 생체실험이었다. 눈을 뜨니, 이미 수술은 끝나 있었다. 난감했다. 어디를 어떻게 한 건지, 도무지 감이 잡히지 않았다. 옆자리의 수술대에는 젖소가 누워 있었다.

깨어나셨나요? 분주히 기내를 오가는 세 명에게 나름대로 ①, ②, ③이란 이름을 붙였는데 그중 ③(사진 우측)이 다가와 물었다. ③을 무시한 채 나는 멍하니 옆자리의 젖소만 바라보았다. 우선 대답할 기분이 아니었고, 그런 상황에서 예, 덕분에 한숨 잘 잤습니다—라고 하는 것도 바보가 아닐 수 없단 생각이 들어서였다. ③은 잠시 멈칫하더니, 참 훌륭한 소였습니다, 라며 딴청을 피우기 시작했다. ③이 어루만지는 젖소의 유두(乳頭)에는 나란히 외계의 번호표가 붙어 있었다. 여섯 개의 유두에서 각기 서울우유, 매일우유, 남양우유, 비락우유, 다농과 유키지루시(雪印)가 나왔습니다. 저희로선 매우 만족할 만한 결과였지요. 어떻습니까, 우유 한잔 하시겠습니까? 과연 나는 목이 말랐다. 고개를 끄덕이자 또 잠시 멈칫하던 ③이 메뉴를 되물었다. 어떤 우유로 하시겠습니까?

매일우유

③이 가져온 우유를 마시고 나자 나는 조금 느긋한 기분이 되었다. 딸기나 바나나, 그런 건 없나? 딸기는 있습니다. 좋아, 그럼 딸기도 한 잔. 거푸 두 잔의 우유를 마시고 나자 주춤, ①(사진 중앙)이 다가와 말을 걸었다. 안녕하세요. 힐끗 ①을 쳐다본 나는, 말없이 체조에 열중하기 시작했다. 어딘가 모르게 몸이 뻐근한 느낌이었다. 저기, 나쁜 짓을 한 것은 아닙니다. 약간의 장비를 설치하고 뇌에 조금 변화를 줬다고나 할까요, 아무튼 그렇습니다. 확실한 건 아무런 지장도 없을 거란 사실입니다. 조금 미안한 마음에 포경수술도 서비스로 추가했구요, 게다가 그건 무료입니다. 가운을 들춰보았다. 놀랍게도 ①의 말은 사실이었다.

이제 어쩔 거야?

네? 주춤 물러서며 ①이 대답했다. 어쩔 거냐고? 뭐, 뭘요? 이

것들이 정말. 나는 가운을 찢어 바닥에 내동댕이쳤다. 그리고 또박또박, 힘을 실어 얘기했다.

수수한 내 인생

말이야. 설마 이런 일을 당하고 수수하게 살 수 있을 거란 생각 따위 하는 건 아니겠지? ①과 ③은 붉어진 얼굴로 아무 대답이 없었다. 안일한 놈들. 나는 침을 뱉으며 불쾌함을 그대로 드러냈다. 일렬종대로 헤쳐모엿. 세 명의 외계인은 이미 사색(死色)이 되어 있었다.

어쩔 거야, 어쩔 거냐고? 잘못했습니다. ③이 울기 시작했다. ①과 ②도 흐느끼고 있었다. 나는 잠시 창밖을 쳐다보았다. 은하계의 아버지 목성(木星)이 장엄하고도 근엄한 풍경으로 상공을 장악하고 있었다. 선착순 목성 서른두 바퀴, 실시! ①과 ②와 ③이 돌아온 것은 472일이 지난 후였다. 나는 그사이 잠을 충분히 자고, 틈틈이 UFO를 뒤져 놈들의 진짜 목적을 알아내고야 말았다. 그것은 지구인과의 교배(交配)였다. 이것들이. 물증 그 자체인 서류와 데이터를 움켜쥐고 나는 부르르 몸을 떨었다. 선착순에서 돌아온 것은 ①과 ③, 그리고 ②의 순서였다. 나는 다시 일렬종대로 놈들을 세워놓고 한 시간 가까이 훈화(訓話)를 늘어놓았다. 그리고, 그리, 하여, 나는 결론을 말했다. 말을 하지, 이놈들아.

우선 ①의 하의를 벗기고 나는 놈의 신체를 살펴보았다. 남성이나 여성의 구분이 없는, 그런 몸이었다. 다들 이래? 그렇습니다. 아무튼 배꼽 근처에 작은 구멍이 하나 있어, 나는 즉각 교미를 하기 시작했다. 토성이 보였다. 첫경험을 이렇게 해도 괜찮을까—순간 후회도 들었지만, 토성의 아름다운 테두리를 보는 순간 모든 것이 만족스러웠다. ①은 울고 있었다. 왜 울어? 억울해서요. 사정(射精)을 끝낸 나는 ①의 모자를 뒤로 젖혔다. 놈의 머리칼은 코발트블루였다. 내 이럴 줄 알았어. 나는 ①의 머리를 쥐어박았다. 왜요? 도대체 왜요? ①이 울부짖었다. 바보, 신사는 금발을 좋아하는 법이야. 외계인의 수태 기간은 불과 오 분이었다. 그사이 도대체 뭘 만들까 싶기도 했으나, 완벽하고도 충만한 생명체를 그들은 속성(速成)으로 완성할 줄 알았다. 하여 ①호가 2세를 출산한 것은 내가 ③호의 몸에 막 삽입을 하려던 순간이었다. 끼룩끼룩. ①호의 몸에서 나의 2세가 머리를 내밀고 기어나왔다. 털썩. 그것은 한 마리의 아르마딜로였다.

뭐야, 그냥 아르마딜로잖아. 그, 그러게요. 얼굴을 붉힌 ①호가 서둘러 IQ 테스트를 한답시고 부산을 떨었지만, 아르마딜로에게 IQ 따위가 있을 리 없었다. 죄송합니다. 괜찮아, 신사는 아르마딜로도 좋아해. 몇 번 아르마딜로의 머리를 쓰다듬은 후, 나는 ③호에게 손짓을 보냈다. ③호는 옷을 벗고 누운 후, 담담하게 모자를 넘기며 자수를 해왔다. 저는 올리브그린입니다. 좋아, 뭐 어떻게든 되겠지. 그리고 나는 ③호의 발가락이 젖혀져 장화를 뚫고 나올 때쯤에야 겨우 사정을 할 수 있었다. 정신을 잃은 ③호는, 정확히 오 분 후에 〈별들이 소곤대는〉을 낳았다. 이건 뭐지?

별들이 소곤대는

이라는군요. 아무튼 그것은 별들이 소곤댄다고밖에는 말할 수 없는 그런 것이었다. 생김새도, 지능도, 성격도 그런 것이었다. 그것 참, 생각처럼 쉽지가 않네. 나는 고개를 가로저었다. 이제 남은 것은 ②호뿐이었다. 될 대로 되라는 심정으로 나는 ②호를 수술대에 뉘었다. 순간 토성의 테두리를 뚫고 유성 하나가 긴 꼬리를 그리며 지나갔다. 그 느낌이, 나는 좋았다. 왠지 ②호와는 제대로 될 것 같은 예감이 힘차게 드는 것이었다. 힘차게, 나는 페니스를 ②호의 몸속으로 찔러넣었다. 흑. ②호의 입에서 신음이 새나왔다.

크, 크군요.

아아…… 아는구나. 뭐, 뭘요? 감동의 눈물을 글썽이며 나는 말했다. 인간에 대한 예의! ②호의 머리를 쓰다듬으며, 나는 입을 맞추었다. 너라면, 그리고 곧 나는 사정을 해버렸다. 어디, 우리 귀염둥이는 무슨~ 색? 페니스를 빼지도 않은 채 나는 ②호의 모자를 벗겨넘겼다. 울트라마린이었다. 내심 뜨거운 색이길 기대했지만, 좋은 색이야, 라고 나는 말해주었다. 그것이 이 세계를 찾아온—외계의 인간에 대한 예의라고 나는 믿었다. 그런가요? 외계의 인간이 얼굴을 붉혔다. 그런 편이야. 나도 얼굴을 붉혔다. 비로소 나는 신사가 된 기분이었다.

아주 난산(難産)이었다. 무려 5분 37초가 되어서야 ②호는 모종의 생명체를 몸 밖으로 밀어낼 수 있었다. 그것은 '태권소년'이었다. 아무튼 자신의 이름을 태권소년이라 밝혔으며, 사이즈가 작을 뿐 대략 인간이라 불러도 좋을 만한 것이었다. ①호가 서둘러 IQ 테스트를 하려 들었지만, 태권소년은 그것을 정중히 사양했다. 삼촌, 이젠 EQ의 시대가 올 거예요.

지구로 돌아갈 결심을 한 것은 별들이 소곤대는이 막 걸음마를 익혔을 무렵이었다. 됐어. 이젠 이 아이도 자신의 힘으로 설 수 있으니. 그리고 우리는 비상용 탈출선에 서울우유, 매일우유, 남양우유, 비락우유, 다농과 유키지루시 분유를 쌓아두고 이별의 만찬을 준비했다. 서운하군요. 서운합니다. 서운할 수가. ①과 ②와 ③이 나란히 자신의 소감을 피력했다. 아무 말 없이, 나와 태권소년은 고개를 끄덕였다. 끼룩끼룩. 아르마딜로가 낮은 소리로 울었다. 창밖에는 은(銀)색의 해왕성이 떠 있었다. 그야말로 낯익은 풍경이었다.

노래를 한 곡 준비했습니다. ①과 ②와 ③이 자리에서 일어났다. 발진을 앞두고 안전장치를 한창 점검할 무렵이었다. 불러봐. 손로원 작사, 이재호 작곡입니다.

귀국선

돌아오네 돌아오네 고향산천 찾아서
얼마나 그렸던가 무궁화꽃을
얼마나 외쳤던가 태극깃발을
갈매기야 울어라 파도야 춤춰라
귀국선 뱃머리에 희망도 크다

돌아오네 돌아오네 부모형제 찾아서
몇 번을 울었던가 타국살이에
몇 번을 불렀던가 고향 노래를
칠성별아 빛나라 파도야 춤춰라
귀국선 뱃머리에 새날이 크다

뭐랄까, 그래서 큰 새날이 열리는 기분이었다. 고마워. 내가 말했다. 아무렴 어때요. ②호가 대답했다. 아무렴. 아르마딜로는 울고, 우주가 춤추고 있었다. 한 잔의 매일우유를 마신 후, 나는 엔진의 시동을 걸었다. 우유의 왕관현상 같은 점화가, 중추엔진의 분사구에서 퐁당 하며 일어났다. 귀국선의 뱃머리에 희망은 컸고

은하계는 과연 광활했다.

3. 김현 vs 아서 밀러

당신이 여긴 웬일이야? 아서 밀러를 다시 만난 건 목성과 화성의 중간쯤을 지날 때였다. 전혀 다른 인간으로 태어났어도, 아서는 곧 나를 알아보았다. 아서는 반짝반짝 작은 별과 같은 느낌으로 빛나고 있었고, 그런 이유로 동쪽 하늘에서도 또 서쪽 하늘에서도—어디서건 존재할 수 있는 느낌으로 바둑을 두고 있었다. 그만, 〈영혼의 나무〉가 되기로 했어. 잘난 맛에 사는 아서의, 영혼의 나무에 대한 설명은 길고긴 것이었다. 그래서 우리와 같은 영혼은 우주의 공간에서 커다란 정신의 나무로 자라게 되는 거야. 해서 다시 이 공간을 지나칠 영(靈)들에게 좋은 영향을 미치는 것이지. 아아, 모르겠어. 나는 다시 이를 드러내고 환하게 웃었다. 손을 떨며 아서가 말했다. 웃지 마, 제발 부탁이야.

패를 받으시죠?

아서와 바둑을 두고 있던 사람은 척 보기에도 신사임이 느껴지는 아시아계의 중년이었다. 참, 인사들 나누시지. 이쪽은 예전에 나와 같이 살았던 마릴린, 이쪽은 문학평론을 하는 김현 선생이야. 그럼 한국인? 그렇습니다. 저도 지금은 한국인입니다. 그런 것, 같았습니다. 하지만 예전에 저도 당신을 좋아했어요. 저는 특히 〈나이아가라〉와 하워드 혹스의 〈신사는 금발을 좋아해〉가 좋았습니다. 금발이 아니라 죄송합니다. 무슨 말씀을요. 코발트블루면 어떻고, 울트라마린이면 어떻습니까?

아아, 크군요. 나는 그만 몇 번을 울었던가 타국살이에, 의 기분이 되어 가슴이 뭉클했다. 하여, 반 집 패에 아서가 전전긍긍하는 사이 김현 선생과 나는 대화를 나누었다. 북극성이 오늘따라 유난히 빛나는군요. 그런가요? 전 이런 노래도 알고 있어요. 칠성별아 빛나라 파도야 춤춰라. 원로 손로원 선생의 시로군요, 어떻습니까? 귀국선의 뱃머리에 새날은 큰 것입니까? 그럴지도, 라는 느낌뿐입니다. 게다가 저는 아는 것도 없고 해서. 뭘 모르신다는 겁니까? 그러니까 저는, 많은 걸 모릅니다. 랭보와 위고도 마찬가지고.

랭보와 위고도 당신을 모를 겁니다. 우리가 함께 아는 것은 빛나는 칠성별과 춤추는 파도, 바로 그것이지요. 그렇군요. 당신에겐 아마도 재능이 있을 겁니다. 아서도 몇 번이나 당신이 쓴 크리스마스 카드에 대해 말했어요. 얘길 듣고, 저 역시 아서와 같은 생각이었습니다. 그런, 가요? 나는 다시 이를 드러내고 환하게 웃었다. 문제의 크리스마스 카드에 내가 뭐라고 썼는지 도무지 기억이 나지 않아서였다. 무섭기, 시작했다. 아서, 도대체 내가 뭐라고 썼던 거죠? 당신은 말이야, 안경알을 닦으며 아서가 얘기했다.

매리 크리스마스

라고 썼어. 매리 크리스마스? 매리 크리스마스! 그것은 놀라운 발견이었습니다. 김현 선생이 다시 말을 이었다. 당신은 이미 사십오 년 전에, 인류 최초로 〈매리〉 크리스마스라고 썼던 겁니다. 지난 이천 년 동안 인류는 메리 크리스마스를 써왔지만, 결코 〈메리〉할 수가 없었어요. 그것을 한순간에 당신이 바꿔놓은 겁니다.

그것도 단 한 줄의 문장으로 말이야. 아서가 말했다. 자, 패를 받았네, 어쩔 텐가. 묵묵히 다시 패를 받으며 김현 선생이 말했다. 즉, 당신의 매리는 그래서 귀국선의 뱃머리에 걸린 희망과도 같은 것입니다. 인류의 희망은, 그래서 메리와 매리 사이의 반 집 싸움과도 같은 것이죠. 어떻습니까? 문학을 한번 해보실 생각은 없습니까? 문학이라구요? 그렇습니다. 막막하군요. 막막한 것만은 아닙니다. 그저 매리, 라고 쓰는 것이니까요.

나는 잠시, 생각에 빠져들었다. 매리, 라고 쓰는 것이라면—과연 할 수 있다는 생각이 힘차게 들었지만, 판단을 유보한 채 나는 고개를 끄덕였다. 두 사람의 패싸움은 목성을 서른두 바퀴 돌고 와도 될 만큼이나 길고도 지루하게 이어지고 있었다. 패 받으시죠. 다시 아서가 패를 받을 차례였다. 저기, 제 자식놈들이 있는데 말입니다. 그놈들은 어떨까요? 뭐가 말입니까? 이를테면, 문학을 하기에 말입니다. 어디 만나볼 수 있을까요? 안경을 끄덕이며 김현 선생이 말했다. 애들아, 잠시 나와보렴. 줄줄이, 그래서 아르마딜로와 별들이 소곤대는, 태권소년이 우주선의 해치를 열고 뛰어내렸다. 우유의 왕관 현상 같은 착륙이, 주변의 공간에서 풍덩 하고 일어났다. 줄곧 무균질, 일등급 우유만 마셔온 애들입니다. 그렇군요. 김현 선생은 우선 아르마딜로를 불러 말했다.

자, 부론손과 데츠오 하라의 북두신권에서 켄시로가 말했습니다. 넌 더 이상 살 가치가 없어. 펀치는 일 분에 1080번. 아다다닷 이요오오 그리고 퍽, 찌익, 꽈릉이었습니다. 세기말 이후의 이 현상에 대해 이백 자 이내로 논하시오. 불과 일 분 만에 아르마딜로는 다음과 같은 답안지를 제출했다.

向鏡하니, 저 바다에 뜬 것 무엇인가. 向아, 걸어 여기 너 닿았구

나. 저잣거리서 묻은 항내 너에게 배었으니 옷을 벗고 몸을 씻거라. 남루하지 않다. 그래, 잎 진 곳에 큰불 일었을 테니 淸風도 없겠구나. 골짝에 찬 연기로 분간을 못했느냐, 눈을 감거라. 재 쌓인 네 눈이 너의 운명이니 눈을 감고 길을 떠나라. 들리느냐, 어두워지느냐? 그래서 곧 밝아오더냐? 청보리 그믐밤 상여 떴는데, 또 무엇이 눈 앞을 지나가느냐.

아아, 나는 다시 이를 드러내고 환하게 웃었다. 뭔가 아서에게 구원의 눈길을 보냈지만, 아서는 골똘히 바둑에만 열중하고 있었다. 무표정한 아르마딜로의 표정에 비해, 김현 선생의 표정은 한결 부드러워 보였다. 이번엔 별들이 소곤대는의 차례였다.

남경조약(南京條約)에서 홍콩반환(香港返還)에 이르기까지의 역사적 과정을 변증법적 유물론에 의거 일목요연하게 서술하시오. 소곤소곤 별들이 소곤대는이 대답을 했다. 별들이 소곤대는에겐 손이 없었으므로, 선생은 특별히 구술을 허락했다.

서울우유, 매일우유, 남양우유, 비락우유

선생은 매일우유 광고의 젖소처럼 빙그레한 표정이 되더니, 태권소년을 불러세웠다. 태 · 권 · 소 · 년입니다. 아르마딜로와 별들이 소곤대는과는 달리, 과연 태권소년은 자신의 이름부터 또박또박 얘기했다. 오호, 태권도를 했니? 선생이 물었다. 그건 아니지만, 태어날 때부터 까만 띠를 매고 있었습니다. 그렇군요. 그래도 기왓장과 송판만 있다면 선생님께 좋은 시범을 보여드릴 수 있을 텐데. 그런가요? 그것 참 안타깝군요. 불과 지난해에 화성의 마지막 기왓장 공장이 문을 닫았습니다. 저런, 직원들의 생활이 말이 아니었겠군요. 그렇습니다. 그럴수록 좋은 작가가 나와야겠죠. 그리고 문제가 출제되었다.

86년 멕시코 월드컵의 8강전에서 아르헨티나의 축구영웅 디에고 마라도나가 첫 골을 넣었습니다. 후반 육 분, 센터링이 올라오자 마라도나와 영국팀의 골키퍼가 동시에 점프를 했는데, 이때 교묘하게—마라도나는 이마가 아닌 손으로 공을 쳐 골인을 시켰습니다. 자세히 본다면 누구나 알 수 있는 명백한 핸들링이었지만, 심판의 오판으로 골이 인정되었습니다. 경기가 끝난 뒤, 마라도나는 '그것은 나의 손이 아니라 신의 손이었다'라고 말했는데, 그렇다면 그것은 과연 누구의 손이었을까요.

①아담 스미스 ②마이클 잭슨 ③신 ④심판

예외적으로, 그것은 사지선답형의 문제였다. 재수, 나는 얼굴 가득 회심의 미소를 지었다. 문제만 잘 들어도 누구나 풀 수 있는 문제였기 때문이다. 잘 생각해보렴, 문제 속에 답이 있단다. 태권소년의 머릴 쓰다듬으며 나는 속삭였다. 마음 같아선 ③번 신! 하고 은하계가 울릴 만큼 크게 정답을 외치고 싶었다.

잘 모르겠습니다.

태권소년이 대답했다. 그리고 태권소년은 울고 있었다. 한국전쟁처럼, 뜨겁고 서러운 눈물이었다. 다시 한번 찬찬히 생각해보렴. 자상한 표정으로 김현 선생이 타일렀지만, 태권소년의 눈물은 그치지 않았다. 그런 걸 알아서 뭐 해요. 흐느끼는 소년의 어깨가 낡은 기와집의 처마처럼 들썩거렸다. 알면 뭐 하냐구요, 아직 인간은…… 아직 인간은…… 나스카의 지상도를 누가 그렸는지도 모르는데. 그리고 소년은 눈물을 거두었다.

누가 그랬어요, 예?

누가 그랬냐구요? 그리고 소년이 바둑판을 걷어찼다. 765년을 이어왔음직한 패싸움의 결과가, 그래서 산산이 흩어져버렸다. 퐁당, 우주의 어둠 속으로 떨어진 돌들이 왕관 현상을 일으키며 사라져갔다. 아니 이놈이. 성마르고 급한 아서가 번쩍 손을 치켜들었지만, 김현 선생이 급히 아서를 제지했다. 괜찮아, 복기(復棋)는 쉬운 일일세. 그리고 보게나. 저 아래를. 선생의 말을 듣고 우리는 〈저 아래〉를 쳐다보았다. 그곳에선 181개의 블랙홀과 180개의 화이트홀*이 놀랍게도 새로운 우주를 탄생시키고 있었다. 장관이었다. 아무래도, 문학을 해야 할 것은 이 소년인 것 같군요.

선생이 속삭였다.

4. 축구도 잘해요

걱정 마렴, 그것은 메리 크리스마스라고 쓰지 않고, 매리 크리스마스라고 쓰는 일이란다. 선생의 성의를 거절하는 태권소년을 나는 달래고 또 달래었다. 어디 한번 써보렴, 매리 크리스마스라고. 태권소년은 참 쉽게도 그것을 뚝딱 써버렸다. 그렇다고 해서, 그렇다는 얘기는 아니구요, 선생은 곧 난감한 표정을 지으며 말했다. 이를테면 그것은 765년을 이어온 패싸움의 복기와도 같은 거란다. 메리와 매리의 반 집 싸움과도 같은 거니까. 내 말을 이해하겠니? 나의 피를 이어받은 만큼, 당연히 태권소년은 그 말을 이해할 수 없었다. 다시 설명해주마, 한국의 현대문학을 예로 들어보

---

* 바둑알은 181개의 검은 알과 180개의 흰 알로 구성되어 있다.

자. 자, 한국의 현대문학을 두 문장으로 표현할 수 있겠니?

잊지 말자 6 · 25. 다시 보자 공산당.

대답을 한 것은 아르마딜로였다. 그래도 뭐, 괜찮다는 표정으로 선생은 말을 이었다. 띄엄띄엄 정확한 답이긴 해도, 적용을 해보기로 하자꾸나. 즉 위의 두 문장은 〈크리스마스〉의 문제였단다. 지난 세기에 이르기까지, 인류는 줄곧 크리스마스에 대한 고민과 성찰을 해온 셈이었지. 자, 복기가 이어진다. 그리고 우리는 너의 엄마로 인해, 아니 너의 아빠로 인해 메리와 매리의 세계를 발견하게 된 것이란다. 그것은 크리스마스를 버리는 게 아니라 크리스마스를 사랑하는 또하나의 방법이었지. 내 말을 알겠니? 대답 대신, 태권소년은 이를 드러내고 하얗게 웃었다. 무서워하고 있구나, 나는 생각했다. 그것은 우스운 게 아니란다. 선생이 얘기했다. 태권소년은, 아무 말도 하지 않았다. 우리는 다 함께 작별을 고했다.

은하계는 과연 광활했다. 지구에 도착한 것은 다농과 기타 우유들이 바닥나고, 오직 몇 리터의 서울우유와 매일우유가 남았을 무렵이었다. 끼룩끼룩. 배고픈 아르마딜로가 낮은 소리로 울었을 때, 창밖에 뜬 은(銀)색의 달을 볼 수 있었다. 그야말로 낯선 풍경이었다.

그리고 나는 알 수 있었다. 이 지구가 수성이나 토성과 하나 다름없이, 우리에게 낯선 행성임을. 아니 그래서, 이 우주는 우리에게 동일한 곳임을, 나는 느낄 수 있었다. 애석한 사건은 대기권을 통과할 때 일어났다. 별들이 소곤대는이 죽은 것이다. 대기권을 통과할 때의 열로 인해, 별들이 소곤대는은—그러니까 죽었다고도 볼 수 있고, 죽지 않았다 볼 수도 있겠지만—아무튼 120그램의 요플레 딸기가 되어 있었다.

매리 크리스마스, 해피 뉴 이어. 우리는 그렇게, 명복을 빌어주었다. 첨벙, 기체가 해면(海面)에 부딪히는 느낌이 파도처럼 우리를 휩쓸고 지나갔다, 돌아왔다. 해서 우주선의 해치를 여는 순간, 과연 귀국선의 뱃머리에 큰 희망이 열리는 느낌이었다. 끼룩끼룩 갈매기들이 울고 있었다. 천천히, 무기를 버리고 내려서시오. 확성된, 해양경비대장의 목소리를 듣던 그 순간에도, 그래서 나는 기쁘고 들뜬 마음이었다. 무기 같은 건 없습니다. 나는 큰 소리로 대답하고, 아르마딜로와 태권소년과 함께 얕은 수면의 바다 위로 첨벙첨벙 뛰어내렸다. 나란히 선 우리를, 군인들이 에워싸기 시작했다.

누가 문학을 하실 겁니까?

다시 확성된 목소리가 귓전을 울렸다. 뜻밖의 질문에 우리는 서로 난감한 심정이었다. 쿡쿡, 나는 태권소년의 옆구리를 찔렀다.

태권소년은, 그러나 말없이 고개를 떨구더니 흐느끼는 목소리로 이렇게 속삭였다. 아빠…… 저 실은 축구가 하고 싶어요. 아아, 이거야 원 나는 곤란하지 않을 수 없었다. 선생님의 말씀 못 들었니? 나는 재차 태권소년의 옆구리를 찔렀다. 저 사실은…… 축구도 잘한단 말이에요. 태권소년은 결국 눈물을 글썽이고 있었다.

다시 한번 묻겠습니다. 문학은 누가 하실 겁니까?

확성기의 볼륨이 더욱 커졌다. 군인들이 서서히 총을 조준하기 시작했다. ①호와 ②호와 ③호에 대한 원망이 잠시 가슴 한켠에 일었지만, 나는 결국 아버지의 입장에 설 수밖에 없었다.

저요.

나는 손을 들었다. 이미 지구는 옛날의 지구가 아니었다. 나중에 안 일이지만, 파스퇴르우유가 큰 인기를 끌고 있었다.

네모난 자리들

김 애 란

1980년 인천에서 태어났다. 2003년 단편 「노크하지 않는 집」으로 제1회 대산대학문학상을 수상하며 등단. 소설집 『달려라 아비』 『침이 고인다』가 있다. 오늘의 예술가상, 신동엽창작상, 한국일보문학상, 이효석문학상, 김유정문학상을 수상했다.

작가를 말한다

그래서 '명랑해져라'는 그녀 세대의 정언명령이다. 슬픔이라는 정념의 노예가 되지 않고 상처를 다스릴 줄 알아야 한다. 두 가지 특질이 있다. 김애란의 인물들은 IMF 현실, 서울 문화의 은근한 배타성, 가족의 결핍 등과 마주친다. 마주치는데, 상처를 받지 않을 만큼 강하지 못하고, 상처와 싸울 만큼 강하지도 못하다. 그녀들을 조력해줄 키다리 아저씨도 없다. 국가도, 이념도, 가족도 무력하다. 그녀들은 모두 고독한 개인의 안간함으로 그 정념을 개관(槪觀)함으로써 이겨낸다. 그 마주침의 기록이 핍진하고 그 안간힘이 애틋하다. 우리가 그녀를 사랑하는 이유다. 특별히 흥미로운 한 가지 특질이 더 있다. 그녀의 중성성 말이다. 대체로 그녀의 인물들은 자신의 성별에 의지하지 않는다. 마주침과 견뎌냄의 과정에 어떤 성별 논리도 개입하지 않는다. 여자라서 혹은 남자라서 특별히 겪게 되는 마주침은 없다. 여자라서 혹은 남자라서 정념을 처리하는 방식이 달라지는 것도 아니다. 그들의 슬픔은 중성적이고 그 슬픔의 처리 과정도 중성적이다. 이 중성성이 그녀의 명랑성을 만든다. 아니, 명랑성이란 본질적으로 중성성인 것이다. 신형철(문학평론가)

어머니의 손을 잡고 올라가본 마을이 있다. 켜켜이 쌓인 지붕과 골목 탓에 내부로 깊은 주름이 나 있던 동네였다. 마침 근처에서 친척 결혼식이 있었고, 어머니는 신혼 때 나를 키운 집에 들러 주인아주머니께 인사를 하고 싶다 했다. 내 나이 열 살 때니까, 십여 년 전 즈음의 일이다. 시골서 자란 내가, 버스에 오르고 지하철을 탄 뒤, 다시 택시로 갈아타 도착한 곳에서, 처음으로 산동네 풍경을 바라봤을 때—나는 그것이 언덕이나 마을이 아닌 하나의 '더미'처럼 느껴졌었다. 우리는 택시가 들어가지 않는 동네 입구에서부터 계단이 끝나는 곳까지 걸어 올라가야 했다. 계단 너머, 스모그를 뚫고 솟은 마을의 꼭짓점이 보였다. 거기 꼭대기에 있는 집 중 한 곳이 내가 태어난 곳이라 했다.

먼 곳에서, 나이를 많이 먹은 해가 또 한번의 나이를 잡숫느라 고꾸라지는 동안, 산동네 위로 그림자가 드리워졌다. 지구 어디선가 어둑함이 몸을 불려가는 속도와 함께 땅 식는 소리가 들려왔다. 나는 세상에서 가장 건강한 서른몇 살의 춘부, 어머니를 따라 계단을 오르기 시작했다. 마을은 폐활량을 늘리기 위한 허파꽈리처럼 구겨져 있었다. 많은 골목과 계단이 구부러지고 꼬였다가 다시 펴진 뒤 알 수 없는 길들로 이어졌고, 하나의 길로 좁아지는가 하면 폭죽처럼 무수한 길 다발을 쏟아냈다. 어머니는 십 년 전에 오른 길을 하나도 까먹지 않았는지, 오른쪽으로 갔다 왼쪽으로 갔다, 오르내렸다 나타났다 사라지길 반복하며 미로 같은 길을 더듬어 갔다. 나는 어머니를 따라 오른쪽으로 갔다 왼쪽으로 갔다, 오르내렸다 나타났다 사라지길 반복하며 하얗게 질려가고 있었다.

갈래마다 다른 묽기를 가진 골목 안으로—여러 겹의 시간이 흐르는 동안, 어머니는 저녁 빛의 다채로운 농담(濃淡) 속을 재빨리 들어갔다 나왔다 하며 말을 걸어왔다. 나는 어머니의 목소리가 들릴 만한 거리를 유지하며 걷느라 종종거려야 했다. 어머니의 이야기는 대부분 내 어린 시절에 관한 것이었다. 내가 무엇을 먹고, 어디서 다치고, 부모를 어떻게 웃겼으며, 얼마나 많은 물건들을 망가뜨려놓았는가 하는. 어머니는 셋방의 주인아주머니가 우리에게 얼마나 잘해주었는가에 대해서도 설명했다. 갚을 순 없어도 잊어선 안 되는 일이 있다고. 어머니는 무릎에 힘을 주며 계단을 올랐다.

그러고는 곧 우리가 다다르게 될 방에 관한 얘기를 들려주었다. 그곳은 어머니가 나를 낳아 키운 방이었다. 그 방에서 나는 많은 잠을 잤다고 한다.

어느 날 오후. 기저귀를 갈아주자 방싯거리던 나는 이내 깊은 잠에 빠져들었다. 어머니는 시장 볼 채비를 했다. 나를 업고 계단을 오르내리는 일이 고되었던 탓이다. 어머니는 방을 나서기 전, 내 머리맡에 바나나킥 한 봉지를 갖다 놓았다. 옆에는 빨대 꽂은 요구르트를 놓는 일도 잊지 않았다. 어머니는 방문을 잠근 뒤, 몇 번이나 뒤를 돌아보며 시장에 갔다. 그러고는 장을 보는 내내 초조해했다. 그새 사고가 나지는 않았는지, 애가 방문을 두드리며 울고 있지 않은지 별생각이 다 들었다고. 어머니는 양손에 부식 꾸러미를 들고, 열대 과일이 무더기로 그려진 월남치마를 휘날리며 계단을 뛰어올랐다. 계단 아래로 감자 한 알이 떨어져도, 건성으로 받은 인사에 이웃 여자가 서운해해도, 어머니는 뛰고 또 뛰었다. 그러나 터질 듯한 가슴을 안고 후닥닥 문고리를 잡아당겼을 때—방 안에선 잠에서 막 깬 아기가 아무 일 없다는 듯, 세상에서 가장 시건방진 표정을 한 채 바나나킥을 먹고 있었다고 한다.

나는 곧 도착하게 될 셋방과 바스락— 하는 소리, 말 못하는 아이가 잠 묻은 얼굴로 뜯었을 과자 봉지 터지는 소리가 순간 펑—하고 들려오는 것 같아 움찔거렸다. 펑— 하는, 시끄럽고 가볍고 맛있는 소리.

물론 나중엔 아이 하나가 더 생겼고, 그때부턴 먼저 깬 아이가 요구르트를 다 먹어치운 뒤 바나나킥을 부수며 놀고 있는 바람에, 늦게 깬 녀석 혼자 울음을 터뜨리고 있었다지만…… 어머니는 골목 안으로 사라졌다. 나는 다음 이야길 듣기 위해 어머니를 쫓아갔다. 해는 느리게 기울었고, 계단은 끝날 것 같아 보이지 않았다.

산 중턱에 이르러 숨을 돌렸다. 어머니는 투피스 차림에도 개의치 않고 다리를 벌리고 앉아 땀을 닦았다. 나는 까치발을 들어 마을을 내려다보았다. 멀리 손잡고 늘어선 전신주와 매연 속에 잠긴 도시의 윤곽이 보였다. 우리는 계단에 앉아, 한참 말이 없었다. 어디선가 바람이 불어왔다. 누군가 광둥어로 부르는 노래처럼 촌스럽고 서정적인 바람이었다. 어머니의 플레어스커트가 분 냄새와 함께 펄럭거렸다. 치마 사이로 판탈롱 스타킹의 살색 밴드가 함부로 보였다. 나는 그 옆에 잠자코 앉아, 어머니의 어깨에 내 조그마한 머리통을 기댔다. 1980년대 말 사람들은 1980년대적 풍경 속을 바삐 오갔고, 그날도 아마 땅속에선 수십 대의 지하철이 물뱀처럼 허리를 틀며 부드럽게 헤엄치고 있었을 거다. 지금도 나는 그 고요한 휴지(休止) 속에 앉아, 어머니와 말없이 맞았던 바람을 생각할 때면—이상하게 조금, 가슴이 아프다.

한참 후 우리는 정상에 올랐다. 어머니는 오렌지주스 상자를 들고 녹색 대문 앞에 섰다. 어떤 집이라고 할 수 없는, 그곳에 있는 많은 집들과 비슷한 집이었다. 어머니가 고개를 디밀자 넓적한 얼굴의 아주머니 한 분이 뛰어나왔다. 어머니는 새댁이라도 된 양 공손한 인사를 건넸다. 아주머니는 환하게 웃으며 반가운 마음을 표했던 것 같은데……

생각나는 것은 거기까지이다. 문 앞으로 뛰어나온 아주머니의 미소. 거기까지. 내가 태어난 방에 대해서는 별다른 기억이 없다. 그곳까지 가, 들르지 않았을 리 없는데 그후의 일이 떠오르지 않는다. 방문을 연 순간 서너 해의 시간이 쏟아져 내리기라도 한 것처럼. 다만 지워지지 않는 것은, 거기까지 가기 위해 힘겹게 오른 길들, 기다랗고 복잡하며 꼬불거리던 괴상한 길 다발들뿐이다. 내 옆을 지나가던 바람, 골목 안에 쌓여 있던 층 많은 빛과 어둑함, 그런 것들만이.

오랫동안 나는 그런 곳에 가본 적이 있다는 사실을 잊고 살았다. 그러다 어느 날, 내가 그렇게 힘들게 찾아간 곳이, 애쓰며 보고자 했던 것이, 고작 어느 작은 방, 어두운 '빈방'이었다는 것을 깨달았다. 저기 꼭대기에 떠 있는 빈 곳. 사각의 텅 빔을 찾아 그렇게 길고 굽이진 길을 헤매 올라갔구나 하고. 나는 그 '네모난 부재'가 지금도 섬처럼 떠 있지 않을까 생각해보곤 한다. 혹은 내 머리 위를 따라다니며 먹지처럼 출렁이고 있지 않을까 하고. 셋방에서 때가 되면 터지곤 하던 펑— 소리, 그 깜짝 놀랄 만큼 맛있는 소리 역시 거기서 아직 저 혼자 살고 있을지 모른다. 그러고 보니 문득 펑— 이라는 말은 뻥— 이라는 말과 닮았다는 생각이 든다. 세상 모든 기분 좋은 소리 안에는 바람이 들어 있다. 바람 '풍(風)' 자의 날렵한 꼬리 안에 매달린 어머니의 말들이, 낱말의 풀씨들이, 골목 같은 내 핏속을 돌아다니다 어느 순간 툭— 하고 발아하는 소리처럼. 내 입속말들이 세계를 떠돌다 당신 안에 들어가 또 다른 말을 틔우는 기적처럼 말이다. 그러니 어쩌면 나는—사라진 말과 사라진 기억, 끝끝내 알 수 없거나 애초에 가져본 적 없는 장면, 그러면서도 오래전부터 알고 있던 것같이 느껴지는 풍경과 함께, 무언가 실종된 것들 사이로 불어오는 시원한 바람을 먹고 자란 것은 아니었을까.

*

사람들은 그곳을 지날 때마다 그 사람 이름을 불렀다. 그 사람은 학교 앞 대로변에 있는 허름한 건물에 살았다. 모두가 등하교를 하는 길 앞에, 기우뚱 서 있는 건물은 하루에도 몇 번씩 수천 명의 시선을 받느라 늙고 피로해져 있었다. 거기 삼층 꼭대기에 그가 산다 했다. 그곳은 식당과 전당포가 뒤섞인 벽돌집이었다. 일층에는 낡은 통닭집이 있었다. 매일 밤 건물 주위론 참을 수 없이 맛있는 통닭 냄새가 풍겨났다. 한밤중, 계단을 오를 때마다 그는 무척 배가 고팠다고 한다.

그 사람은 자기 방 등을 켜고 다녔다. 불 꺼진 방에 들어가고 싶지 않기 때문이라는 소리도, 사용량과 상관없이 매달 같은 금액의 세금을 내는 탓이라는 얘기도 있었다. 그 집 창문은 여름이고 겨울이고, 낮이고 밤이고 밝혀져 있었다. 창 사이로 얼비치는 등(燈)의 밝기는 해가 뜨고 기우는 속도에 따라 어두웠다 환해지며, 지구의 운동과 함께 시시각각 변해갔다. 물론 그 빛은 그의 부재나 존재에 대해 아무것도 알려주지 않았다. 그런데도 사람들은 언제나 그 앞을 지나야 했고, 그때마다 창문을 올려다봤고, 그럴 때면 어쩐지 그가 꼭 거기 있을 것만 같다는 생각을 하게 되었다. 사람들은 자꾸 그 사람 이름을 불렀다. 그도 가끔 창밖으로 손을 흔들며 알은 체를 했다. 긴 시간이 지나고, 사람들은 그가 거기 있고 없음에 상관없이 그냥 그의 이름을 불러댔다. 나는 그 사람 얼굴도 보기 전에 먼저 그 사람 이름을 알았다. 그리고 그곳을 지날 때마다, 저렇게 모두가 '보는' 곳에 사는 일이란, 그늘 한 점 없는 운동장에서 땡볕을 받고 있는 기분과 같지 않을까 생각했다. 그의 형편은 어렴풋이 짐작되는 것이 아니라 습관적으로 상기될 터였다. 그건 가난보다 좋지 않은 일일 수 있다고, 나는 걸음을 멈춘 채 수심에 잠겼다. 그에게 관심이 있었던 것은 아니다. 내가 아는 것은 그가 나의 선배라는 것, 그리고 그 사람 이름이 두식이라는 것이 전부였다. 초저녁부터 만취한 선배들이 그의 이름을 부를 때도, 나는 무심히 그곳을 지나쳐오곤 했다.

그해 나는 개봉역 근처의 이모 댁에 살고 있었다. 나는 밤마다 이모 댁을 찾지 못해 동네를 빙빙 헤맸다. 내게 같은 동선으로만 다니는 습관이 생긴 것도 아마 그즈음부터였으리라. 도시에는 뭔가 표지로 삼고 움직이기엔 비슷하게 생긴 건물이 너무 많았다. 그해에는 혼란스러운 것이 많았다. 신학기의 낯선 질문 앞에서 당황하거나, 뭔가 고백하고 해명하지 않으면 누군가 나를 비난하지 않을까 조바심 낸다거나 하는 일들로 말이다. 우리가 하는 말은 대부분 할 말이 없어서이거나 침묵을 견딜 수 없어 하는 것들임에도 불구하고. 또 우리는 우리가 언제 어떤 말을 하며 살아왔는지 쉽게 잊어버리는 존재들임에도 불구하고 말이다. 나는 그 말들 안에서 자주 달뜨고, 아프고, 우왕좌왕했다.

1999년의 여름이었다. 나는 학교 정문에서 지하철역까지 이어진 긴 아스팔트 위를 걷고 있었다. 가방 속엔 누구나 알지만 나는 잘 몰랐던 작가들의 책이 담겨 있었다. 나는 보도 위를 걸으며 이러저러한 생각을 했고, 더 이상 생각할 것이 없으면 조금 전에 한 생각을 다시 했다. 그리고 훗날, 이런 밋밋한 순간이나 어서 지나가주었으면 하는 시간들이 닥쳐올 때—홀로 그 시간을 견디며 떠올려보기에 딱 좋은, 내 생애 가장 에로틱한 경험을 반드시 가져보고 말리라 결심하고 있었다. '그런 순간에 나, 추잡한 말을 아주 잘할 수 있을 것 같은데' 하고. 어쩌면 처음 해보는 남의집살이가 불편해 최대한 천천히 걸음을 옮기고 있었는지도 몰랐다. 그것은 누구의 잘못도 아니었고, 누군가와 함께 산다는 건 서로를 조금씩 견디는 일이라는 걸 알고 있었으면서도. 아침이면 서둘러 학교에 갔고, 밤이면 막차에 몸을 싣곤 했다. 그때 내게 유일한 즐거움은 하루 두 번 한강을 볼 수 있다는 거였다. 의자에 기대 있거나 내가 가질 수 없는 얼굴을 한, 60년대 한국 작가들의 글을 보며 가슴을 쓸어내리다가도, 열차가 전속력을 다해 한강을 지나는 찰나, 창문 안으로 20세기 풍경이 박살난 채 쏟아지는 순간이 오면 재빨리 몸을 틀어 창밖을 내다보곤 했다. 다리 아래서 고요하게 빛나던 강…… 서울의 큰 강. 그걸 볼 때마다 나는, 뜨거운 차를 마셨을 때와 같이 정갈한 고독이 가슴 아래로 내려가는 기분과 함께, 내가 떠나온 사람이라는 걸 느낄 수 있었다. 그리고 반짝이는 것들이 그렇듯, 그것은 늘 금방 지나갔다.

재개발 아파트 단지 너머로 저녁 해가 기울고 있었다. 나는 지난한 하굣길을 걸어나갔다. 어쩌면 새로운 환경과 스무 살에 답할 수 없던 질문 앞에서, 내 속에 있는 문법들을 새로 뜯어고치고 있었는지도 몰랐다. 새 말이 외롭고 분주하게 만들어지고 있던 몸속 사정과 달리, 사방은 고즈넉했다. 그리고 문득 고개 들었을 때 그 방 창문이 있었다. 여느 때와 같이 불이 켜진 상태였다. 나는 그 앞에 멈추어 섰다. 그것은 늘 거기 있었고, 그것이 거기 있는 데는 전혀 이상할 이유가 없었다. 그런데 그날, 하늘 위에 뜬 창을 본 순간, 책처럼 펼쳐진 네모난 빛 앞에 선 순간, 갑자기 그의 이름을 불러보고 싶어졌다. 그냥 한번 그래보면 어떨까 하고. 통닭집 앞, 오

토바이가 부르릉— 배달 가는 모습이 보였다. 나는 물끄러미 하늘을 바라보았다. 안테나 위를 지나가는 양떼구름이 보였다. 그것은 마치 우르르— 계절을 따라 이동하는 지구의 거대한 사유처럼 보였다. 그 이동의 그림자 아래 젊고 겁 많은 내가 있었다. 나는 높은 봉우리에 올라 '아버지! 노래 한 곡만 틀어주세요!'라고 외치고 싶었다. 그러면 하늘에서 양 떼들이 일제히 입을 벌리며 산울림의 「너의 의미」 같은 노래를 합창할 것 같았다. 아니, 십여 년 전 이범학이 부른 「이별 아닌 이별」이 더 나을까. 그를 만나기 전 나는 시원한 이별 노래부터 부르며, 한 손을 높이 들어, 내 사랑 굿바이, 굿바이, 해도 좋지 않을까. 마침내 나는 힘을 모아, 그러나 아주 작게 그 사람 이름을 불러보았다.

"두식아!"

……목에서 쇳소리가 났다. 나는 갈라지는 음성이 난처해 헛기침을 했다. 나의 목소리는 「너의 의미」 근처에도 얼씬거려보지 못한 것 같았다. 별생각 없이 한번 불러보려 한 이름을 나는 한번 더 불러봐야 할 것 같았다. 어쩌면 통닭 냄새 때문에 배가 고팠던 탓일지도 몰랐다. 나는 침을 삼켰다. 그리고 다시 그 사람 이름을 불러보았다.

"두식아!"

……기척이 없었다. 내 몸은 가볍게 바들거렸다. 조금은 장난인데 그가 정말 대답해버리기라도 하면 어쩌나 두려웠다. 구름을 몰고 가는 바람은 저만치 앞서 가고. 더 이상 아무것도 모르겠으니

내가 마지막으로 불러보는 이름.

"최두식!"

……이마 위에 뜬 220볼트짜리 달. 사방은 죽은 듯 조용했고, 그의 부재가 주는 고요가 온 세상을 빵빵하게 채우고 있었다. 그리고 순간, 나는 그가 좋아졌다.

*

지구는 돌고 지하철도 돈다. 바람은 불고 또 불어와, 세상에서 가장 기분 좋은 바람은 지하철 6호선에서 부는 에어컨 바람이라고, 그는 웅얼거리듯 말했다.

"왜요, 선배?"

그가 '메로나'를 빨며 시큰둥하게 대꾸했다.

"쾌적하잖아."

"그래요?"

"그래."

"저도요."

"뭐가?"

"바람이요. 땅속에서 불어오는 지하철 바람 같은 거요. 그걸 온몸으로 맞고 있을 때는요, 내 속에 있는 어떤 게 마구 흔들리는 기분이 들어요."

나는 난데없는 달변이 민망해 앳된 소리를 냈다.

"그 바람은,"

선배가 말했다.

"몸에 나쁜 바람인데."

걸음을 멈췄다. 우리 앞에 두 갈래 골목이 나왔다. 선배와 나는 눈이 나빴고 둘 다 안경을 쓰고 있지 않았다. 선배는 갈등하더니 길도 모르면서 당당하게 한쪽 길로 들어섰다. 나는 선배를 졸래졸래 쫓아가며 종알거렸다.

"그래서요, 이렇게 이무 때고 걸어가다가, 지금도 내 발밑에서 수십 대의 지하철들이 유영하고 있겠구나 하는 느낌이 들면요,"

"응."

"그것들이 결국 도시의 음악을 만들어내고 있는 게 아닐까 하는 생각이 들어요."

선배가 가만 나를 바라보았다.

"그러니까, 지하철은 턴테이블 같아요. 땅속에서 온종일 빙글빙글 돌며, 고독과 신산함의 음악을 만들어내는."

선배가 짧은 소릴 냈다. 음. 내 손에는 국물이 뚝뚝 녹아내리는 '죠스바'가 쥐어져 있었다. 조금 전 선배가 사준 것이었다.

"풍차구나?"

"네?"

"지하철 말이야."

나는 고개 들어 굴다리를 쳐다봤다.

"여기도,"

선배도 나를 따라 고개 들었다.

"역 근처이지요?"

음. 선배는 덤덤하게 날름 '메로나'를 핥았다. 나는 그 모습이 멋지다고 생각했다.

"선배는요?"

"뭐가?"

"6호선 바람이요."

선배는 잠시 생각하다가 대수롭지 않게 답했다.

"그냥. 사람이 별로 없어서."

나는 풀이 죽었다. 선배는 자신의 대답이 무성의했나 싶었는지 덧붙였다.

"한여름, 사람이 거의 없는 시간에 지하철 안에 들어가면 말이야,"

"네."

"자동문 안으로 발을 디딘 순간, 온몸의 열이 휘발되면서 체온이 확 떨어지잖아."

"네."

선배는 막대를 입에 문 채 부끄러운 듯 중얼거렸다.

"나는 그때의 너무나 사실적인 쾌적함이 좋아."

"그 바람도,"

나는 말했다.

"몸에 나쁜 바람인데."

지구는 돌고, 지하철도 돌고 돌아 굽이쳐, 우리들 마음속에 살고 있는 골목 역시 그날 밤 몹시 어그러져 있었는지 모른다. 우리 앞에 펼쳐진 골목은 글자 사이로 의도를 잔뜩 숨긴 연애편지처럼 명백하면서도 모호했고, 시시한 듯 아름다웠다. 선배는 바지런히 이쪽으로 갔다 저쪽으로 갔다, 오르내렸다 나타났다 사라지길 반복하며 미로 같은 길을 더듬어 갔다. 나는 선배를 따라 이쪽으로 갔다 저쪽으로 갔다, 오르내렸다 나타났다 사라지길 반복하며 새처럼 지저귀고 있었다. 골목은 구부러지고 꼬였다가 다시 펴진 뒤 알 수 없는 길들로 이어졌고, 하나로 좁혀지는가 하면 무수한 길 다발을 쏟아냈다. 우리 앞으로 또 다른 갈림길이 나타났다. 선배는 한쪽 길로 들어섰다. 선배의 뒷모습은 오래된 이야기 속으로 뚜벅뚜벅 걸어가는 사람의 실루엣처럼 황홀하고 위태로워 보였다. 나는 선배와 발 박자를 맞추려 종종거렸다. 선배가 말을 이었다.

"그렇게 나른하게 6호선 한 귀퉁이에 앉아 땅 밑을 돌고 있을 때면,"

"네."

"머리를 기대고 앉아 온도가 잘 맞춰진 에어컨 바람을 맞고 있을 때면 말이야."

"네."

선배가 걸음을 멈추고 나를 바라보았다. 나도 선배를 따라 멈추어 섰다. 선배는 내 눈을 똑바로 바라보며 나지막하게 말했다.

"서울에 오길 참 잘했다는 생각이 들어……"

굴다리 위로 전속력을 향해 달려오는 지하철 소리가 들렸다. 나는 마른침을 삼킨 후, 서걱, '죠스바'를 베어 먹었다. 손톱만한 상어 한 마리가 가슴 위로 파드득 뛰어오른 뒤 꼬리지느러미를 틀며 사라졌다. 우리는 잠시 말이 없었다.

"선배!"

"응?"

"있잖아요."

"그래."

선배는 뭐든 물어보라는 듯 당당한 표정을 지었다.

"선배 방 더워요?"

선배는 주춤하더니 의젓하게 대꾸했다.

"그럼."

달빛은 밝고 마음은 사사로운 밤이었다. 저기 보이는 두번째 길은 조금 전 지나온 그 길인지도 몰랐다. 골목은 퍽 눅눅했고, 추억이란 의당 그래야 하는 듯 노란색 가로등 불빛을 가득 받고 있었다. 때문에 그날 밤 우리는 다른 때보다 좀더 무거운 그림자를 몸에 달고 있어야 했다.

"아! 술 마신 뒤 하드 먹으니까 정말 맛있네요!"

나는 색소에 물든 까만 입술로 활짝 웃었다. 한쪽 손이 끈적거려 어디서든 씻어내고 싶었지만 조금만 더 이렇게…… 선배와 길을 헤매도 좋을 것 같았다.

"내 방에서 말이야. 한여름에도 장마철만 되면 주인아주머니가 군불을 때는 날이 있었는데, 그런 날에도 그녀와 나는 부둥켜안고 있었던 기억이 나."

그다음 선배의 말은 나를 몹시 슬프게 했다.

"그때는, 어떻게 그럴 수 있었는지 모르겠다."

"……"

선배가 자주 했던 말 중 하나는 연애 얘기였다. 그런 말을 들을 때마다 나는 시무룩해져서 모래에 머리를 처박고 죽어버리고 싶었다. 나는 왜 선배의 '처음'일 수 없는지 억울하고 섭섭했다. 선배를 만나기 전, 나는 왜 머리에 이상한 핀을 꽂고 '야자'나 하고 있었는지, 선배가 그녀를 안는 동안 나는 왜 선생들을 헐뜯거나 단체기합을 받고 있었는지 말이다.

"벌써 삼십 분째구나."

"그렇죠?"

"그래."

"그런데 말이다."

선배가 내게 걸어왔다. 나는 물러섰다.

"왜, 왜요?"

선배가 좀더 가까이 다가왔다.

"그게 말이야."

나는 어깨를 움츠리며 불안과 기대에 찬 목소리로 대꾸했다.

"뭐가요?"

달빛은 흐릿했고 쥘 수만 있다면 나는 그것을 으스러뜨리고 싶었다. 선배가 딴청을 피우며 말했다.

"출구는 대체 어디 있는 것이냐?"

그날 나는 초저녁부터 학교 사람들과 놀고 있었다. 우리는 취해 있었고, 아무도 돈을 갖고 있지 않았으면서 누구도 걱정하지 않은 채 2차에 갔다. 그러고는 더 이상 갈 곳이 없자 학번이 가장 높은 선배를 따라 그녀 집으로 향했다. 선배언니의 집은 학교에서 꽤 떨어진 곳에 있었다. 글이 아니었으면 결코 만날 일이 없었을 우리는, 문학 따윈 까맣게 잊은 채, 서로 맘에 둔 사람이나 곁눈질하며 호기롭게 골목을 걸어나갔다. 이제 막 친밀감을 갖게 된, 그리하여 거기서 조금만 더 서로를 좋아하고 싶은 마음이 생긴 인간들이 만들어내는 온갖 우스갯소리와 거짓말이 골목을 소란스럽게 만들었던 기억이 난다. 선배언니의 방은 칠층 빌라 꼭대기에 있는 옥탑이었다. 우리는 까치발을 든 채 하나 둘 계단을 기어올랐다. 어둠 속, 일렬로 선 채 부딪치고 엉키며 까마득한 계단을 오르고 있는 취객들을 상상해본다면 그들이 바로 우리였으리라. 누군가 '아야' 소리를 내자 모두가 일제히 주의를 줬다. 선배언니가 이런 일로 번번이 이웃에게 미움을 받으리란 건 안 봐도 뻔한 사실이었다. 나는 수줍은 척 소극적으로 선배들을 따랐다. 술맛을 모르기도 했고, '모두가 취해 있을 때 재빨리 어른이 돼야지' 다짐했던 탓이다. 선배언니가 문을 열었다. 방으로 들어선 우리는 일순 조용해졌다. 그곳은 책이 많아 신성한 느낌을 주는 방이었다. 어린 취객들은 죄책감을 느꼈다. 그러나 그것도 잠시, 우리는 다시 말도 안 되는 얘기를 떠

들어대고, 술을 마시고, 말싸움을 하며 시시덕거렸다. 누군가 화장실에 들락거리는 사이, 누군가는 라면을 끓이고, 시집을 꺼내 읽고, 집값을 물었다. 두식 선배는 누군가를 웃기고 있는 모양이었다. 그는 사람들에게 늘 인기가 있었다. 저쪽 행거 아래서 동기 녀석 하나가 머리에 옷걸이를 쓰는 모습이 보였다. 녀석의 이마엔 물음표 모양의 고리가 뿔처럼 돋아 있었다. 만취한 녀석은 곧 중요한 메시지가 도착할 거라며 문밖으로 뛰어나갔다. 몇 명이 신이 난 듯 녀석의 행동을 따라 했다. 세탁소용 옷걸이는 각자의 머리통에 맞게 쉽게 구부러졌고 꼭 들어맞았다. 곧이어 두식 선배가 옷걸이를 머리에 쓰고 뛰어나가는 모습이 보였다. 나는 자리에서 벌떡 일어나 재빨리 옷걸이를 쓰고 선배를 좇아 나갔다. 시멘트 바닥 위에 신문지를 깔고 둥글게 모여 앉은 사람들의 모습이 보였다. 그들은 이교도처럼 두 팔을 올린 채 메시지를 기다리고 있었다. 나는 슬그머니 그들 틈에 섞여 앉아 동기 녀석을 나무랐다. 동기 녀석은 내게 옷걸이를 들이대며 장난을 쳤다. 나 또한 지지 않으려 옷걸이 고리로 녀석을 찔렀다. 뿔을 겨누는 아름다운 코뿔소들처럼 최선을 다해 쓸데없는 짓을 하는 사이, 두식 선배가 술을 따르려 상체를 기울이는 모습이 보였다. 나는 동기 녀석을 향해 한번 더 머리를 디밀었다. 그런데 순간 몸이 말을 듣지 않았다. 내 물음표와 두식 선배의 물음표가 맞물려버린 것이었다. 나는 얼굴이 빨개져서 꼼짝할 수 없었다. 나는 높은 곳에 올라 손나발을 만든 뒤 '아버지! 노래 한 곡만 틀어주세요!' 하고 외치고 싶었다. 그러면 왠지 하늘에서 해금으로 연주하는 「러브 미 텐더」가 구슬프게 흘러나올 것 같았다. 두식 선배와 나는 이마를 맞댄 채 쩔쩔맸다. 누구든 옷걸이를 벗어던지면 될 텐데 그 생각을 하지 못했다. 사람들은 웃기만 할 뿐 아무도 우리를 도와주지 않았다. 선배와 나는 이리저리 고개를 움직여 겨우 매듭을 풀 수 있었다. 그런 뒤 함께 김빠진 맥주를 마셨다. 머리 위로 여름 바람이 지나갔다. 사람들은 하나 둘 옷걸이를 벗고 딴 얘기를 했다. 나는 맥주를 홀짝이며 선배의 눈치를 살폈다. 선배는 여전히 하늘을 올려다보고 있었다. 중요한 메시지라도 기다리는 표정이었다. 나는 하늘을 향해 고갯짓을 하며 물었다.

"뭐래요, 선배?"

선배가 말했다.

"궁금해?"

나는 고개를 끄덕였다. 선배는 "기다려봐" 하고 말한 뒤 뜸을 들였다. 그러고는 이제 막 하늘에서 도착한 메시지를 전하듯 선하게 중얼거렸다.

"마음만큼 형편없는 게 있을까."

선배언니는 사람들 잠자리를 살펴준 뒤, 조용히 자기 방에 들어갔다. 나는 턱밑까지 이불을 끌어당긴 채 천장을 바라봤다. 그러고는 어서 시간이 지나가주길 기다렸다. 가만히 누워 무언가를 견디는 일은 내가 가장 잘하는 일 중 하나였다.

얼마 후, 나는 그곳을 몰래 빠져나왔다. 곧 첫차가 다닐 시간이었다. 나는 더듬더듬 긴 계단을 내려왔다. 그리고 현관 앞에 섰을 때, 신발 끈을 묶고 있는 두식 선배와 마주쳤다. 선배가 당황하며 물었다.

"왜 나왔니?"

"집에 가려고요. 선배는요?"

선배도 집에 가는 길이라 했다. 자기는 낯선 데서 잠을 잘 못 잔다고. 선배는 역까지 가는 길이면 같이 가자고 했다. 나는 기쁘게 고개를 끄덕였다. 길눈이 어두워 안 그래도 불안하던 참이었다. 그때까지만 해도 선배만 따라가면 어디든 쉽게 찾아내고 도착할 수 있을 것 같은 느낌이었다. 선배가 반 발자국 앞장서서 나갔다. 나는 선배의 뒷모습을 보며 중얼거렸다. "선배는, 그림자도 참 잘생겼네요."

그리하여 한 시간째, 우리는 골목을 미친 듯이 헤매고 있었다. 선배는 자꾸 변명을 늘어놨다. 어, 이상하다? 여기가 아닌가? 저기가 맞았나? 하는 말을 반복하며. 가끔은 다리가 아프지 않냐고 물어보기도 했다. 나는 괜찮으니 어서 길이나 좀 찾아보라고 핀잔을 줬다. 선배는 자기만 믿으라며 이상한 길로 들어섰다. 그러면서 자꾸 옛날 얘기를 했다. 선배는 오래전 누군가를 퍽 좋아했던 모양인데, 지금도 그녀를 위해 방 열쇠를 어딘가에 숨겨놓는다 했다. 나는 선배가 생각보다 말이 많은 것에 혼자 실망하고 있었다. 조금은 성질을 부리고도 싶었다. 선배는 이 좋은 시절에 왜 뒤만 보고 있느냐고, '죠스바'만 사주면 다냐고.

"그래서 어디까지 얘기했더라?"

나는 심드렁하게 대꾸했다.

"선배가 그녀를 바래다준 데까지요."

선배는 "그렇지" 하며 말을 이었다.

"어릴 때부터 나는 길눈이 어두웠어. 한 번 간 길은 절대 기억 못하고, 두세 번 간 곳도 잊어버리고 말이야."

나는 말 안해도 잘 알겠다는 표정을 지었다. 선배가 연애를 막 시작했을 때, 그녀는 선배의 집에서 도보로 삼십 분 정도 거리에 살았다고 한다. 그녀는 서울 지리를 잘 모르는 선배를 위해 선배의 집에서 자기 집까지 가장 빨리 갈 수 있는 동선을 알려주었다 한다. 오랫동안 두 사람은 그 길로만 함께 걸어다녔었다고. 선배는 머뭇거리듯 말했다.

"그런데 그녀와 헤어지고 한참이 지나서야,"

나는 땅바닥을 쳐다봤다.

"그녀가 가르쳐준 그 길이 결국 내 방에서 그녀 방까지 가는 수많은 길 중 가장 먼 길이었다는 걸 깨달았어."

"……"

나는 그게 무슨 얘기인지 몰랐다. 그저 선배 방의 형광등은 지금도 켜져 있을까, 선배가 좋아한 여자의 생김새는 어땠을까, 내가 전형적인 북방계 몽골로이드 얼굴이니 그녀는 분명 세련된 남방계가 아니었을까 추측하고 있을 뿐이었다. 밤을 새운 내 얼굴이 번들

거리지는 않은지, 머리가 좀 가려운데 긁어도 상관없을지 걱정하면서, 나는 먼지가 들러붙어 끈적이는 손바닥을 자꾸만 쥐었다 폈다 했다. 선배 얘길 좀더 듣고 싶었지만, 이제 다른 이야길 하자고 말하고 싶었다. 하지만 그게 어떤 이야기여야 좋을지 알 수 없었다. 나는 무언가 표현하고 싶었다. 혹은 전달이라도 좋았다. 무안하고 부끄러울지 모르지만, 우리가 걷는 이 길은 그런 낯 뜨거운 말을 하기에 매우 적당하게 생기지 않았느냐고.

"선배."

선배가 고개를 돌렸다. 막상 선배를 불러놓고 보니 무슨 얘기를 해야 할지 몰랐다. 좋아한다고 할까? 너무 투박하지 않을까? 일본 만화의 여학생처럼 '사귀어주세요, 선배' 하고 수줍게 말해볼까. 그보다는 지금이 그런 얘기를 하기에 적당한 때인가? 이 사람, 자꾸 옛날 얘기를 하는 걸 보니 나를 부드럽게 밀어내고 있는 것은 아닐까? 그만큼 내가 편하다는 뜻일까? 내일 영화를 보자고 해볼까? 그건 너무 상투적이지 않을까? 그러나 이럴 때일수록 상투적인 게 최고가 아닐까? 결국 나는 한 가지 결심을 했다. 오래전, 그의 창 앞에서 그랬던 것처럼, 이곳에서 한 번만 더 선배의 이름을 불러보자고.

"저기요."

"……"

나는 양손에 힘을 주었다.

"저 선배,"

선배가 나를 빤히 바라보았다. 선배의 동공이 크게 벌어졌다. 그리하여 천천히 내 입술이 열리는 순간 선배가 황급히 먼 곳을 가리키며 외쳤다.

"저기!"

나는 움찔 놀라 선배가 가리키는 곳을 바라봤다. 멀리 하나 둘 지나가는 자동차 불빛이 보였다. 고개를 돌리자 선배가 안도하는 표정으로 말했다.

"저기. 보인다, 출구."

그러니 우리가 훗날 어느 길에서 만나 어떤 실망과 망설임을 가졌었는가에 대한 얘기는 잠시 미뤄두기로 하자. 대신 선배와 내가 헤매고 있는 저 길, 저 기다랗고 복잡하며 꼬불거리는 골목을 조금만 더 바라보고 있기로 하자. 어쩐지 나는 나이를 먹지 않은 두 사람이 지금도 그 골목을 헤매고 있을 것만 같은 기분이 든다. 아직 그 안에서 빠져나오지 못한 채, 해가 뜨고 기우는 속도에 따라 옅어졌다 진해지는 그림자의 묽기를 발끝에 달고. 여기인가 저기인가, 기웃거리면서 말이다. 지구는 돌고, 지하철도 돌고 돌아 긴 시간, 어그러진 시간 속을 계속 걸어나가며, 내가 모르는 이야기를 만들어가고 있는지도. 수많은 길다발 중에는 이십 년 전 산동네로 이어지는 골목이 뿌리 뻗고 있을지 모른다. 그들은 바나나킥 봉지 휘날리는 폐허에서 빈방을 발견한 뒤, 컴컴한 빈방, 그 네모난 부재 한가운데 서서 그때 못한 입맞춤을 오랫동안 나누게 될지도 모른다.

김애란 | 네모난 자리들

그리고 아마 그 순간에는 아무런 음악도 필요하지 않으리라.

*

나는 하루 두 번 한강을 건너 학교에 갔다 집으로 돌아왔다. 더 이상 이모 댁을 찾지 못해 동네를 돌진 않았지만, 앞으로 내가 헤매야 할 길들은 수백 개도 넘게 남아 있었다. 나는 선배의 소식을 몰랐다. 내가 알고 있는 것은 선배가 휴학계를 냈다는 것, 그리고 연락이 되지 않는다는 것이 전부였다. 나는 표 안 나게 선배의 안부를 묻고 다녔다. 사람들은 "글쎄, 지방에 가지 않았을까" 혹은 "힘든 일이 있었나보지. 전화도 안 되는 것 같던데" 하고 얼버무렸다. 대학에서 휴학은 대수로운 일이 아니었다. 사람들은 선배의 안부를 궁금해했지만, 그사이 우리에겐 중간고사가 있었고, 잘 안 되는 연애가 있었고, 각자의 생활고가 있었다. 한 일 년 후 선배가 돌아온다면 모두 기쁘게 악수를 청할 테지만. 선배는 잊혀갔다. 선배가 어떤 시시한 이유로 사라졌건, 선배가 보이지 않는다는 사실은 나를 초조하게 만들었다. 나는 학교 앞을 지날 때마다 선배 방 창문을 올려다보았다. 그것은 여느 때처럼 고즈넉하게 빛나고 있었다. 물론 그 빛은 그의 존재나 부재에 대해 아무것도 알려주지 않았다. 나는 그 앞에서 몇 번 그의 이름을 부르려다가 풀이 죽어 지나쳤다. 그리고 문득, 누군가를 만나기 전 그 사람 이름을 먼저 알게 되는 건 위험한 일이라는 걸 깨달았다.

나는 조금씩 서울 생활에 적응해갔다. 어머니를 설득해 조그만 자취방을 구하고, 아르바이트를 해 돈을 벌고, 친구들과 맥주를 마시고, 자연스러운 화장술에 대해 조언을 받아가면서 말이다. 나는 내 머리 위로 지나가는 시간을 물끄러미 쳐다보며 학교에 가고, 밥을 먹고, 셋방에 몸을 뉘었다. 그리고 더 이상 선배의 일을 궁금해하지 않게 되었다. 그리고 그런 식으로 왔다 가는 사람은 미움을 받아야 된다고 생각했다.

어느 저녁, 나는 학교 앞 언덕을 천천히 내려가고 있었다. 하늘엔 오랜만에 양떼구름이 흘러갔고, 은행나무 사이로 바람이 지나갔다. 상가 주위를 기웃거렸다. 만만한 가격대의 음식을 골라 어서 끼니를 때우고픈 마음이었다. 저기 통닭집이 눈에 들어왔다. 선배가 살고 있는 건물에 있는 가게였다. 나는 통닭집과 선배의 방을 번갈아 쳐다봤다. 건물 주위로 '후라이드' 냄새가 그리움처럼 무럭무럭 피어났다. 허기가 밀려왔다. 한동안 보지 않으려 애썼는데. 그 빛 아래 서자 어쩐지 그가 꼭 거기 있을 것 같다는 예감이 들었다. 그동안 왜 그 생각을 못했는지 모르겠다고, 그는 여전히 그곳에서 밥을 먹고, 잠을 자고, 일하러 나갔을지도 모르는데, 나는 그가 사라진 자리만 바라보고 있었구나 하고. 나는 용기 내어 그의 방에 올라가보기로 했다.

닭 한 마리를 주문했다. 양념과 후라이드를 반반씩 섞었다. 가게 주인에게 선배의 안부를 물었다. 그는 "아, 윗방 총각?" 하더니 고개를 갸웃거렸다. 방에 불이 켜져 있는 걸로 봐서 거기 있는 게 아니겠냐는 거였다. 나는 닭튀김 봉지를 들고 계단 아래에 섰다. 눅눅하고 길쭉한 어둠이 입을 벌린 채 뻗어 있었다. 숨을 고르며 하나 둘 계단을 올랐다. 선배에게 어떤 인사를 건네야 할지 몰랐다. 화를 낼 수도 있지만 어쩌면 반갑게 손잡아줄지도 몰랐다. 선배 방은 삼층 복도 끝에 있었다. 낡은 현관 앞에 섰다. "탕 탕" 나무 문을 두들겼다. 안에선 아무 기척이 없었다. 다시 방문을 두들겼다. 대답이 없었다. 문고리를 잡았다. 손바닥 위로 섬뜩한 알루미늄 감촉이 둥글게 감겨왔다. 순간, 서늘한 요의와 함께 오랫동안 잊고 지낸 장면 하나가 떠올랐다. 어머니와 오른 산동네의 모습이었다. 좁고 구불거리는 길과 문 앞으로 뛰어나온 주인아주머니의 환한 미소, 그런 것들이.

어머니가 철문 사이로 고개를 디밀자 넓적한 얼굴의 아주머니 한 분이 뛰어나왔다. 어머니는 새댁이라도 된 양 공손한 인사를 건넸다. 어머니와 아주머니는 마루에 앉아 담소를 나눴다. 아주머니는 자꾸 내 머리를 쓰다듬었다. 나는 지루한 듯 다리를 떨며 주위를 두리번거렸다. 마당 어디선가 비릿한 화장실 나프탈렌 냄새가 풍겨왔다. 어머니가 물었다. 저 방이지요? 아주머니가 말했다. 그래. 새댁 처음 올라왔을 때, 내가 새댁 보고 "저 방 총각이 만날 얘기하던 아가씨가 바로 아가씨구만?" 했잖아. 어머니는 사연 있는 미소를 지었다. 그런데 사람 안 사는가 봐요? 응. 여기도 하나 둘 없어져가니까. 나는 슬그머니 마루를 빠져나와 집 구경을 했다. 어머니는 내게 눈길 한번 주지 않고 대화에 열중했다. 나는 붉은 '다라이' 안에 심어놓은 꽃과 상추를 구경하는 척하면서 어머니가 가리킨 방으로 걸어갔다. 그 방은 주인집 좌측 안쪽에 깊숙이 박혀 있었다. 주위를 살피며 셋방 문고리를 잡았다. 섬뜩한 쇠 느낌 때문에 설핏 요의가 느껴졌다. 콩닥이는 가슴을 안고 문고리를 돌렸다. 삐그덕— 문이 열렸다. 젖은 시멘트 냄새와 함께 컴컴함이 훅— 밀려왔다. 뜯어진 벽지 사이로 파란색 분홍색 자주색 곰팡이 꽃이 어지럽게 만개한 모습이 보였다. 나는 그 자리에 뻣뻣이 서 있었다. 그 방이 우리 가족의 방이었다는 게 믿기지 않았다. 어느새 어머니가 나를 찾아 그 앞까지 와 있었다. 나는 하얗게 굳은 얼굴로 물었다.

"여기는 왜 이렇게 어둡고 아무것도 없어요?"

어머니가 내 어깨를 잡으며 말했다. 그건, 네가 있기 위해서였다고.

방문은 단단히 잠겨 있었다. 나는 선배가 열쇠를 두었을 만한 곳이 없을까 두리번거렸다. 그대로 돌아가기에 아쉬운 마음에서였다. 그러다 문득, 선배와 골목을 헤매었던 날의 기억이 떠올랐다. 선배는 그녀가 언제든 돌아올 수 있도록 집 근처에 열쇠를 숨겨둔다는 말을 했었다. 무심히 흘려들었는데 어딘가 정말 열쇠가 있을지도 모른다는 생각이 들었다. 요행을 바라는 마음으로 방문 앞에 있는 두꺼운 깔판을 떠들어보았다. 아무것도 없었다. 문고리에 걸린 우유 가방 안도 뒤져보았다. 역시 아무것도 없었다. 가만 궁리하다, 까치발을 들어 방문 윗부분을 더듬어보았다. 두껍게 쌓인 먼지 사이로 차갑고 납작한 물체가 손에 잡혔다. 혹시나 했는데 가슴이 내려앉았다. 침을 삼킨 뒤 열쇠를 구멍 안에 집어넣었다. 문틈 사이로 형광등 불빛이 아찔하게 쏟아져나왔다.

방에 들어서자마자 문을 잠갔다. 작은 앉은뱅이책상 하나와 책장, 벽에 박힌 못이 보였다. 서랍장과 라면 박스 몇 개도 눈에 들어왔다. 방 안은 놀라울 정도로 깨끗했고, 그렇기 때문에 더욱 폐허 같았다. 선배가 멀리 가버린 것은 아니라는 확신이 들었다. 잠시 무엇을 해야 할지 몰라 주춤거렸다. 그러다 한쪽 벽에 걸려 있는 옷걸이를 발견했다. 어디서나 볼 수 있는 흔한 세탁소용 옷걸이였다. 그것은 누군가 남기고 간 깨끗한 뼈처럼 허공 위에 걸려 있었다. 나는 무심히 옷걸이를 집어들었다. 그런 뒤 그것을 머리에 걸쳐보았다. 뜻밖의 메시지가 전달될지도 모른다는 기대에서였다. 눈을 감고 고개를 들었다. 이마에 돋은 허약한 물음표가 하늘을 향해 솟아났다. 선배와 걸었던 길과 함께 맞았던 여름 바람이 떠올랐다. 그러나 그뿐이었다. 아무리 기다려도 중요한 메시지 따위 전해질 리 없었다. 한참 후 나는 포기한 듯 눈을 떴다. 천장 위에 뭔가 보였다. 쉽게 눈에 띄지 않는 어떤 흔적이었다. 나는 미간을 찌푸려 천장을 살펴보았다. 두식 선배의 글씨였다. 그것은 선배가 좋아했던 시의 마지막 구절이었다.

—가엾은 내 사랑 빈집에 갇혔네.

갑자기 얼굴 위로 주르륵 눈물이 흘러내렸다. 왜 그런지는 나도 알 수 없었다. 나는 옷걸이를 벗어 원래 자리에 걸어놓았다. 방을 나서기 전, 주위를 살펴보았다. 그러고는 벽면에 붙은 형광등 스위치를 만지작거렸다. 뭔가 대단히 '낭비'되고 있다는 생각 때문이었다. 결심한 듯 스위치를 내렸다. 또각— 소리와 함께 주위는 어두워졌다. 나는 문을 닫고 건물을 빠져나왔다. 멀리 그의 방 창문과 입 다문 어둠이 보였다.

얼마 후, 나는 그 안으로 다시 들어가고 있었다. 나무 문이 보였다. 까치발을 들어 열쇠를 찾았다. 열쇠를 꽂고 손목을 틀었다. 철컥— 나무 문이 열렸다. 문틈 사이로 어둠이 아찔하게 쏟아져나왔다. 손을 뻗어 벽면을 더듬었다. 형광등 스위치의 돌출 부분이 손에 잡혔다. 결심한 듯 다시 스위치를 올렸다. 또각— 전구 속 필라멘트가 가늘게 흔들렸다. 형광등은 불안하게 몇 번 몸을 떨더니 다시 예전처럼 환하게 주위를 밝혔다. 나는 그 빛을 확인한 뒤 문을 닫았다.

푸른 조가비

정 한 아

1982년 서울에서 태어났다. 2006년 제4회 대산대학문학상을 수상하며 등단. 장편 『달의 바다』로 2007년 제12회 문학동네작가상을 수상했다. 소설집 『나를 위해 웃다』가 있다.

작가를 말한다

한아는 어느 인터뷰에서 자신의 소설을 '칼에 찔렸을 때, 그것을 맞받아치지 않고 부드럽게 껴안는 이야기'라고 말한 바 있다. 소금의 모액인 간수는 그대로 마시면 독이 된다. 눈이 어두워지고, 벙어리가 되기도 하며, 동맥경화로 쓰러질 수도 있다. 그러나 간수는 콩물 속으로 들어가 따뜻하고 부드럽고 말랑말랑한 두부를 만든다.

정한아의 소설을 읽은 사람들은 한결같이 '따뜻하다'고 말한다. 생에 대한 긍정은 그냥 이루어지지 않는다. 자신을 미워하는 사람을 위해 진심으로 기도하고 난 후에야, 자신의 몸속에 들어온 칼을 부드럽게 끌어안은 후에야, 비로소, 무한한 긍정에 닿게 된다. 그래서 그녀의 소설이 남기는 온기는 좀체 사라지지 않는다. 우승미(소설가)

자작나무숲으로 둘러싸인 그 카페는 산 아래 마지막 휴게소였다. 사람들은 랜턴의 배터리를 점검하고, 비상식량을 챙기는 등 산행 준비에 한창이었다. 나는 커피를 한 모금 마시고 자리에서 일어났다. 더 이상 제이를 기다릴 수 없었다. 마지막 순례자들의 무리가 카페를 떠나고 있었다.

해가 넘어가면서 점차 주위가 어둑어둑해지는 것을 느낄 수 있었다. 산을 오르는 이들의 숨소리가 가까이서 들렸다. 오늘 걷는 길은 도중에 숙소가 하나도 없어서, 노숙을 하거나 밤을 새워 산을 넘는 수밖에 없었다. 제이와 나는 길에서 잠을 자느니 차라리 밤을 새워 걷기로 이미 합의를 한 터였다.

"산 정상에는 거대한 기둥 위에 달린 철십자가가 있어. 그곳에 순례자들의 인생에서 가장 진실된 순간이 나타난대."

아침에 숙소를 나서면서, 제이는 떨리는 목소리로 말했다.

"신기하지? 어떤 장면이 나타날까?"

나는 아무 말 없이 신발 밑창을 닦았다. 산길에서는 아무리 조심해도 몇 걸음 만에 진흙이 엉겨붙어버렸다. 제이는 어느 순간부터 포기해버린 듯 진흙이 들러붙은 신발을 턱턱 신고 다녔다. 아침부터 긴 머리의 이탈리아 남자가 제이에게 말을 걸었다. 히피 복장에 눈빛이 몽롱한 그 남자는 며칠째 제이의 주위를 맴돌고 있었다. 어눌한 그의 말에 일일이 대답해주느라 제이의 발걸음이 느려졌다. 잠시 후 나는 그들을 앞질러 걸어갔는데, 그러면서 제이와 길이 엇갈려버렸다. 이 길에서는 핸드폰이나 이메일을 쓸 수 없으니, 한번 어긋나면 다음 숙소까지 그저 우연히 만나기를 바라는 수밖에 없었다. 공교롭게도 밤새 산행을 하는 날 혼자가 되어버린 것이었다.

산티아고 순례길은 기적과 신비를 체험하는 곳으로 알려져 있지만, 길의 막바지에 다다른 그때까지도 제이와 내게는 별다른 일이 일어나지 않았다. 안쓰러울 정도로 말랐던 제이의 얼굴에 혈색이 돌고, 식성이 좋아진 것이 유일한 기적이라면 기적이었다.

지난 계절 내내 방에만 처박혀 있던 제이가 순례길에 따라나선다고 했을 때, 사실 내게는 거리끼는 마음이 더 컸다. 하루 이삼십 킬로미터를 걸어가야 하는 고된 여정에 제이의 존재가 거추장스러울 것 같았기 때문이다. 하지만 제이는 이곳에 도착한 이후 줄곧 나를 이끌고 앞서서 길을 걸어갔다.

"밤새 부지런히 걸어가면, 동이 틀 무렵 철십자가에 다다를 수 있어. 눈앞이 희뿌옇게 밝아질 때 즈음 우리 인생의 한 장면이 나타난다는 거야."

제이는 며칠 전부터 연신 그 철십자가 얘기였다. 나는 조금씩 어두워지는 발밑을 바라보면서 피식 웃었다. 그때 내 머릿속에는 진흙투성이의 코끼리 한 마리가 떠올랐다.

대학 신입생 때 나는 쟁반만한 얼굴에 날마다 화장을 하고 다녔다. 더할 수 없이 심각한 표정으로 거울 앞에 서서 색색깔의 아이섀도와 립스틱을 바르곤 했다. 그때는 그런 것이 '어른의 일'이라고 생각했기 때문이다.

흡사 색칠을 한 것 같은 얼굴로 학교에 가서, 그해 봄에 학보사 수습기자 시험을 봤다. 내 꼴을 보고 선배들이 얼마나 기가 차게 웃던지, 부끄러움이 뭔지도 몰랐던 내 귀가 새빨개졌다.

필기 시험도 엉망으로 치르고, 면접 때는 장기자랑이랍시고 비트박스를 했는데 나는 운 좋게 수습기자 중 한 사람이 되었다. 학생기자들은 아침 일곱시에 출근해서 밤 열시에 퇴근을 했다. 공강 시간에는 교대로 신문사를 지키고, 주말에도 함께 모여 온종일 세미나를 했다.

우리는 선배를 '형'이라고 불렀다. 길에서 '형!' 부르고 뛰어가면 캠퍼스 안의 사람들이 전부 우리를 쳐다봤다. '형'들은 다른 대학생들보다 의젓하고 똑똑해 보였다. 나는 '형'들처럼 잠을 적게 자고, 건조한 표정을 짓고, 영문 타자를 바람처럼 치는 연습을 했다.

우리들은 매일 같은 곳에서 저녁을 먹었는데, 그곳은 학교 후문 골목길에 있는 제일 값싼 기사식당이었다. 학교에서 주는 식비가 넉넉한데도, 선배들은 매번 그곳에서 한 종류밖에 없는 백반을 먹었다. 그 기이하리만치 조용한 그곳의 공기를 지금도 기억할 수 있다. 고개를 숙이고 밥을 먹는 동료들의 하얀 목덜미, 싱거운 콩나물무침, 편집장의 나지막한 목소리. 우리에게는 '책임감'이 있는 것 같았고, 나는 어깨를 조금 으쓱거리고 싶었다. 나는 '형'들이 읽는 책을 똑같이 옆구리에 꼭 끼고 다녔다. 그들과 함께 있으면 언제나 든든한 기분이 들었다.

그런데도 매일 밤 캄캄한 길을 걸어 집으로 돌아가노라면 마음속이 유리처럼 투명해져버렸다. 곰곰이 들여다보아도 그 안에는 아무것도 담긴 것이 없었다. 나는 무엇인가를 간절히 바라면서도, 그것이 무엇인지 알 수 없었다. 가끔 옷을 갈아입다 말고 한쪽 팔을 스웨터에 넣은 채로 멍하니 앉아 있곤 했다.

2학기가 되자, 우리도 조금씩 기사라는 것을 쓰기 시작했다. 원고지 두 장 분량의 짧은 글인데도 대개 서너 번은 퇴짜를 맞아야 오케이 사인이 떨어졌다. 편집장은 내 원고지 위에 유난히 붉은 펜을 휘갈겨댔다.

학교 호수에 버려지는 쓰레기에 대한 기사를 썼던 날, 편집장은 조용히 나를 부르더니 '지금 당장 나가서 호수가 어떻게 생겼는지 똑바로 보고 오라'고 했다. 있는 그대로, 사진을 찍듯이 글을 써오라는 것이었다.

바깥은 사방에서 나뭇잎이 붉게 타는 가을이었다. 나는 터덜터덜 신문사를 나와서 호수 쪽으로 걸어갔다. 절반쯤 갔을 때, 휴대폰이 울렸다. 기사식당으로 모이라는 전갈이었다. 나는 인상을 찌푸렸다.

"저녁때도 아닌데 왜?"

"사고가 났어. 식당에 코끼리가 들어왔다는 거야."

나는 휴대폰을 든 손을 떨어뜨리고 멍하니 후문 쪽을 바라보았다. 멀리서 희미하게 땅이 울리는 소리가 들리는 듯했다.

학교 근처 유원지에서 탈출한 코끼리가 식당에 들이닥쳤다는 소식은 대학신문뿐만 아니라 저녁뉴스에도 나왔다. 나는 텔레비전을 통해서 식당의 부서진 천장을 바라보았다. 매일 내가 앉아서 밥을 먹던 자리는 운석이 떨어진 듯 깊고 둥근 자국이 파여버렸다. 헝클어진 파마머리의 주인아주머니는 당황한 얼굴로 말을 더듬거렸다. 인명 피해는 없었다는 기자의 목소리가 들렸다. 바닥 곳곳에 진흙이 엉겨붙은 것이 보였다.

코끼리는 조련사의 지도에 따라 얌전히 유원지로 돌아갔다. 난동을 피우지도 않고, 제 발로 다시 우리 속에 들어간 것이다. 그 일로 호황을 맞은 것은 식당측이었는데, 사람들이 몰려들자 상호까지 '코끼리식당'으로 바꾸어버렸다. 발자국이 파였던 자리는 금세 단단한 시멘트로 메워졌다. 하지만 내 안에 생긴 어떤 구멍은 메워지지 않았다. 길 잃은 코끼리가 된 기분이었다.

학보사를 그만두겠다고 했을 때, '형'들은 별로 놀라지 않았다.

일별조차 않는 그들의 모습에 도리어 당황한 것은 나였다. 나는 나무 난간을 짚으며 천천히 계단을 내려왔다. 갑자기 고아가 된 느낌이었다.

그 계절, 나는 넘쳐나는 시간에 납작하게 짓눌려 온종일 책상 밑에서 눈을 뜨고 있었다. 사람이 너무 무료하면 눈을 뜨고도 잠들 수 있다는 것을 그때 처음 알았다. 코끼리에게 책임을 묻고 싶은 기분이었지만, 달리 의사를 전달할 길이 없었기 때문에, 나는 길고 긴 편지를 쓰기 시작했다. 편지를 쓰는 밤이면 어디선가 희미하게 땅이 흔들리는 소리가 들렸다.

처음 가져온 짐의 거의 절반을 버렸는데도, 내 가방은 남들보다 더 무거웠다. 완역본 『돈 키호테』의 무게 때문이었다. 그 책을 들어본 사람들은 전부 고개를 절레절레 흔들었지만, 나는 그것을 스페인 여행 내내 등에 이고 다녔다.

산티아고 순례길은 각자 자신의 짐을 지고 걷는 가난과 고난의 여정이다. 한 수도사가 별이 빛나는 들판으로 이끌려 잃어버린 사도의 무덤을 찾았다는 데에서 유래한 이 길은 영적인 기운을 가졌다고 알려져, 중세 이후 유럽 곳곳으로부터 순례자들이 찾아왔다. 제이와 내가 택한 길은 프랑스에서 시작되는 약 팔백 킬로미터의 길이었다. 사람들은 종교를 초월해서, 각자의 소망을 가지고 이 길을 걸었다. 아무 이유 없이 사십여 일간 길을 걸을 수는 없는 법이었다.

산티아고 길 위에서는 지도가 필요 없었다. 매 구간 길을 안내하는 방향이 표시되어 있기 때문이다. 나무와 돌에 새겨진 노란색 화살표를 따라가기만 하면 그 끝에 도달할 수 있었다. 나와 제이는 삼십 일간 그 화살표를 쫓아왔다.

숲으로 들어서자, 순식간에 주위가 어두워졌다. 나는 랜턴의 불빛을 비추어 나무에 새겨진 노란색 화살표를 찾았다. 함께 그 화살표를 쫓아 걷고 있을 제이가 떠올랐다. 한밤의 나무들이 흔들리면서 짙은 풀냄새가 풍겼다. 갑자기 두려운 기분이 들었다.

나는 딱 한 번, 미아—그것도 국제미아가 될 뻔한 적이 있다. 부모님이 나를 잃어버린 장소는 아르헨티나의 한구석이었다.

아버지 어머니는 아르헨티나로 이민을 떠난 첫해에 아무 일도 하지 않고, 그 나라 곳곳으로 여행을 다녔다. 어린 내가 보기에도 고개를 갸웃거릴 만큼, 규율도 원칙도 없는 시간이었다. 삼십대 초반이었던 그들 부부는 딸에게 선글라스를 씌우고 매일 낯선 땅을 휘젓고 다녔다. 드러누워 있어도 온종일 차 한 대 지나가지 않는 광대한 들판이 끝없이 이어졌다. 어머니는 지금도, 자신의 인생에서 흠 없이 행복했던 것은 그 시절뿐이었다고 말씀하시곤 한다. 조금도 어그러지지 않은 원처럼, 그때 너무 많은 즐거움을 누려서 나머지 인생은 빚을 갚으면서 살아야 하는 것처럼 느껴진다고.

아버지는 한번도 우리 가족을 평안하게 한 적이 없었다. 마음이 아플 정도로 행복하게 하거나, 불안하게 하거나, 이리저리 흔들리게 했다. 아르헨티나는 그런 아버지가 선택한 땅이었다. 우리 가족은 부에노스아이레스에 기점을 두고, 연일 배낭을 싸서 그 나라의 각지를 떠돌아다녔다.

그날, 우리가 도착한 곳은 이구아수 폭포가 있다는 국립공원이었다. 아버지는 안내책자를 구하러 가고, 나는 어머니와 단둘이 남아 있었다. 멀리서 아버지가 어머니에게 무슨 말을 하는 것이 보였다. 혼자 선글라스를 벗었다 썼다 하던 나는 선착장의 한 배에 이끌리듯 올라탔다.

움직이지 않는 그 배 안에서 약 오 분간 머물렀을 뿐인데, 나와 보니 아버지도 어머니도 보이지 않았다. 물안개가 뿌연 주위에는 낯선 백인들뿐이었다. 갑자기 희박한 공기와 함께 어지럼증이 일었다. 내가 처음으로 이방(異邦)을 느낀 순간이었다. 전에는 눈에도 띄지 않았던 커다란 새들이 나를 노려보며 머리 위를 날아다녔다. 차갑고 매캐한 냄새와 함께 바람이 불었다. 가느다란 나무들이 바람에 뽑힐 듯 휘청거리는 게 보였다. 이구아수 강의 물소리가 내 몸 깊숙한 곳을 울렸다.

아버지와 어머니가 멀리서 내 이름을 부르며 달려왔을 때, 나는 동상처럼 굳어 있었다. 아버지는 불같이 화를 냈고, 어머니는 소녀처럼 울었다. 부모님은 내 손을 잡고 핫초콜릿을 파는 노점의 의자에 앉았다. 입을 꽉 다문 그들은 젊고, 어수룩해 보였다.

지금도 신기하게 느껴질 때가 있다. 어떻게 그들은 지구의 반대편으로 가서 인생을 다시 시작할 생각을 했을까? 그 유랑의 시간은 그들에게 무슨 의미였을까? 그 천진함이 과연 나에게도 유전되었을까?

절대로 돌아오지 않을 것처럼 떠났던 한국 땅을 다시 밟았을 때, 아버지와 어머니는 무척 고단해 보였다. 그후로 우리 가족이 다 같이 어딘가로 긴 여행을 떠나는 일은 좀처럼 없었다. 어쩌면 빚을 갚는다는 어머니의 말은 그대로 진실인지도 모른다.

눈을 감으면 그날, 삼백 개의 폭포가 함께 떨어지는 이구아수 강 한쪽에서 손을 잡고 서 있던 한 가족이 떠오른다. 젊은 아버지의 빛나는 눈동자와, 어머니의 하얀 얼굴, 작은 선글라스를 낀 나.

발끝의 느낌이 심상치 않아, 가방을 내리고 양말을 벗었다. 아니나 다를까 새끼발가락에 물집이 올라온 게 보였다. 바늘에 실을 꿰고, 그것으로 물집을 찔러 통과시켰다. 내 몸을 뚫고 나온 하얀 실. 그곳에서 투명한 물방울이 새어나왔다.

처음 이 길을 걷기 시작했을 때, 제일 고통스러웠던 것이 바로 물집이었다. 피레네 산맥을 넘었던 첫날, 신발을 벗어보니 발가락마다 물집이 붉게 부풀어올라 있었다. 발걸음을 뗄 때마다 바늘에 찔리는 것처럼 물집이 욱신거렸다. 발이 으스러지는 고통, 이라는 것을 나는 처음으로 경험했다. 통증은 점차 무릎에서 허리까지 전이되었다.

산티아고 길에서 물집이 문제가 되는 이유는 여정을 멈출 수 없다는 데 있다. 순례자들을 위한 숙소인 알베르게는 오직 하루, 한 개의 침대만을 허용한다. 날이 밝으면 환자든 어린아이든 짐을 싸서 떠나야 한다. 그것이 원칙이었다. 이 길 위에서는 전진하거나, 포기하고 돌아가거나, 둘 중 한 가지뿐인 것이다.

처음 일주일간 나는 거의 날마다 흐느끼면서 걸어야 했다. 제이는 나 때문에 수도 없이 멈춰 서야 했다. 제이의 발은 신기하리만치 깨끗했고, 굳은살도 박이지 않았다. 제이는 내게 물을 많이 마시고 조금 느긋하게 걸어보라고 말했다. 그것이 효과가 있었는지, 곧 물집이 조금 수그러드는 듯했다. 하지만 고통은 사라지지 않았다. 나는 발을 절룩거리면서, 과연 내가 끝까지 걸어갈 수 있을까 자문해보았다. 고통 그 자체보다 외로움을 견디기 힘들었다. 나 홀로 다른 길을 걷는 기분이었다.

일곱째 날, 나무그늘 아래에서 점심을 먹은 나는 다시 일어날 엄두를 내지 못하고 멍하니 앉아 있었다. 수풀이 바람에 흔들리는 소리, 새들의 날갯짓 소리가 들렸다. 지천에 하얀 허브꽃이 피어 있었다. 문득 우리를 지나쳐가는 다른 순례자들의 발이 내 눈에 들어왔다. 앞서 가는 사람, 그 뒤를 가는 사람, 또 그 뒤를 따르는 사람.

그들 모두 조금씩 발을 절룩이고 있었다.

한참 동안 이어지는 행렬에서 나는 눈을 떼지 못했다. 그 순간 내가 느낀 감정을 안도감이라고 해도 좋을지 모르겠다. 다른 이들의 고통에 안도감을 느낀 게 아니라, 그 길 위의 사람들 모두가 비슷한 상처를 가지고 있다는 것에 어떤 공감을 느낀 것이다. 나는 이해를 받은 듯한 기분이 들었고, 그래서 다시 일어나 길을 걸을 수 있었다. 모두 다, 고통 속에서 걷는 것이었다.

제이는 발에 물집이 하나도 생기지 않았지만, 매일 밤 감기약을 먹고 겨우 잠이 들었다. 그녀는 서울에서부터 잠을 잘 이루지 못했다.

그를 처음 만났던 날, 새벽녘에 나를 찾아왔던 제이가 떠오른다. 축축한 머리카락이 달라붙은 얼굴로 방문을 두드린 그녀는 맨발로 방에 들어와서, 숨 가쁘게 말했다. 모든 것의 아귀가 맞는다고, 자신이 왜 여기까지 이르렀는지, 왜 언제나 외톨이 같은 기분이 들었는지, 어째서 영원히 혼자일 거라고 생각했는지, 이제야 알 것 같다고 했다.

제이는 무슨 이야기를 하든 늘 웃음부터 터뜨렸는데, 그에 대한 이야기를 할 때는 조금도 웃지 않았다. 그는 제이처럼 그림을 그리는 사람으로, 지방의 예술대학에서 일했다. 나는 제이가 하루 종일 그의 전화를 기다리던 것, 불현듯 가방을 싸서 서울을 떠나곤 하던 것, 며칠 동안 빈 캔버스 앞에 앉아 있던 것을 기억한다.

그들이 함께 보낸 시간은 채 한 계절도 되지 않았다. 그와 헤어진 뒤 제이는 외출도 하지 않고 방에 처박혀 지냈다. 나는 그녀를 어떻게 도와야 할지 몰랐기 때문에 침묵했다. 먼저 전화를 걸어온 사람은 제이였다. 나는 조금 어색하게 인사말을 건넸다.

"순례여행을 간다고 들었어."

제이가 힘없이 말을 꺼냈다.

"나도 가고 싶어. ……너만 괜찮다면."

잠시 입을 다물었던 나는 좋아, 라고 작은 목소리로 대답했다.

"같이 가자."

집을 떠나던 날, 제이는 손으로 햇빛을 가리고 한참 동안 하늘을 올려다보았다.

멀리서 나를 향해 다가오는 형상이 보인다. 순간 제이인가 해서 손을 흔들자, 그쪽에서도 손을 흔들었다. 가까이 가보니 그는 백발이 성성한 노인이었다. 노인은 내게 빙긋 웃어 보이고 나무둥치에 앉아서 땀을 닦았다. 그는 내게 물을 좀 나누어줄 수 있냐고 물었다.

길을 걷다보면 간혹 이렇게 순례길을 한 바퀴 돌아오는 사람들을 만날 수 있었다. 나는 노인에게 물컵을 내밀면서, 오는 길에 다른 동양 여자를 보지 못했냐고 물었다. 노인은 잠시 기억을 더듬어 보더니 고개를 가로저었다. 나는 그의 목에 걸린 목걸이를 보았다. 작은 구슬로 엮어 만든 조가비 목걸이였다. 순례자들은 대개 상징적인 의미로 조가비를 지니고 다니지만, 그처럼 푸른빛이 나는 것은 한번도 본 적이 없었다. 그는 물을 아주 달게 마시고, 뜻밖에도 그 목걸이를 벗어 내게 내밀었다. 자신은 이미 목적지에 다녀왔으니 그것이 더는 필요하지 않다는 것이었다. 아무리 손을 내저어도, 노인은 물러서지 않았다. 결국 나는 그 목걸이를 가방 앞에 매달았다. 움직일 때마다 조가비가 대롱대롱 흔들렸다.

"이 산의 철십자가에 정말 뭔가가 보이나요?"

내가 묻자 노인은 웃으면서 어깨를 으쓱해 보였다. 그리고 조용히 혼잣말을 하듯 되뇌었다. "내 인생의 아이러니가 시작되는 순간이었지." 노인과 나는 악수를 하고 헤어졌다.

수영장이 떠오른 것은 그 노인의 마지막 말 때문이었다. 수영장은 제이와 내가 처음 만난 장소였다. 수영모 안에 엉킨 머리카락을 잡아뜯고 있을 때, 제이가 손을 내밀어 그것을 부드럽게 풀어주었다. 그곳은 조오련 선수가 운영하는 수영장이었다. 아시아의 물개, 라기보다는 가무잡잡하고 인심 좋게 생긴 아저씨가 뒷짐을 지고 풀장 바깥을 걸어다녔다.

한쪽에서는 모래주머니를 차고 훈련을 받는 어린 선수들이 있었지만, 제이와 나는 매일 물장구나 치다가 집으로 돌아오는 게 전부였다. 그런데 어느 날 코치 선생님이 어머니에게 전화를 걸었다. 나를 선수 준비반에 넣고 싶다는 얘기였다. 큰 키에, 원숭이처럼 긴 팔을 가진 체격조건 때문이었다.

새로운 반에 들어가자마자, 코치는 제일 먼저 허리에 모래주머니를 채웠다. 나는 매일 두 시간씩 강도 높은 훈련을 받기 시작했다. 훈련이 끝나면 끔찍한 허기가 달려들었다. 쉬는 시간마다 매점에 달려가서 핫도그를 양손에 들고 먹었지만, 돌아서면 또 배가 고팠다. 아버지는 밥통을 안고 김치를 찢어 먹는 나를 보고 화들짝 놀라곤 했다.

그해 연말에 나는 접영선수로 여덟 개 레인 가운데 섰다. 누군가 내게 재능을 이야기한 것은 그때가 처음이었기 때문에, 나는 뭔가를 증명하고자 하는 열망에 사로잡혀 있었다. 코치는 우리에게 '남들보다 더 가진 것'을 보이라고 말했다. 출발신호를 기다리는데, 마치 진짜 인생이 시작되기를 기다리는 듯한 기분이 들었다. 관람석에 앉은 가족들의 얼굴이 보였다. 마침내 '탕' 소리가 울렸을 때, 나는 힘차게 물살을 저으며 앞으로 나갔다.

시작은 좋았는데, 점차 옆 레인에 비해 속도가 떨어지는 것을 느낄 수 있었다. 양옆에서 유난히 물이 많이 튀었다. 환청처럼 내 이름을 부르는 소리가 들렸다. 중간 지점을 지나칠 때부터 조금 이상한 기분이 들었다. 나는 뿌연 머릿속을 더듬어보았다. 순간 철벅거리는 물소리와 함께 얼음장 같은 자각이 들었다.

'나는 지금 평영을 하고 있다.'

이상한 일이었다. 지금도 내가 왜 그때 갑자기 평영으로 헤엄쳐갔는지 이해가 되지 않는다. 어쨌든 생각이 가능해졌을 때, 나는 이미 반대쪽 끝에 다다라 있었다. 눈앞이 아득해지면서 손끝에 결승선이 닿았다.

집으로 돌아오는 길에, 가족들은 내 눈치를 보느라 다들 아무 말도 하지 않았다. 식탁에 바스락거리는 꽃다발을 내려놓고, 나는 말없이 방에 들어가 드러누웠다. 나비처럼 훨훨 날아오르는 선수들 가운데, 개구리처럼 팔다리를 벌리며 쭉쭉 앞으로 나아가는 나의 모습이 선명히 떠올랐다.

더 이상 수영장에는 나가지 않았지만, 그후로 꿈속에서 나는 늘 여덟 개 레인 한가운데 있었다. 우스꽝스러운 모습, 소외된 모습,

불구인 모습으로 허우적거리는 스스로를 바라보는 것이다. 그때부터는 어쩐지 한번도 '마음 놓고' 몸을 움직일 수 없었다. 나의 기원이란 그런 것이다. 돌이킬 수 없음을 느꼈던 그 짧은 순간, 손끝에 밀려왔던 부드러운 물의 느낌.

빗방울이 떨어지기 시작해서, 우비를 꺼내 입었다. 가느다랗던 빗줄기가 점차 굵어지더니 몸이 아플 정도로 우비 위를 세게 때렸다. 나는 몸을 웅크리고, 헤드랜턴으로 발밑을 비추며 걸어갔다. 곧 웅성대는 소리와 함께 산 중턱의 작은 불빛이 나타났다.

파라솔이 펼쳐진 간이용 테이블 위에 김이 펄펄 끓는 주전자가 보였다. 형광색 우비를 입은 젊은 여자가 내게 커피를 내밀었다. 자원봉사자인 그녀는 밤새 산을 오르는 순례자들에게 간식을 나눠주고 있었다. 테이블 앞에 자리를 잡고 앉은 사람들이 보였다. 중년의 독일 남자와 핀란드에서 온 목발 청년, 그리고 검은 머리카락의 클라라. 모두 낯익은 사람들이었다.

비슷한 시기에 산티아고 길을 출발한 사람들은 결국 마지막까지 함께 길을 걸어갔다. 한 달 동안 좁은 방에서 어깨를 부딪치며 잠을 자고, 수프를 나누어 먹다보면 전부 친구가 될 수밖에 없었다. 나를 알아본 사람들이 웃으며 손을 흔들어 보였다.

제일 안쪽에 앉은 독일 남자는 이 길에 대한 책을 쓰고 있다는 아마추어 작가였다. 내용을 확인할 길 없는 책에 등장할 것이 두려워서, 나는 늘 그 남자를 피해 다녔다. 핀란드 청년은 소년에 가까운 얼굴로, 창백한 금발 머리에 파란 눈동자를 가졌다. 그는 다리가 불편해서 목발로 땅을 짚으며 걷고 있었다. 검은 머리카락의 미인인 클라라는 스페인 남부에서 온 삼십대의 여자로, 자기 집에서부터 출발해 길을 걷는 중이었다.

각자 커피와 함께 간식을 먹고 있었다. 나도 아껴놨던 비스킷을 내놓았다. 자원봉사자는 카세트테이프를 틀어놓았는데, 밤중의 산속에서 듣는 비틀스가 정겨우면서도 아련했다. 우리는 모두 허리를 세우고 앉아 있었다. 곧 다시 일어서야 한다는 것을 잊지 않으려는 듯.

"밤에 길을 걸으니, 꿈을 꾸는 것 같지 않소?"

독일 남자의 말에 핀란드 청년이 어린아이처럼 고개를 끄덕이고 웃었다. 독일 남자는 햄을 잘라 먹으면서 앞으로 얼마나 더 걸어가야 마을이 나타나는지, 남은 고도가 어떤지를 떠들어댔다. 클라라는 아까부터 말없이 고개를 숙이고 있었다. 자세히 보니 얼굴이 창백했다.

"괜찮아요?"

그녀는 흐릿하게 미소를 짓더니 다시 고개를 떨구었다.

"여기 오기 전 숲에서, 랜턴이 꺼져버렸어요. 순식간에 어둠이 덮쳐서, 길을 잃을 뻔했어요."

"그런데 어떻게 여길 찾아왔소?"

독일 작가가 눈을 빛내며 물었다.

"달빛에 흰 돌로 만든 화살표가 보였어요. 누군가 하얀색 돌멩이를 하나씩 떨어뜨리며 갔더군요."

클라라는 손으로 두 눈을 가렸다.

"죽은 딸아이가 모으던 것과 똑같은 돌멩이였어요. 항아리마다 가득 돌멩이를 모았었죠. 그것을 모두 무덤에 묻어줬는데."

「블랙버드(Blackbird)」의 마지막 소절이 끝나자, 검은 새 한 마리가 푸드덕 날아가버린 듯 짧은 정적이 흘렀다. 순례자들은 짐을 꾸려 자리에서 일어났다. 자원봉사자 여자는 '순례자 여권'에 행운을 기원하는 작은 도장을 찍어주었다. 봇짐을 멘 달팽이가 기어가는 그림이었다.

빗속에서 사람들은 별말을 하지 않고 각자의 속도대로 걸었다. 독일 작가가 클라라의 옆에서 걸었고, 그 뒤에 내가, 그 뒤에 핀란드 청년이 목발을 짚으며 발걸음을 옮겼다. 여러 사람이 함께 걷는데도 혼자라는 기분이 들었다.

제이, 어디 있는 거니? 나는 마음속으로 물었다. 이 산 어딘가에 있다면 대답해봐.

순례를 시작한 이후 제이와 나는 단 한번 이인실에 묵은 적이 있다. 그 숙소는 수십 개의 침대로 가득한 커다란 방 대신, 낮고 좁은 이인실의 방을 수십 개 만들어놓은 곳이었다. 그동안 눈치를 보느라 숨소리도 잘 내지 못했던 커플들은 초저녁부터 모두 방으로 들어가버렸다. 제이와 나는 휑한 식당에서 스파게티를 만들어 먹었다. 홀로인 남자들이 초조하게 주위를 돌아다녔다.

일찍이 방에 들어온 제이와 나는 서로 퉁퉁 부은 다리를 주물러 주고, 침대 위에 누웠다.

"이상하게 조용하네. 지금쯤 엄청 시끄러워야 되는 거 아닌가?"

우리는 그런 말을 하면서 웃었다.

"이곳의 성상을 본 적 있니?"

제이가 팔을 괴고 엎드려서 물었다.

"고통스럽게 뒤틀린 얼굴에, 진부 눈물을 흘리고 있어."

나는 창문에 비친 제이를 바라보았다. 창밖의 어둠은 검은 장막 같았다. 제이의 긴 머리카락이 구불구불, 베개 위로 흘러내렸다.

"나는 첫날부터 그 사람이 나를 떠나는 꿈을 꿨어."

그녀가 말했다.

"목구멍까지 바싹 말라서 잠이 깨곤 했어. 나는 그대로, 다시 잠이 들기를 원했지. 물기가 하나도 남지 않을 때까지, 미라처럼 말라버리기를 원했어. 나는 내가 물렁거리는 게 싫고, 걸어다니면서 생각을 하는 게 싫고, 혀를 굴려 말을 하는 게 싫었어. 그 모든 게 나를 그에게서 멀어지게 해. 그의 얼굴은 매번 안개처럼 뿌옇기만 해서 아무것도 그려볼 수가 없었어. 늘 목소리만 실처럼 늘어져 내게 닿았지. 아무리 애써봐도 얼굴은 선명하게 떠오르지 않았어. 목소리, 목소리뿐이었지. 전화로 그 사람 목소리를 들을 때면 미친 사람처럼 손이 움직였어. 노트 한 권 가득 나무를 그려놓은 적도 있어. 그건 내가 한번도 그려본 적 없는 흉측한 나무였어."

제이의 시선이 잠시 내게 닿았다.

"생각해보면 우리는 서로를 잘 알지도 못했어. 떨어져 있는 시간이 길었고, 만나서도 서로를 잘 바라보지 않았어. 손을 잡고, 짧은 길을 걷고, 입을 맞추고, 다급하게 어둠을 찾기만 했을 뿐이야. 그렇다면 내가 그토록 그리워했던 것은 진짜 그였을까, 아니면 그이기를 바랐던 어떤 것이었을까."

제이는 자그마한 목소리로 말했다.

"이제는 아무래도 상관없다는 생각이야. 다만 길을 걸으면서 스스로에게 묻곤 하지. 나는 왜 그렇게 나 자신을, 허물처럼 증오했던 걸까."

방 안의 조명은 아홉시가 되었을 때 저절로 꺼져버렸다. 제이는 번데기 같은 침낭 안에 들어가 눈을 감았다. 잠든 그녀의 얼굴이 흐릿하게 보였다.

"이렇게 비를 맞으며 산속을 걸어가니, 꿈을 꾸는 것 같지 않소."

독일 남자가 말한다. 그는 그것이 말버릇인 듯, '이렇게 맛있는 와인을 먹으니 꿈같다' '너무 피곤해서 꿈을 꾸는 것 같다', 걸핏하면 꿈 타령이었다. 나는 목발을 짚은 핀란드 청년과 나란히 길을 걷고 있었다. 그는 자주 손수건을 꺼내서, 줄줄 흐르는 땀과 빗물을 닦았다.

"한국에도 비가 이렇게 많이 올 때가 있나요?"

핀란드 청년이 내게 물었다. 나는 그에게 어렸을 때 겪은 홍수에 대해서 이야기해주었다. 물에 잠겼던 지붕들, 사라져버린 나무들,

배처럼 둥둥 떠내려가던 자동차들. 핀란드 청년은 신기한 듯 눈을 동그랗게 떴다.

앞에서 걷던 독일 남자가 손을 높이 쳐들고, 저기 공중에 희뿌연 것이 철십자가라고 소리를 질렀다. 핀란드 청년은 걸음을 멈추고, 고개를 들어 먼 곳의 빛을 바라봤다. 비 때문에 그의 목발이 반질반질 빛나 보였다.

홍수가 난 것은 내가 여중생이었던 때의 일이었다. 시종 어두웠던 하늘에서 빗방울이 떨어지기 시작하더니 앞이 보이지 않을 만큼 빗줄기가 굵어졌다. 오후 수업이 취소되자, 계집애들이 환호성을 지르면서 가방을 쌌다. 나는 우산을 들고 복도에 서 있었다. 친구는 나를 못 본 척하고 지나갔다. 나와 가장 친한 친구였던 그녀는 그즈음 내게 갑자기 절교를 선언했다. "너는 내게 마음을 보여주지 않아." 늘 같은 생각을 해서 쌍둥이처럼 여겨지던 친구였는데, 순식간에 차가운 벽처럼 변해버렸던 것을 기억한다. '하지만 마음이라는 게 뭐야, 한시도 제자리에 머물지 않는 것을 어떻게 보여달라는 거야.' 나는 쪽지를 써서 접고, 또 찢어버렸다.

집에 돌아온 나는 흠뻑 젖은 교복을 갈아입고 잠이 들었다. 잠에서 깼을 땐 주위가 무척 소란스러웠다. 거실에 낯선 물건들이 보였다. 여행용 가방 한 개, 책상, 화장대, 의자 하나.

그것은 일층의 살림살이였다. 비 때문에 하천이 넘쳐서 곧 아파트 일층이 물에 잠길 위기였던 것이다. 우리 집 아래층에는 어머니

연배의 아주머니가 혼자 살고 있었다. 음대 입시를 준비하는 언니들이 그 집 아주머니에게서 레슨을 받았다. 그 집의 문이 열릴 때마다 거실 한가운데 자리한 검정색 그랜드피아노가 보였다.

주위가 소란스러웠던 것은 바로 그 피아노 때문이었다. 홍수 때문에 엘리베이터가 멈춰서, 정작 제일 값비싼 피아노를 들고 올라올 방법이 없었던 것이다. 피아노를 붙잡고 씨름하던 아저씨들이 손을 들고 돌아가버린 후 어머니는 내게 아주머니를 모셔오라고 했다.

계단을 내려가자 아파트 입구에 벌써 물이 찰랑거리는 게 보였다. 아주머니는 피아노 앞에 앉아 있었다. 피아노는 어둑어둑한 거실에서 묵직한 빛을 냈다. 아주머니는 천천히 몸을 일으켜서 계단을 올라왔다.

아주머니는 그날 우리 가족과 같이 저녁식사를 하고, 하룻밤을 보냈다. 창밖에서 계속 회오리바람 소리가 났다. 커튼을 젖히면 빗줄기가 이리저리 휘며 내리붓는 것이 보였다.

어머니가 아주머니를 내 방으로 안내해드리라고 했을 때, 나는 잠시 주춤하다가 고개를 끄덕였다. 아주머니는 커피잔을 들고 내 방으로 들어왔다. 어머니보다 두 뼘은 큰 키에 단정한 옷차림이었다. 그녀는 조심스럽게 내 방을 둘러보았다. 나무책장, 책상, 영화 「그린 파파야 향기」의 포스터, 젖은 채 축 늘어진 체크무늬 교복. 평범한 여중생의 방이었는데 그녀의 시선은 꽤나 주의 깊었다.

아주머니에게 시간을 때울 거리를 줘야 한다고 생각했지만, 딱히 마땅한 것이 없었다. 잠시 망설이던 나는 엉겁결에 손에 잡히는 앨범을 내밀었다. "이거 보실래요?" 그녀는 내 존재를 처음으로 알아차린 사람처럼 나를 내려다보았다.

아주머니는 천천히 커피잔을 내려놓고, 바닥에 앉아서 앨범의 첫 장을 넘겼다. 나도 그 옆에 앉았다. 생판 모르는 사람에게 앨범을 보라고 넘겨준 것은 처음 있는 일이었다. 빗소리와 함께 조용히, 앨범을 넘기는 소리가 났다. 아주머니는 사진을 찬찬히 내려다보았다. 어떤 대목에서는 미소를 짓기도 했다. 나는 멀찌감치서 함께 그 사진을 바라보았는데, 사진 속의 내가 낯선 사람처럼 느껴졌다. 마치 그 아주머니의 눈을 통해서 앨범을 보는 것 같은 기분이 들었다.

비가 멈춘 것은 다음날 아침 무렵이었다. 일층은 완전히 물바다가 되어 있었다. 물이 빠지는 데 꼬박 하루가 더 걸렸다. 일층 아주머니는 장마가 끝나자마자 곧장, 도저히 견딜 수 없다는 듯 이사를 갔다. 별말도 없이 이사를 갔다고, 어머니는 섭섭한 듯 헛기침을 했다.

그 집에서 일 년여를 더 살고, 우리 가족도 이사를 갔다. 그러면서 누군가의 착오로 내 앨범이 분실되고 말았다. 믿기지 않는 일이었지만, 정말 감쪽같이 없어져버렸다. 그것은 기억의 일부가 사라지는 것과 비슷한 경험이었다. 시간이 지나면서 나는 그 앨범에 담겨 있던 사진들을 조금씩, 전부 다 잊어버렸다.

지나간 시간은 전부 어디로 가는 것일까. 홍수의 밤을 떠올린 순간, 지금은 존재하지 않는 것들이 떠올랐다가 서서히 가라앉아버렸다. 그날 일층집 아주머니와 마주 앉아 보았던 사진들, 창밖의 어두움, 빗소리, 그 순간 조금씩 물에 잠겨갔던 검정색 피아노……

앞서 가던 독일 남자가 바닥에 털썩 주저앉았다. 그는 한 시간 전에 철십자가 기둥이 보인다고 소리를 질렀는데, 아무리 가도 길이 끝날 기미가 없었다. 그가 기둥이라고 외쳤던 것은 허물어져가는 돌집이었다. 돌집 중 어떤 것은 형태가 반만 남아 있었고, 어떤 것은 대문이 뚫려서 안이 훤히 들여다보였다. 독일 남자는 잠시 쉬었다 가겠다며 가방을 내렸다.

나를 포함한 나머지 사람들은 계속해서 길을 걷기로 했다. 갈비뼈에 통증이 느껴져서, 나는 허리를 구부리고 숨을 내쉬었다. 제이를 만나려면 해가 뜰 무렵까지는 정상에 도착해야 했다.

"힘들지 않아요?"

핀란드 청년이 내게 물었다. 나는 괜찮다고 웃어 보였지만 자꾸 무릎이 꺾였다. 클라라와 나의 속도가 점차 뒤처지자, 핀란드 청년이 앞서 걸어가기 시작했다.

어깨와 목덜미가 끊어질 듯 화끈거렸다. 나는 한 가지에만 집중하려고 했다. 걸음을 옮기는 것, 한쪽 다리에 무게를 실으며 앞으로 나아가는 것. 시간이 얼마나 지났는지도 알 수 없었다.

"이제 거의 다 왔으니까, 곧 철십자가에 도착할 수 있을 거예요."

클라라의 나지막한 목소리가 들렸다.

"모르겠어요. 그곳에 뭐가 보인다고 해도, 내가 과연 이해할 수 있을까요?"

나는 불현듯 그녀에게 말했다.

삶은 내게 늘 어둠 속의 촉감 같은 것이었다고, 한번도 그것을 제대로 이해해본 적이 없다고, 사실 지금 이 길을 왜 걷는지 나는 그것조차도 잘 모르겠다고. 클라라는 그 크고 아름다운 눈으로 나를 바라보았다. 문득 그 눈 속에서 작은 여자아이가 스쳐 지나간 듯 느껴졌다. 그녀는 말린 무화과를 주머니에서 꺼내 내게 내밀었다.

잠시 길이 한적해지더니, 작은 무덤이 나타났다. 순례자의 무덤이었다. 길을 걷다 숨을 거둔 순례자들은 바로 그 자리에 묻혔다. 지금껏 많은 무덤들을 지나왔지만 이처럼 작은 아이의 것은 처음이었다. 클라라는 주머니에서 흰 돌을 꺼내, 그 앞에 작은 무더기를 만들었다. 그러고도 발길이 떨어지지 않는지 머리를 가로저으며 나를 바라보았다. 나는 고개를 끄덕이고 앞서 걸어갔다. 새벽의 캄캄한 공기가 점차 희부옇게 변하는 것이 느껴졌다.

이제 나는 발을 질질 끌다시피 하며 걷고 있었다. 고요한 대기 중에 흙을 밟는 내 발소리만이 들렸다. 문득 무엇을 찾아 걷고 있는가, 하는 의문이 들었다. 길을 걷기 시작한 이래 단 하루도 그것을 묻지 않은 날이 없었다. 나는 인내나 끈기와 거리가 먼 사람이고, 고행을 통해 이루고 싶은 거창한 소망 같은 것도 없었다. 매일 고단함, 허기, 무력감 속에서 길을 걷다보면 귀가 먹먹할 정도로 암

담한 기분이 들었다. 내가 찾는 것이 무엇인지, 그것이 과연 어떤 가치를 가지고 있는지 알 수가 없었다.

하지만 점차 주위가 밝아지면서 눈앞에 탁 트인 계곡이 나타났을 때, 나는 모든 것을 잊어버리고 그곳으로 이끌리듯 다가갔다. 주변에는 아무도 없었고, 청록색의 미끈거리는 바위 틈으로 폭포수만 쏟아져내리고 있었다. 나는 물속의 돌멩이들과, 검푸르게 반짝이는 이끼들을 바라보았다. 물은 깜짝 놀랄 정도로 차가웠다. 물고기의 지느러미가 순식간에 내 손을 스치고 지나갔다.

계곡에서 나왔을 때, 주위는 더할 수 없이 환했다. 해가 뜬 것을 보자, 제때 정상에 도착하기는 틀렸다는 생각이 들었다. 나는 화살표를 찾아 천천히 발걸음을 옮겼다. 노란색 화살표는 아주 띄엄띄엄 모습을 드러냈다.

풀 향기가 가득한 오솔길에서, 나는 앞서 가는 사람의 존재를 알아차렸다. 제이의 뒷모습을 보는 것은 처음이었다. 그녀는 구부정하게 허리를 숙이고, 두 손으로 가방을 받치며 걸어가고 있었다. 제이의 발걸음에 따라 가방에 매달린 조가비 목걸이가 흔들렸다. 작은 구슬로 엮인 푸른 조가비.

멀지 않은 곳에서 하늘을 향해 솟은 기둥이 눈에 들어왔다. 순간 나뭇잎에 가렸던 한 줄기 햇살이 발밑을 똑바로 내리쬐었다. 눈부신 빛 속에서, 나는 그녀를 향해 걸어갔다. 흙길 위에 찍힌 무수한 발걸음이 보였다.

자전소설 1
축구도 잘해요

1판 1쇄 | 2010년 10월 7일

지은이 | 김경욱 외
펴낸이 | 정홍수
편집 | 김현숙 김현주
펴낸곳 | (주)도서출판 강
출판등록 | 2000년 8월 9일(제2000-185호)

주소 | 서울시 마포구 서교동 460-45(우 121-842)
전화 | 325-9566~7
팩시밀리 | 325-8486
전자우편 | gangpub@hanmail.net

값 12,000원
ISBN 978-89-8218-155-9 04810
ISBN 978-89-8218-154-2(세트)

이 도서의 국립중앙도서관 출판시도서목록(CIP)은 e-CIP 홈페이지(http://www.nl.go.kr/cip.php)에서 이용하실 수 있습니다.(CIP제어번호:CIP2010003466)